特别不浪漫

刘墨闻 著

北京联合出版公司
Beijing United Publishing Co.,Ltd.

图书在版编目（CIP）数据

特别不浪漫 / 刘墨闻著. —北京：北京联合出版公司，2017.5

ISBN 978-7-5502-9817-0

Ⅰ. ①特… Ⅱ. ①刘… Ⅲ. ①短篇小说—小说集—中国—当代 Ⅳ. ①I247.7

中国版本图书馆CIP数据核字(2017)第031697号

特别不浪漫

作　　者：刘墨闻
责任编辑：李艳芬　徐秀琴
封面设计：付诗意
排版制作：刘龄蔓

北京联合出版公司出版
（北京市西城区德外大街83号楼9层　100088）
河北鹏润印刷有限公司　新华书店经销
字数：230千字　880mm×1230mm　1/32　印张：9.5
2017年5月第1版　2017年5月第1次印刷
ISBN 978-7-5502-9817-0
定价：36.80元

目录

contents

01 · 分手旅行

Break up travel

承诺是真是假，或是虚伪都有可能，片刻的怂恿也并不能被人一直相信。

02 · 小团圆

Little reunion

不逼迫对方妥协，也不就此退让，就好像他们这些年的爱情一样，互相撕扯着彼此相守，再继续推着生活往前走。

Together with you

03 · 和你在一起

我希望你变得越来越好，但是也希望自己能一直被你需要。想你幸福，但不想你幸福到忘了我的地步。

Have been waiting for you

04 · 一直在等你

失去在所难免时，才不得不总结：每一次失去，都有我们亲自而为之的部分；每一条当下走的路，都给过我们曾经选择的机会。

Can't cry on occasion

05 · 不能哭泣的场合

极度孤独的时候，人们会拥有一些摧枯拉朽的坚强，但信任也会变得廉价，以至于轻而易举地便与他人推心置腹了。

You always have a way

06 · 你一直有路

那些对当下还不满意，对世界还充满兴趣的人，他们还不想在同一时刻老去，所以被迫也好，自愿也罢，在何时出发对他们来说都不算晚。

Break up travel

01

分手旅行

承诺是真是假，
或是虚伪都有可能，
片刻的怂恿也并不能被人一直相信。

Break
up
travel

分手旅行（一）

谭肖说有的伴郎是为了凸显新郎，而有的伴郎则纯粹是为了撑场面的，前者可以稍微有点对不起观众，但后者必须低调华丽，且气宇轩昂，而我，就是他说的后者。他这样讲显然是为了恭维我，但我很受用。我知道伴郎这活我又得干一次了，而且作为宿舍唯一没解决个人问题的我，也没资格拒绝这样的要求。

婚礼在杭州，不在长春老家。这浑小子倒插门，嫁进了豪门。借着他的光，我住了几晚的总统套间、坐了几天的宾利，安安静静地享受了一次假期。

婚礼当天下着雨，我们出行虽然受影响，但也没有耽误吉时。开到郊区，车队驶入别墅区，同来的兄弟们都觉得谭肖这辈子算是安稳了。他下半生的任务就是享受生活，给辛苦奋斗的哥几个打打样子。我们得努力奋斗，争取以后的生活也照这个标准来。

兴奋劲儿还没过去，我们刚进到屋里就傻眼了。新娘家一共三层，我们撞门得撞三次，先不说红包够不够，体力上就是个问题。大家拿出了大学时玩游戏组团打怪的气势，先制订计划，再具体布置。谁去谈判吸引注意、谁冲锋在前，一锤定音，我们分工好以后一路过关斩将，直接破掉两层。

眼看着到了第三层，新娘近在咫尺时，我们却怎么也破不掉这最后一层门了。里面和我们谈判的是其中的一个伴娘，言辞犀利，寸土不让。我们想让她开个门递红包，她让我们转支付宝，我们说纸钱才有诚意，她说大喜的日子提纸钱不吉利。

最后，新郎大出血掏出十张“毛爷爷”，我们把握住了一个门缝的机会一起用力，硬是把门撞开了。确切地说，是撞坏了。我们推着被我们撞下来的门，成直角倒入房间内。人群一拥而入，我好不容易从人堆里站起来，还没来得及喘匀气就看见了她——聪明的伴娘，那是我第一次见到阿醒。

就像谭肖说的，有的伴郎是为了凸显新郎，而有的伴郎则纯粹是为了撑场面的。我想阿醒就是来撑场面的那种伴娘，她漂亮、聪明，也得体，知道什么时候该帮着新娘忙活，也知道什么时候低下头，故意让自己退到后面去。伴郎和伴娘之间也会有一些配合，比如送递婚戒、撒花、敬酒，我一直跟在谭肖后面，而阿醒也一直跟在新娘后面。她拿捏着所有事情的尺寸，自然地帮忙、圆场，舒服得好像是职业伴娘一样。

婚礼结束后，谭肖陪着岳丈招呼那些各行各业的领导、老总，没空搭理我们。虽然心里不爽，但是我们都很理解，毕竟人在豪门身不由己。最后，兄弟们拉着伴娘一起去外面喝酒。席间，我们玩游戏，我老是针对那个聪明的伴娘，那时我已经知道她叫阿醒。几乎所有人都看出来我对她有意思，大家就故意撮合我们俩。喝到最后，我们人仰马翻，互相搀扶着往酒店走。我背着阿醒，她在我背上唱歌。

回到酒店后，我把阿醒丢在床上，就爬到另外一张床上睡着了。第二天早上醒来，两个人对着发了一会儿呆，尴尬地洗漱出门找各自的朋友吃早餐。这个时候，已经很难再向大家解释什么了，越是狡辩，越是有嫌疑。只有我们俩知道，一整夜我们只是睡觉，什么都没有发生过。

但是那一晚，我中途醒过一次。回来的时候睡得急，趴着就睡着了，时间久了，我觉得呼吸困难，挣扎着醒来就看见隔壁床的阿醒。月光照进来，洒在床单上，沿着阿醒的身体描出一条好看的线。她睡得很沉，就好像对旁边的人有过分的信任。我不知道哪来的感觉，忽然一点杂念也没有，只是想这样看着她睡，睡多久都好。看着看着，我就又睡着了，还是同一个姿势，仿佛没有醒过。

后来，阿醒告诉我，中间她也醒过一次，看见我以后也没有惊讶，好像理所当然一样，倒是为自己的淡定小惶恐了一会儿。她还仔细想了一会儿，想白天和我的配合，晚上我背她回来的这一路，一个陌生人能给自己这样踏实的感觉，确实挺难得的。

就好像惺惺相惜的两个人，总要错开注视和态度，用直觉和余光彼此关心着。

宿醉以后，大家几乎默认了我们是一对儿。出去玩，我们俩坐一辆车，划船我和阿醒也在一组，无论干什么我们都是一对儿。我表面上看起来很无奈，但是心里却有些欣喜，让我更高兴的是阿醒也没有抵触，也随着大家的意思。

我们在杭州游湖、看塔，还去了西溪湿地。玩到晚上回了酒店，阿醒忽然给我打了一个电话，要我上楼去。我到了她的房间，心想着要是两个人在阳台里荡秋千、看楼下的行人该多好。好像一切都设定好的一样，那里刚好有个阳台，也刚好有个双人座的秋千，我俩坐在上面晃来晃去。阿醒忽然问我，哪一天回深圳。我说后天就回了，反问她什么时间回青岛。阿醒说也差不多那个时候，我们对了对机票的时间，只相差两个小时。

好像有什么忽然被收紧了一样，我们都不说话，只是拿着对方的手机，看着电子机票的时间，想着接下来该聊点什么话题。

就那么发愣的一会儿工夫，我对阿醒说，要不我们去周边看看吧。阿醒举着她的手机，上面是乌镇的旅游指南，原来她已经在查了。我们又一次巧合般地达成了默契，因为这种默契，我多生出许多快乐，让我近乎感动一般的、久违的快乐。

第二天，我们一起坐客车去了乌镇。那天不是假期，也错开了周末，游区没有太多人。我们走街串巷，从各种缝隙里挖出一点闲散的时光，有点度假的错觉。到了晚上，我们在西栅的一个大院里，看放映机投射在墙上的老电影，两个人的长椅摆了几排。放映的师傅就在我们身后摇啊摇，偶尔机器照在人身上，一个影子就印在了墙上，有人下意识地躲了躲，电影就继续。

我和阿醒就坐在长椅上，我看着地上我们重合的影子忽然觉得特别温馨。已经有多长时间了，没有和一个喜欢的人这样靠着，什么都不想，什么都不做，只是静静地靠着。想着想着，我就往阿醒的方向蹭了蹭。她侧过头看了我一眼，又转了回去。我继续蹭，重量就全都倒向了阿醒的一边。蹭着蹭着，只听阿醒“哎呀”一声，我们俩朝着一边摔了下去。

起来后，我特别愧疚，但是阿醒什么也没有说，拉着我重新坐好。这一次，我们都坐在了长椅的中间，靠得比刚才还要近。老胶片电影一闪一闪，那时我总觉得我们俩就应该像那些老胶片一样，把故事放平，悄悄地重合，静静地诉说。

那天晚上，我们还是一个房间，两张床，脸对着脸。不知道谁先睡着的，也不知道后来谁醒了，一晚上的觉都让我们睡碎了，做了几个电视剧连续梦，醒来看见彼此，还都不觉得这一切是真的。

早上我们醒来后，简单地洗漱完就一起回了杭州直奔机场。路上，司机开得飞快，我心里又急又喜，想要逃避分离，希望告别快一点，我们都来不及难过，但又害怕分离以后再也没有分离。领完登机牌，我就开始㞞了。去安检的那段路，我右手推着行李，左手在身后掐着自己的大腿往前蹭。我想起小时候拿着成绩单去见父母，或者去老师办公室。总之，我承认我㞞了，因为这种感觉让我意识到，我将要失去的，它可能不会再回来了。

我们一起过安检，我先登机，阿醒在廊桥门口，把自己的指纹录进我的手机，然后拥抱了我一下，突然就把我的行李箱推进了廊桥。箱子沿着廊桥的斜坡一路孤单地滑下去，我一边追行李，一边回头看阿醒。恍惚中，我好像看见她的眼泪沿着颧骨滑到了嘴角，又流到下巴尖，然后我就不敢看了，只能麻木地往机舱里走。

后来，我问她那时为什么哭。阿醒说，她当时也不知道自己为什么哭，直到我走进去后，她离开我的廊桥才意识到自己哭了。发现眼泪以后，她索性就在机场哭了个够。阿醒说，一个人过了这么多年，好不容易心动了一次，如今又要眼睁睁地送他走。

飞机抵达深圳，刚一落地，我打开手机就收到了阿醒的微信。她说："要是还有机会，以后能不能都是你送我，都是你走在我后面？"

我握着手机瘫倒在座位上，眼看着所有人下了飞机，我还是难过得不想动。

后来，我们就开始了异地恋。从我这里到阿醒那里一共两千公里，飞机需要三个小时，直达火车需要二十个小时。我们同在这个国度的海边，她在青岛老家做销售，我在深圳和几个男人租房住。为了让房东相信我们不会乱搞，室友还特意在客厅贴了一张穿着暴露的女优海报，宣誓取向。

深圳是一个奇怪的城市，拥有着男女三比七的奇怪比例。阿醒说深圳那么多姑娘都没拦住我和一群男人同居，在我即将变"弯"

的时候，是她深明大义地及时拉了我一把。我笑着说："你把手从青岛伸到深圳只为了摸我一下吗？"

阿醒说："不是，主要我劲儿不够大，要不一下把你拽回青岛了。"

我说："你劲儿挺大的，异地恋是个坑，你都把我拽进来了。"

阿醒说："你旁边就是腐坑，后悔了随时都可以过去，来一次肛肠寸断的爱情。"

我说："你腐眼看人基，等我爬过深圳到青岛这两千公里，看我怎么收拾你。"

晚上互相道晚安后，梦里的我沿着海岸线向上游去，直到被人拉了一把上岸，一双碎着星光的眼睛盯着我。一下子，我就不敢动了。我知道，那是阿醒。

梦里搭救的那一双手不仅把我拉上了岸，还一直在前面引导着我往前走。爱情让人忙于周旋，也让人自作多情地扛起责任，我心情愉悦也努力工作。那段时间，我升职加薪，虽然没有办法和她一起庆祝，但两个人各自买了很多食物，在电脑前视频庆祝，细细地咀嚼这份微酸的快乐。

也是那个时候，我才知道阿醒的职位和薪水都比我高很多，每年年底的业绩分成都有六位数。好像这些凭空多出来的数字，又把我们俩拉远了一些。我攥着拳头告诉自己一定要努力追，尽量近一点，再近一点。

升职的快乐忽然一扫而空，我想着：人会因为什么而自卑？贫穷，还是丑陋？笨拙，还是愚蠢？这些简单、直接的理由，我们都可以冠冕堂皇地承认、满不在乎地逃避，唯独在爱情面前，我们迫切地想得到，怕失去，怕错过，用尽所有力量踮着脚去够着对方。患得患失让我们自卑，爱得专注也让我们自卑，就好像有时候我们离爱人越近，就离自己越远。

做销售和其他行业不一样，别人在放假的时候，销售恰好是最忙的时候。所以，我们共同的恋爱假期，几乎错开了所有的法定假日。我放假了想去见她，她却要加班；等她有时间了，我又到了最忙的时候。这是我们的时差，异地恋错开地域交集的时差。爱情明明是两个人一起，却又好像是一个人的事。

后来有一次，她去天津出差公干，我调休去天津找她。在一个既不陌生也不算熟悉的城市里，我们终于重逢了。她身上还带着工作，空闲只有两天，我们珍惜在一起的每一秒。我带着她去了金刚桥，她想坐摩天轮，我说我恐高，她马上就说不坐了。我忽然有点感动，又带着一些难受。然后，我又带她去了天津美院，给她讲我在那里画画的日子。我们还去了五大道旧租界，去了八里台的南开大学，我告诉她我曾经在那里训练。

就好像画一张地图，在每一站你把自己的过去在原地声情并茂地讲出来，好像她也参与了你过去的人生。这种感觉很好，就像弥补为了遇见她消耗的那些漫长时间。

游走了一天后，我们吃过晚饭在街上散步，一些穿着球衣的球迷吹着哨子张牙舞爪地过去。阿醒问我是球迷吗？我说是，但我只是德国队的球迷。阿醒说要不我们一起去看场球吧，就算凑热闹，也能跟着发疯、痛痛快快、撕心裂肺地喊一次。

我没多想，做什么都好，只要和她在一起。我们就跟着一群吵吵闹闹的球迷去了天津泰达的主场，在门口和票贩子讨价还价买了两张票，我们挤在人群里慢慢地蹚进去。走到里面后有两条通道，我记得以前来这儿比赛时，还有另外一个通道也通向观众席。为了在阿醒面前炫耀，也不想她在人群中挤来挤去，我就拽着她去了另外一个通道，少量的球迷跟在我们后面。我没有注意身边的环境，终于小心翼翼地到了观众席。看球的人不多，空出许多座位，大家随便坐。等我们真正地坐在位置上才发现，我们走到了客队球迷这一边。

非常少的一小撮人，忍受着周围主场球迷的嘘声。我压低声音问阿醒："要是一不小心喊错加油了，或者对面球迷打我怎么办？"

阿醒也压低了声音回我说："你别怕，那我就和他们一起打你。"

比赛开始了，我们俩提心吊胆地捏着嗓子喊了几句加油，不敢太嚣张，也不敢太冷漠，夹着尾巴侥幸地快乐，因为输赢对我们来说，本来就不重要。偶尔，我看着阿醒小心翼翼地捂着嘴偷笑，这些细小的快乐好像在一瞬间放大，涌进我的脑海里。

周围的人唾沫飞溅，声嘶力竭。全世界都很忙，只有我们俩，低着头，看着对方笑。

那场比赛天津泰达输了，客场球迷退场时高调地唱着队歌。我和阿醒被他们兴奋地挤在中间，最后在出口时与主场球迷聚到了一起。这时，不知道从哪里忽然飞过来一个水瓶，砸进客队球迷的队伍中。双方球迷乱作一团，打在了一起。

最后，人群将我们冲散，我被冲到出口的另一边，而阿醒被冲到了我的对面。我吓坏了，不是因为骚乱，而是怕阿醒受伤，我蛮横地硬撞开几个人，朝着阿醒那里挤过去，被我撞开的人好像并没有被冲远，又迅速地集结到我的周围。阿醒不停地喊着我的名字，我努力地往她身边挤。眼看着离她越来越近时，人群却涌到了一个台阶边上。我一脚踩空漏了下去，又被人推着滚到了下面，崴伤了右脚踝。

直到保安把人群都疏散开，我才勉强站起来，四处寻找着阿醒的影子。跟着人群往外走了一会儿，阿醒给我打了电话，我们约在体育场旁边的一个广场见面。我慢慢地移动到广场的草丛边上，远远地看着焦急的阿醒。不想让她担心，也怕影响她第二天的工作，我就在草丛边上朝着她挥手，把她叫了过来。

阿醒走过来时，我勉强站着。她忽然一下子抱住了我，那时候脚忽然就不疼了，好像所有伤口都已经冻住。我们站在路边，人群来来往往地路过我们，我很满足，就好像这一切都是我想要的。

阿醒说想去吃点东西压压惊，我撒谎说感觉有点累了，就提议回去。阿醒好像有点不情愿，但是她还是没有反对，我们打车回了她的宾馆。我也办了入住，阿醒继续和同事一起住，我和她隔了两层。

第二天上午，阿醒忙工作，我抽空去看了下医生。怕被阿醒发现，只能挂急诊，专业的骨科大夫需要提前预约，排号要等上几乎一天的时间。急诊大夫帮我简单地处理了一下，就送了我一个拐杖。我问大夫能不能不拄这个，最好能帮我固定一下，让我还能走路。

大夫一脸不解地看着我，他说："小伙子，你伤得不轻，别逞能。"我说能撑一天就好，我晚上就离开天津了，到时候就不用装了。

最后，大夫拗不过我，给我开了一个护具，戴在脚上勉强能走。虽然有点不自然，但是能强撑着。我回了酒店，简单地收拾了一下后就去了阿醒工作的地方。隔着玻璃，我远远地看着她，中午我帮她买饭，她还在加班。一身职业装的阿醒严肃、认真，刚才还在和同事聊着工作，转身出了门就换上了温柔，亏欠地对我说没想到还得再忙一会儿，本来想着下午陪着我走走，晚上再送我去机场来着。

玻璃门里的人都看向我们，我有点不好意思，也怕影响她工作，就把她推回到严肃的角色里。晚上，我们也没来得及吃上一顿晚饭，但阿醒非要坚持送我去机场。

历史总是惊人的相似，这一次还是阿醒送我，再一次违背了她的愿望，但是阿醒没有像上次那么难过。她好像也知道不久之后我们还会见面，而且还会像这次一样开心。阿醒没有登机牌，她只能送我到安检口。按照惯例，我们依旧拥抱，我揉搓着她的头发，她咬了一下我的脖子。我始终藏得很好。

我排队进到安检的队伍里，人不多，没几个就轮到我了。快要走到安检区时，我转身看着阿醒，她却还没有走。我挥了挥手，示意让她走，她却还在原地不动。我做了几个生气的表情，比画着让她走，她往远处走了几步，又调皮地停下来，挥挥手要我先进去。

我犹豫了几秒转身，然后一边走，一边回头看阿醒。安检的工作人员指挥着我站在台上，然后弯腰，再用手中安检的仪器扫描我的身体，像是一个掌握生杀的权杖，让我惊恐不已。直到仪器扫描我的右脚时，权杖发出了刺耳的警告。工作人员不再表情淡漠，而是严肃地直起身问我："先生，请问您这里放了什么？"

我不敢乱动，想着身后的人，算计着时间：她迈开了多少步，她到底有没有走远。我刻意保持着挺拔的姿势，狠狠地摁着抖动的身体。

安检人员又问了一遍："先生，您这里放了什么？"她的声音高了几倍，我近乎哀求地看着她，然后我小心翼翼地回头，发现身后的那个身影早已不见，才哆哆嗦嗦地挽起裤腿，瘫坐在安检台上。我不停地喘着气，好像一切都已经过去，又好像一切都在那一瞬间塌了下来。

后来，阿醒告诉我，她其实并没有走远，而是悄悄地藏在安检口旁边的立柱后面。直到看见我挽起裤腿，直到她看见护具，她才开始后悔。

她知道，我只差这一点点就可以成功了，所以她绝不能揭穿我。后来，她吓得转身就跑。她怕我发现，发现她并没有走，而是目睹了眼前的这一切。

她边跑边回头，直到我的背影暗淡消失，直到她跑出机场。世界忽然就变成黑白色，没有风，她的头发却一直在抖。天空几朵乌云飘了过来，迅速地变成了一场大雨。安检人员扶着蒙在鼓里的我坐在登机口旁边，我还沾沾自喜地发微信对阿醒说：“下雨飞机不知道会不会晚点，早知道和你多待一会儿了。”

阿醒看了我的微信，安静地愣了一会儿，然后大哭着走进了雨中。

遥　远

可能在你走以后
黑夜就接管了我
衰落也变得柔和
我已不惧记忆

梦里　你摸着我的心
我就丧失了说谎的能力

你的指尖是罪障　降临　最美的寂寞
它剥出侥幸　懦弱　迟到的坦诚

我虚伪地忙碌
也真实地浅薄

为何你不揭穿
为何　你离开　温柔着沉默

孤独让我珍惜扫帚　松柏
和喊叫的树枝

他们帮我接住了秋冬
接住了腐烂脱落的自我

我睡过无数个庭院
我离开无数个家乡
它们并不属于我
我只有你离开的　那个晚上

那夜　星星碎满苍穹
像是我追逐你时落下的尘灰
你在马车中睁开眼睛
梳散只有我吻过的马尾

我才懂这是离别
是脚步的坚硬
遇上脆弱的深情
我攥紧的心上全是汗
我的皱纹里全是你的眼睛

分手旅行（二）

阿醒问我对异地恋有没有信心，我憋了很长时间没有回答她，最后讲道理似的说任何事情都没有绝对的保险。视频那头的阿醒低头向下看，眼皮一点一点地开合，像是用目光在键盘上敲出想说的话一样。我也有一大堆想对她说的话，敲了出来又被我删掉。承诺是真是假，或是虚伪都有可能，片刻的怂恿也并不能被人一直相信。

阿醒问这个问题的时候，我们已经快两个月没见面了。从深圳回来后，我就去了专业的骨科医院，领号排队。前面三个哥们儿都是骨折，我看了看自己的伤，忽然觉得不算什么。拍片子、做检查忙活了一天。医生说骨头没有事，但软组织挫伤有点严重，跟腱也伤了，瘀血也很多，整只右脚都是紫的。

向公司请了假，带着石膏和药，我开始了漫长的疗伤。大夫说，最快也要两个月才能下地。我数着日子，像是等待着出狱的囚犯，卧在家中，胆战心惊地迎接阿醒的每一个电话。

每天在家养伤的我，依旧剃须打扮，换不一样的衣服和阿醒视频，制造自己还在上班工作的假象。阿醒也伪装着上当，陪我演这一出出戏。我和她说每天公司都发生了什么事，我编了许多段子给她听。她依然傻傻地笑着，好像这一切都是真的。阿醒就这样看着我撒谎，她也不戳破。

她每次笑完，都会问我下一次什么时候见面，想我当面给她讲这些有趣的事。我看了看自己的脚，只能换上抱歉的语气说最近有点忙，可能时间要往后推一推。后来，这个理由用得频繁了，阿醒就说“你忙的话，我就去深圳见你”，我吓得连忙阻止她说，工作太忙，根本没有时间顾及她。

阿醒说在天津的时候，我在玻璃外面看着她工作，那时候她浑身都是力量，为什么她不能像我一样，在世界的另外一边，安静地等着我呢？我不知道怎么回答她，只能用最温柔的语气对她说，再等等，再等些日子就好。

这一句“再等等”我用了无数次，阿醒在视频另一端皱着眉，眼睛紧紧地眯着，好像要说的话全都留在了眼里。

直到我差不多可以单独走路，不再依靠拐杖时，我就告诉阿醒工作已经过了最忙的时候，我们随时可以见面了。虽然脚伤还没完全恢复，但是我迫不及待地从谎言中解脱出来，好像多骗她一句，自己就多亏欠她一点。

阿醒说，她还没去过香港和澳门，她想去那里看看。我对香港虽然不是很熟悉，但我在深圳，离得很近，也去过几次，什么都没想就约在那儿了。后来我才知道，阿醒是担心我的脚，她不能戳穿我，也不想我折腾，就选在了不远不近的澳门和香港。

因为太久没上班，我积压了许多工作，阿醒到珠海的时候，我还在处理项目，当天要晚到一会儿。阿醒则早早地从珠海过关去了澳门。晚上，我忙完工作，就急匆匆地去了蛇口码头，过关去澳门见她。前一晚，因为想她我没怎么睡，于是刚一上船，我就昏睡了过去。一路上都在做当初认识她时的梦，杭州，乌镇，天津，曾经的我们在不同的城市分别，回到各自的地方。梦里，我像个局外人一样看着，偶尔被摇晃的船身弄醒，好像它要提醒我，应该想点开心的事情。

到澳门以后，我的手机就没了信号。已经过了约定的时间，出了新港澳码头，我就朝着事先说好的酒店跑去。我怕阿醒等得太久我们会错开，我又怕她一直等，原地无望的守候容易削减兴致。码头向酒店方向有两条路，一个是天桥，一个是稍微绕点远的人行道。我赶时间匆匆地上了天桥，因为着急，开始一瘸一拐地小跑起来。路过桥中央的时候，忽然有人在后面喊我的名字。

我一回头，阿醒就站在天桥边。我努力站稳，平衡着向她走过去。我问等多久了，阿醒说没多久。她一直盯着我的右脚看，我说鞋子有点不合适。阿醒淡淡地笑，好像含着委屈，让我一时不知如何是好。阿醒没有继续说，只是走过来抱着我，我也抱着她。我们两个就在天桥的边上久久地站着，车辆不停地打闪，从我们身边呼啸而过。

后来，我们拥抱着彼此下桥。事后，我问她为什么知道我一定从桥上走，她说不知道，就觉得我一定会从这儿走，一定会。我以为这就是传说中的缘分，但阿醒没告诉我的是，她早就在我还没上桥之前就看见我了，但她没有叫住我，而是在一旁悄悄地跟着我，看着我一瘸一拐地从码头走出来，又歪歪扭扭地跑上桥。她就在一旁跟着我，想哭又不敢哭，直到她强忍住情绪，在后面不得不叫住我。

在一起旅行的那几天，我们依旧过得很开心。我带着阿醒在码头吃早茶。点菜时，我蹩脚的粤语一下就出卖了我的身份，她捂着嘴笑，看我出丑。坐船去香港的路上，我们又看电视节目笑到胃痛。在铜锣湾百货的楼上吃泰餐时，我们一起干掉一大份火车炒饭，又在几个街道之间找那家很有名的酸奶店。坐在双层巴士的上面游街，从中环一路到尖沙咀。我们又坐了几趟天星渡轮，在维多利亚港口看灯光表演，最后一起过关回到深圳。

阿醒走时，我想送她一些礼物，我带着她去了我经常摆摊的创意集市。在那儿为她淘到了一个进口的木质口琴，我拿起口琴吹了一段，记不起来当时吹的是什么曲子，只记得吹吸之间，口琴的音质很好。阿醒惊喜地望着我，于是我们耐心地和老板讨价还价。

“六百块钱，少一分都不卖。”我把口袋里所有的现金都拿出来，摊在老板面前说：“我女朋友要回青岛了，我想送她个礼物，我身上算上港币也只有五百块多一点。你卖给我吧，这是我现在所有的钱。”

言语中的难过，又带着一些炫耀式的勇敢，我自己也不知道为什么是这样的语气，好像在向整个集市的人宣布，我要名正言顺地花光所有的钱，替阿醒买到这个口琴。

老板说："那你吹一首曲子吧。如果吹得好，周围人都能注意到这儿，我就便宜点卖给你。"

后来，我吹了一首《至少还有你》，周围的人不断地涌向我们。我闭着眼睛全神贯注地吹着，好像在向这个城市诉说，我远离家乡，也一事无成，本该惶惶不可终日，但是因为有了身边的这个人，我终于不那么恐慌。

吹完后，我睁开眼睛，所有人都在鼓掌，只有阿醒转身过去，努力擦掉自己的泪水。

后来，这个口琴伴随着阿醒一起上了回青岛的飞机。这一次是我送她，我走得依旧很慢，也走得很轻，踩不出任何声音，阿醒在后面贴着我。这种感觉很奇妙，就像有人要跟你一起去流浪，所以要谨慎地走好每一步，因为选择不再是你一个人的事，可能关乎两个人的幸福。

到了安检口，我们依旧紧紧地拥抱。然后，眼看着阿醒转身走进安检通道以后，我还在原地站了很久。往回走时，机场的商家摆了个巨大的音箱在展台中间，放着 *About Today*（《关于今天》）。好像一瞬间，身边的事物全都调成了静音，只听得见那些袅袅入耳的歌词。我紧紧地攥着手机，拨了她的号又挂断。过了很长时间，身体还在抖，我就站在那儿一遍遍地听这首歌。

听那个深沉的男声唱："今天，你就要远去，我能说什么。你已经走远，而我只能远远地看着你，我能说什么。"

这次分开以后，我们好像比以前更需要对方，整天整夜地聊天，不顾一切地聊天，什么都聊。从现在聊到了过去，又从过去聊回现在，唯独没有聊到未来。好像大家都刻意地逃避着这个话题，好像总是在一个架空的逃避中，抓紧每分每秒去恋爱。

她说末日之前，我能不能一直攥着她的手，即使谎言过去，也不分开。

有时，我会很想阿醒：我总在想：我吃饭时，她是不是也在吃饭；我下班时，她是不是也刚走出办公楼；我感冒了，她会不会也跟着头痛……有时，我会因为拥有她而平静下来，特别勇敢。有时，也会因为她而焦虑，特别害怕失去，摸不到却真实存在的爱情，总是沉浸在患得患失中。

到了国庆假时，阿醒那边依旧是工作的旺季，我们心照不宣地各自安排着事情。她在销售一线，指挥着下属如何面对国庆的打折抢购。我从深圳飞了六个小时回到长春，参加了一个发小的婚礼。

到了国庆假期的第三天，阿醒忽然到了长春，给了我一个不小的惊喜。我一路癫狂着赶到龙嘉机场，在门口撞见瘦了一圈的阿醒。从机场回来的路上，我问她，怎么突然就来了。阿醒说她在天津时听我讲在长春生活过的日子，感觉好像从那时就认识我了，所以她想来我的家乡看看，想尽量弥补我们错开的时光。

在长春的那几天，我带着她去了很多地方，我常吃的餐馆、常去的书店……朋友约我一起打球，她在旁边帮我拿水，就像学生时恋爱一样。后来，我们去了我的大学，在学校里转了几圈后，就坐在图书馆前回忆过去。我给她讲大学时的事，我们闹过暴动、玩过行为艺术，还出了一张专辑。我给她讲了许多好玩的事，阿醒虽然听得认真，但是没有什么情感起伏，直到她说想听听我大学恋爱的事。

好像男生都经受过这样的考问，最保险的选择应该是避而不答，或转移话题，以免发生说者无心、听者有意的误会。但是，当我瞥见阿醒那双眼睛的时候，就好像有一只手放在我的心上，我就不想再对她隐瞒，或是撒谎。

我坦白说自己喜欢过许多姑娘，但正儿八经值得说一说的恋爱，一共就谈过两次。第一次是在高中，那时候傻，不知道怎么表达对一个女生的喜欢，故意坐到她后面，上课的时候她的马尾垂下来，我就拽她的头发玩，收集了一些发丝绑在小口袋里。后来上课，我趴在桌子上睡觉，手里也握着她的马尾。我表白的方式很特殊，刚入校队的那一年，每个球员选择球衣号码，我按照她的姓氏笔画，选择了号码。等到比赛的时候，她远远地看着我披着她的号码在操场上奔驰，这就是我第一次表白。和大多数初恋一样，我们毕业后分别去了不同的城市，感情就心照不宣地无疾而终了。

第二次是在大学。大学的恋爱挺坎坷的，我和她是在英语公共课上认识的，我们不同系，但是我每次都坐在同一个座位上。她也总是挨着我坐。英语老师很喜欢提问我，偶尔连带着也提问她。她总是答不上来，我就偷偷告诉她，一来二去，我就认识了她。

那时候，追她的人特别多。我可能就算是一个备胎吧，一直在她旁边陪着她、照顾她。我同学都以为我俩是一对呢，后来她却悄悄地和别人恋爱了。我那时候挺伤心的，就离开学校逃课去外地旅行。我去了很多地方，写了很多字。回来后，我发现老师们都没有给我记旷课，同学还帮我写作业。我当时很愧疚，所以下决心好好上课学习，不给大家找麻烦。也是那段时间，她和男朋友分手了，觉得还是我好。当时，朋友们还都挺反对我们在一起的，但我还是和她好了。

刚好的时候，她怕刚分手又谈恋爱影响不太好，我们就没公开，搞地下恋，表面上互不理睬，私底下偷偷地见面。有一次，我和她要去外校联考，我们考场挨着，她和她的室友一起。我们怕暴露，就还是装作彼此很冷淡。考完试后，我发现口袋里坐车的零钱都不见了，钱包也没带，她就在我前面，可我就是怕她尴尬，不敢过去和她说话。

后来，我就走了十公里路回学校。那时候是冬天，十二月，长春的路上满是积雪，但是我一点也不觉得冷，还甜滋滋地给远方的朋友打电话，告诉他们，我恋爱了。那一路我走回去，完全没有觉得难过。

我们在一起两年，分手是因为一件小事。我兼职补课不想迟到，她想我为她旷一节课。如果我是学生，那旷课多少节都没问题，但我是老师，我不能让那么多学生等我，这不合适。我们就因为这事儿吵了起来，就此分开。后来仔细想想，这件事也只是一个引线，以前积攒的问题都会在一个瞬间的点燃下，全都爆炸出来，疼得紧紧攥着的手，不得不松开了一点，然后就让彼此在对方心里溜走了。

后来也有很合适的女生，但是时间、想法让我们各自错开，都没能为对方努力一次就散了。这根本算不上恋爱的恋爱却让我明白了许多东西，有的人非常幸运，一次恋爱就功德圆满，有些不那么走运，比如我，总会经历三次感情。

第一次的她让我明白爱情里彼此喜欢仅仅是一个前提，而不是保障。第二次的她让我懂得有些感情即使你再怎么努力，也终究会失去。第三段感情的她让我懂得，有些时候你明知道有那么多困难，但你也必须去努力、去争取，无论最后是输是赢，起码你不会因为错过而后悔。

说完这些话，我转头看着阿醒。眼泪挂在她脸上，我不知道她什么时候哭的，是因为什么哭，她的眼泪滑进嘴角，这一次却消融在她的微笑里。她俯身过来抱着我，沉沉地呼吸。

那天晚上，我们沿街边吃烧烤，在学校附近找了个酒店睡下。晚上，我们躺在一起看手机里的照片，看校内网（现名人人网）上大学的照片。我把每张照片的故事和过去绘制成一张地图，给她悄悄地收藏起来。

在长春的舒服日子没多久，阿醒就要回去工作了。她先要去一趟北京，我想陪着她去，但是她让我在家多待几天，陪陪家人、朋友，自己先走。但是她不知道，我已经偷偷地买好机票，在她离开后隔天就飞到北京去见她。

阿醒到北京的第二天，我也到了，但是她实在太忙了，我们没有时间见面，偶尔晚上一起吃个饭。就这样彼此拉锯了两天，我就返回了长春，心里多少有些委屈，没有心情玩，也没有心情做别的。我索性把当年的年假全部用了，又在长春待了几天，赶在阿醒要从北京回青岛的前一天，我又偷偷地去了北京见她。

或许是带着情绪的缘故，总想从她那里讨得一点什么。但是，阿醒却懒得和我较真儿。我们只有一天的相聚时间，她冷淡了许多，但我能感觉到她依旧很在乎我。

因为工作未定，她的机票也老是改签，所以我要先回深圳。这次不能送她走，怕她难过，所以我坚持不让她送我。第二天下午，我独自去了首都机场，阿醒继续忙工作。

可当我在航站楼里闲逛，马上要进安检时，阿醒却还是来了。她又在我后面悄悄地跟了很久，直到我要走进安检区时，她才走过来拍了拍我的后背。

时间还来得及，我们一起在机场内的面馆吃了些东西。餐厅玻璃外飞机起起落落，我们坐在里面四目相对，有恍若隔世的错觉。我还在走神时，阿醒忽然递给我一个小盒子。我打开看是一张试孕纸，对照说明是阳性，纸上的那条线安安静静地躺在那里，宣告着意外的发生。

脑袋忽然像炸开一样，涌进很多东西，我忽然不知道说什么，只能愣愣地看着阿醒。而阿醒仍旧温柔地看着我，她和我说，其实那是一张过期的试孕纸，她后来又去了一次医院，发现自己并没有怀孕。但是，当她还没有去医院，误以为自己真的怀孕时，她害怕极了，因为她并不确定自己是否有成为一个母亲的准备，起码现在还没有。

以前，她觉得如果出现意外，大不了就生，可等到真的有一个生命就躺在她肚子里的时候，她有的只是惊慌和恐惧，而不是那些鲁莽的勇敢。她还没有实习妈妈的准备，因为她也不确定我们的未来到底在哪儿。

我们就这样陷入了沉默，直至我就要登机，必须去安检时，我们起身一前一后地朝着入口走去。我走得很慢，错过半个身的距离，看着阿醒的背影。有时候看她的头发，有时候看她的腰，幻觉一般地想着那里是不是有一个我的孩子。

我过完安检后，隔着整个通道看着阿醒离开，好像每和她说一次再见，我就有一部分的自己死掉了。

那一晚，我刚落地深圳，打开手机后收到阿醒发来的微信。她说其实她刚知道自己可能怀孕时，并不是害怕，而是欣喜，好像终于有东西，能把我们牢牢地捆在一起了。

我的眼泪滴在手机上，却没有勇气去擦。乘客都下了飞机，舱内不再有人，一个空姐在过道上不知所措地看着哭着的我，只能尴尬地把我货架上的行李箱拿下来，摆在我面前，小声地提醒我说：“先生，这是您的行李。”

那时，我忽然觉得自己一贫如洗，而阿醒，是我唯一的行李。

我总觉得　你不是我的

能一起走多远呢
累的时候
你从故事的一端脱落下来
缠到我的手臂上

我怀抱着你
珍惜地　感动地
羡慕你

我在卧室里偷过你的鼾声
也藏过你的笑容
我怕你发现
就放它们到眼睛里

你走后的第三天
我偷的鼾声流出来
它给了我清醒和噩梦

你走后的第七天
我偷的笑容也逃出来

分手旅行

它让路人都是你的脸
等到我失去了所有的它们
就失去了所有的你

我用五脏六腑去想你
我用星夜奔波的路去想你
我用干涸的泪水去想你
我用全部的我和全部的你　去想你

我忘记你的轮廓
也忘了我的罪恶
我把所有回忆都摁成一个不像你的你

我对着她
也躲着你

我小心翼翼地哭着
唯唯诺诺地对你说着
我总觉得　你不是我的

分手旅行（三）

阿醒说真正的爱情不只是在一起时的缠绵和甜蜜，要有积年累月的朝夕相处，有相濡以沫，也有面面相觑，要看见对方的温柔和狰狞、自私与懒惰。这是传统的爱情，经过磨合的腌酿以后，让人放心的爱情。她要的，是这种爱情。

我想了想她说的爱情，又想了想我们的，觉得这两种爱情之间确实有一点距离，但这距离不仅仅是空间、时间上的差距，即使我们弥补了客观条件的不足，也未必能拥有这样的爱情。试孕纸事件以后，我们好像变得更加理智，都开始客观地看待我们的未来。

阿醒问过我，想不想让她来深圳。我当然很想，确切地说，是非常想，但又想到她现在所拥有的工作、职位，还有她在青岛所有的一切，我又开始克制地言语，绕着圈地回答。我承担得了她的到来，却承担不了她的放弃，我不能完全做到让她停下来，甚至倒退着走只为迎合我。

自卑和自尊混合出让人厌恶的复杂情绪，让我一直都在犹豫。好像我们都有一双手，一只被现实拽着，还剩一只，有时想摸摸爱人的脸，有时又想牵牵理想的手。

我打开手机看着曾经熟悉的那条航线，再打开谷歌地图找她住的那个小房子，那个未知的城市里有没有容得下我的地方。

后来，我的公司接了几个山东的客户，设备类的项目。我抢着做了几个，希望能有去山东外派的机会。当然，不仅仅是为了见阿醒，我想融进那个地方，想试试看到底行不行。

公司果然派我去了济南，住在客户郊区的工厂里——一个大型生产企业。早上六七点钟，楼下工人全都出来跑操、喊口号，我们也就跟着出去了。上午，我在流水线跟着，被一群十八九岁的孩子工人叫叔叔。他们很小年纪就出来打工，头发好几种颜色，恨不得把所有元素都挂在身上，标新立异地表达自己廉价的时尚。回到办公室后，客户的领导们当着我的面推搡工作，本来一周能做完的事，被他们整整拖了半个月。

与我对接的客户经理是个成家多年的老大哥，我临走时，他特意请我吃了顿饭。他是地地道道的山东人，我们两个人对着干了两杯扎啤后，他俯身拍着我的肩膀告诉我，在二线城市的大企业，外号也叫“大锅饭”。大家都秉着能少干就尽量不干的原则来上班，大家都是打工讨生活，谁也别难为谁，别人做自己看不惯，别人要他做，他又害怕担责任。每个企业都是这样，效率慢、讲形式，总经理开着二十万块钱的车，下面的人都不敢开超过十五万块钱的，就怕“越权”，这就是二线城市“大锅饭”的企业文化。

那天，我就听着这位老大哥总结了一晚上的社会经验，让我失望也厌恶的世故经验，但我理解。所以，有时候总是感觉一线城市虽然压力大，但是起码靠实力说话，可到了这些和自己家乡差不多的城市，没有背景，没有经济实力，想要舒适一点的生活实在太难。

我想要给阿醒创造一种生活，一种因为内心有依靠，无论在哪儿、面对着什么，都一直有饱满安全感的生活。但在青岛，在山东，这一切我似乎想给也给不了，起码短期内不具备可能性。

结束济南的工作后，我请了几天假，想买张车票去青岛给阿醒一个惊喜。等我到了青岛以后才发现，阿醒已经出差去了北京，她又升职了。在季度总结时，她要和同事们一起飞到总公司，接受全国各地的掌声。我站在青岛火车站的门口茫然四顾，此刻我就站在她的家乡，可是却感觉离阿醒越来越远。

时间往前奔，我想停下来躲一躲，却还是被冲着走，尴尬地找不到一点回旋的余地。我怕自己落后她太多，又开始没日没夜地追着跑。阿醒关掉手机，在各个城市上空盘旋，持续地奔波，她也走得越来越快。

生活一下子比以前更忙了，连上厕所的时间都要想方设法地挤出来，没有时间微信也没有时间视频。早上挤着门出去，晚上爬着回来。电话里疲惫的沉默一次次打消聊天的兴趣，交流变少，交集也随之减少。有时候，我过了繁忙期，停下来想看看她，却遇上她最忙的时候。有时轮到她休息，我又在连滚带爬地往前跑。

我加班的某个晚上，阿醒和我说了晚安以后便睡去。我看见信息时已经深夜，等我结束工作回到家以后发现已经是早上六点，躺下睡觉前又匆匆地补了她一个早安。

这是我们的时差，异地恋错开地域交集的时差。爱情明明是两个人一起，却又好像是一个人的事。

元旦时的跨年，我刚从公司里走出来，天空就炸开了烟火。我停下来看了一会儿，打电话给阿醒，响了几声她就接了起来。除了新年快乐，我几乎想不到其他要说的，她也和我一样重复了一次。

我问她在哪儿，阿醒说她在家附近的一个广场跨年，我问她人多吗?

她说："广场人很多，但我是一个人。"

简简单单几个字，却像是把我撕碎了一般。我感觉自己好像瞬间失了重，以不可抗拒之力，泯灭了爱情的执念。

跨年后，我开始接更多的单、做更多的项目，我想如果我能在这个城市站得稳一点，或许我们就能在这个城市相聚得早一点。夜以继日的工作让我变成了一个没精打采、无趣简单的人，但我无暇顾及。有时候停下来想给阿醒打个电话，她偶尔关机。那时，我就在写字楼里看一看天空，想象着她现在在哪个城市的上空，又睡在哪一架飞机的怀里。

我明白爱情抬到现实的层面上，是修成正果前必须要面对的事情。可难的是在看开以后、在懂得取舍以后，还有纯粹的牵挂。我也想不顾生活的感受，悄然夺过她的未来。可我们也都知道，这段现实的距离需要时间的观望与沉淀。如今的我们还会心动，却再也禁不起折腾；都想要水到渠成的情感，却也学会了理智地选择、克制地想念。

后来，阿醒来看我。我带她去了珠海，我们在珠海的情侣街走了几个来回。我们又去了广州，在那里吃到了正宗的粤菜。我也又去了青岛，她带我去了八大关，去了啤酒节。我们的时间都好像在门缝里挤出来的一样，即使在一起，也工作电话不断。

那两次见面以后，我们又回到各自忙碌的角色里。一眼望不到边的日子，我们又熬了很长时间。

阿醒又一次正面对我们的未来表示怀疑时，她给我看了一个时间表，日历上红色箭头标志着相聚，我们相恋的这段日子里，在一起的时间才一个多月。我有些沮丧，想说大家都尽力了，却又没说出口。好像爱情到了最后全然变成了一场耐力赛，体力不够的收着安慰退到后面去吧，谁撑得久，谁就能赢。

我想她能再给我一点时间，让我再往前走一走看看，她说的那种腌酿的爱情我到底能不能给，到底应该怎样给。我已经在路上了，只是这条路需要走多久，到底能不能成功，我也不知道。

我没有告诉阿醒我在济南的事，也没有告诉她自己内心的打算，一无所有的承诺显得过于冠冕堂皇。我需要真正地做到，才能理直气壮地告诉她，我想为她建造一种可以依靠的生活状态。

阿醒知道我有打算，但是却不知道是怎样的打算。她在广州临走时，我想让她晚一天走，多陪我一天。阿醒没有答应，因为手里还有工作。我憎恨工作，但是不得不服从，因为我没有能力让她拒绝这些，我的憎恨或许多多少少，一部分来自于自己的无能。

送阿醒到白云机场后，我仍舍不得地又问了一遍阿醒："今天一定要走吗？"

阿醒说："今天不走，明天我就更走不了了。"

是啊，在一起越久，越是无法从这种状态里抽离出来。等到不得不离开时，撕扯开彼此刚刚重合的生活，又是骨肉分离般的疼痛。我的心也软了下来，不敢再勉强她。

我从青岛走时，阿醒在流亭机场里问我，喜不喜欢青岛。我说很喜欢，气候很好，城市节奏也慢，很适合居住。然后，我又在心里补上一句：最主要的是，你在这里。

阿醒又接着问："那你有没有想过来这里？"

我忽然想把自己在济南的生活告诉她，却还是咽了回去，只能把拳头攥紧，告诉阿醒我也有自己的路要走。然后，我又在心里补上一句：路走完了，我就来接你。

阿醒有些落寞地看着我，然后淡淡地说：“你一直有路，谁也留不住你，所以你也留不住别人。”

好像被人掐住了咽喉，阿醒的话在我的脑袋里撞来撞去，我不知道该怎样解释。

这次分开后的我们好像越来越熟悉离别，不再那么难过，心照不宣地分离再相聚。这一切都让我恐惧，于是不知所措地开始想办法打破这样的窘境。

后来，我想了个不是办法的办法，在我们都不忙的时候请好假，约上一个地方，然后在各自的城市出发，一起到某个城市的某个地方相遇，就像我们在天津、澳门时一样。

我和阿醒说这样能放松我们紧绷绷的神经，又能测试缘分系数。即使旅行没有起到缓解的作用，起码我们也有一个值得回忆的 happy ending（美好的结局）。

阿醒好像对这样的急救不太感冒，但是她也没有反对，我们在微信的两端沉默了很久。

直到阿醒说：“距离面前，我们都赢不了。”

我看着手机磨蹭了一会儿，告诉阿醒：“或许，我也只是想败得好看一点。”

就这样，我们又接着去了大理、西安、上海。有时，两个人抵达的时间相差无几，我早到一点，就想方设法地逗留在航站楼里，悄悄地等着阿醒，以便作弊向她证明我们多么有缘。我很喜欢在人群中偷偷看她，看着她裹在人堆里，从飞机廊桥里走出来。我就在她的侧翼悄悄地跟着，目光落在她身上。就像一双筷子，从人群之中径直将她挑拣出来，又不敢放回自己的碗里，直到不得不暴露目标时，又在人群外围紧张地朝她挥手。

就像当初她在桥上跟着我一样，我们总是乐此不疲地这样偷偷看对方。后来，我才明白，异地恋总是双方在世界的两端描绘着心目中的彼此，总是站在一个地方远远地看着。看对方的朋友圈，看对方的微博，看表面的这一切。然后，暗自揣测对方的生活状态和想念纠缠着恋爱。

相聚短暂而又珍贵，我总是妄自贪婪地尽量拉长，能多一秒，就多一秒。

那些旅行的日子里，我们得到过很多快乐，但也深刻地明白，在仅有的几天时间里，我们都忙着展示着自己的好，恨不得把分离时积攒的感情全都倾泻出来。我们不停地往对方手里塞东西，又不停地接受，于是我们忘记距离和现实，忘我地投入到感情中去。

但我仍旧对这样的相聚上瘾，我清晰地记得要去上海相聚的前一天，我不知不觉地就会自己笑出来，无论做什么事都过分细致，和同事聊天、打招呼几乎都带着多出一半的热情，但这些我自己都感觉不到，是旁人后来告诉我的。

第二天晚上的飞机，我下午就去了机场。我推着箱子像个第一次出远门的孩子，两步并成一步地往前走，偶尔还跳跃着前行。我忘记身边人的目光，忘记自己的行为，只顾着贪婪地享受这份幸福。

走到登机口以后，工作人员告诉我，因为飞机场地的原因，我的航班可能要晚点。我丝毫不为此感到烦恼，因为我知道今晚我一定能离开这里，去上海见阿醒。在彼此就要相见还未见到的时候，我感觉自己有着最踏实的快乐。就好像星期五的晚上，周末还没有到来，周一尚且遥远。

我没法让自己安静下来，只能在登机口边上来回踱步。玻璃外面的飞机一架架升起、落下，碎星洒在苍穹里，像是旅途的点缀，一切都那么美。

可就在这时，我忽然止不住地难过起来。我想到见面的时间越近，分别的时间也就越近。每一次见面时，表面上心不在焉地逃避，却也不知不觉地被离别时刻提醒着。像一场久治不愈的病，成为幸福背后永久的隐患。

机场广播里说，飞机已经到达指定位置，乘客可以准备登机。那一刻，我的快乐全被收起，我安静地推着箱子排到后面去。前面的人好像都变成了阿醒的影子，她们推着箱子走进廊桥。而我停在门口，看着她们走远，默默地在心里对着阿醒说："阿醒，有时，我们的爱溢满而出，就酿成了怕。"

"我又要去见你了，我又要离开你了。"

试　探

白雪穿过我的道路
我走在风上
泥土陪着我
顶着我的脚尖跳跃

我走向你
尽管你依然遥远

在未出发之前
我向整个森林宣布
我要去见你了

我对它们说
我要去见你了

神树给了我警告
乌鸦却给我祝福

芦苇摆着头取笑
让它笑吧

我坦荡勇敢

我跨过路人
丢给他们你的温柔

我迈过群山
种下你的腰肢

我离开海滩
潮汐推波助澜

我跑过时间
跑过囚车
跑过一整个城市的灯火

我的步伐竟越来越小
小到　我无法抵达那些微妙的时刻

我的爱人
其实我害怕见你
就像我害怕别离

但是
就要见你
但还未见到你时
我是如此快乐

分手旅行

就好像现在
这凌晨空荡的机场
漫天沉默的星光
好像　都变成了我的翅膀

我是如此幸福
我的幸福还飞在天上

我看着它
等着树叶落下

我知道
要习惯四季
我知道
我都知道

要警惕
还未开始的别离

分手旅行（四）

他们说，真爱来临时，男孩就会变得胆怯，而女孩则异常勇敢。胆怯如我，不动声色地自认为在努力解决问题，其实更像是逃避。而阿醒总是迎着问题上去，在困难面前，她必须要自己拿出办法，而不是任由事情摆在那儿。她也问过我，但我没有回答，于是她问得一次比一次坚硬，也一次比一次直白。

阿醒总是以为我还不确定和她之间的感情，我不知道怎么能让她相信，是该坐三个小时的飞机过去抱着她说“我爱你”，还是该撕心裂肺地在电话这边哭一场。

我说可能还需要一点时间，阿醒说：“还需要多久呢？再过几年，你意气风发，我人老珠黄，我等得到吗？”

我忽然不知道该怎么往下说，但我知道我们正在逐渐接近真正的彼此，开始袒露出人类本质的需要与自私，开始觉得彼此既熟悉，又陌生。

旅行并没有解决我们的问题，它更像是一针麻药，适当缓解了疼痛以后，病情仍旧没有好转，我们的问题反复被放在台面上。也的确如阿醒所说，马桶堵住、灯泡爆掉都不能靠旅行解决，它需要实实在在的人，站在她身边拍着她的肩膀说：“都是小事，这有我呢。”

旅行是从一个熟悉的地方到一个陌生的地方。爱情让我们从一个熟悉的人，变成另外一个人。

而我们的爱情也像是那一次次的告别，每次回来，对方好像都变了个样子。我惊喜又难过，好像阿醒独立、成熟的那些最重要的日子，我都缺席。

我忽然想起在天津看球的那一次，人群像距离一样将我们分开，我们还是能看得见彼此，但是感受不到对方的温度，只能听见对方的声音。我们不断地被推着走，停不下来也不敢停下来，直到彼此被现实淹没，我们也只能远远地看着，毫无办法地看着。

我在手机地图上把青岛和深圳连成一条线，厦门就这样出现在了线的中间。我和阿醒说，去厦门看看吧，下一站，我们就去厦门，我们见面谈谈。

去厦门显然对阿醒没什么诱惑，但是她非常同意能见面谈谈。我心里想着看看能不能挽回点什么，而阿醒也明白，如果这次我们没有谈妥，那么这应该是我们最后一次旅行了。

对于相聚，我比任何人都着急，但是这一次却还是阿醒先我一个小时到达了厦门。我刚落地打开手机就收到了阿醒的消息，她说她在机场往外面走的路上等我。

我推着箱子避开加速带，往前追着跑，路上余光一瞥，就看见阿醒靠着墙坐在一个墙沿上，抱着箱子睡着了。我放慢呼吸，悄悄地移动过去，坐在她身边，安静地守着。阿醒睡得很沉，脸上写满疲倦。后来，她告诉我，为了能来厦门，她每天都加班，把工作进度提了又提，才挤出这一点时间。

路人行色匆匆地在我们面前走过，我头也不抬地紧贴着她，好像她疲惫，我就跟着疲惫，她呼吸，我就跟着呼吸。

那天，我忘了她到底睡了多久，只记得她醒来后发现我，又在我肩膀上靠了一会儿，然后睡语般惺忪地问："我们早上吃什么？"

好像心一下就软了下来，我放低了一点肩膀，让她靠得舒服些。阿醒就又睡了一会儿，再醒来时，她像只精力饱满的小鹿，跃跃欲试地想要去"教训"这个城市的食谱。

永远不要低估一个吃货的智商，因为他有可能比你预估的还要低。我们到了中山路附近的台湾小吃街后，很快就忘了来这个城市的目的。我们从巷头吃到巷尾，又打算从巷尾吃回来。

排队买章鱼烧的时候，我发现身后的牛肉丸也有很多人在买，看起来好像很好吃。我想阿醒也应该会喜欢，爱一个人的时候总想把自己认为好的东西全部奉献给她。

我想着在阿醒买到章鱼烧之前，就偷偷把牛肉丸买回来，于是我悄悄地从阿醒身后走开，跑到牛肉丸的队伍中去。前面的人一个个心满意足地离开，我用手一下一下地敲着裤线。

可是，章鱼烧还是比牛肉丸先做好，阿醒接过章鱼烧先往嘴里放了一粒，心满意足地咀嚼了两口，然后夹起一颗回头想给我，却发现我不在她后面。

我看着她茫然不知所措的样子非常有趣，就刻意地躲在人群里，不让她发现。她沿着摊边四处张望地走了几步，我在街道的另外一边悄悄地跟着她。

就这样，我们在原地徘徊了一会儿，阿醒忽然大哭了起来。我看着她咧开了嘴，嚼碎的章鱼烧还没有完全咽下去，她一边小跑一边喊着我的名字。我吓得赶紧冲到对面去，告诉她“我在这儿呢，我没有走，没有”。

我们就这样抱了很久。那天晚上，阿醒告诉我，在青岛时，她总是做这样的梦，前一秒我们还开开心心地在一起，一转身的工夫，我就不见了，好像梦醒了，我们就散了。

我也是那时才明白，其实我们都没有忘记彼此之间的距离，只是在见到对方以后过于开心，谁都舍不得再提起那些问题。

在厦门的第二天，我们一起去了厦门大学，还有旁边的南普陀寺。上香的人很多，都非常虔诚。我们也不敢放肆，小心翼翼地在寺庙里看来看去。阿醒很认真地上香，双手合十跪在菩萨面前，默默地拜了很久，然后特意为我求了一个护身符，挂在我的脖子上。

我们像一对学生情侣一样走在厦门大学里，穿过整个学校，好像穿过整个稚嫩的青春期，然后走到海边。浪花翻滚，海风徐徐，我们沿着潮汐散步，像是蹚过一场盛大的回忆。

走出厦门大学的时候，门口有人在发 4D 环境电影的优惠券。我们俩都没有看过 4D 电影，于是决定一起去试试。电影一开场，我们俩就后悔了，当天看的是一个美国大片，打斗场面频繁。电影里飙车，我们就坐在椅子上被摇来摇去，有爆炸就喷烟，打雷时头顶还有闪光灯亮瞎我们的双眼，海边戏时前座还有设备对着我们喷水。我和阿醒窘迫地抱在一起，又想笑，又无奈。

电影的最后，爆炸场面频频出现，影院里有的地方也冒出一些火星。不知道哪个方向传来的一声“着火了”，吓得所有观众马上起身，夺路而去。

周围尖叫声四起，人们推搡着往出口走，只有我和阿醒一动不动地坐着，安安静静地看电影。我们俩把手攥得紧紧的，默契而又淡定地看着人们慌慌忙忙地捂着嘴，拿着东西往外逃。

那一刻，我好像明白了一个道理，人们谋生奔波，现实迫在眉睫，但我们仍然想方设法地把自己置之度外，站在人群外面，藏在城市的角落，离开茂密的楼房。我们只想爱得简单点，这就是我们想要的。

直到在鼓浪屿的最后一天，我们也没有抓紧时间谈谈现实的事情，但也没什么心情看风景。我和阿醒像是老夫老妻一般交流、散步，安安静静地相伴，挥洒掉最后一点默契，为分离酝酿着情绪。有几次，她就在我旁边默默地哭，我也一样，但我们都自欺欺人地以为对方没有看见。

我们吃的最后一顿饭，彼此几乎都没怎么动筷子，食物像问题一样如鲠在喉，难以下咽。阿醒象征性地夹了几筷子，却被菜辣到。我拿起旁边的调料瓶倒了些盐放在勺里喂给她，告诉她含一下盐，然后吐掉，再漱漱口就不会感觉辣了。阿醒按照我说的做完，果然就不辣了。我问她这个方法记住了吗？

她呆呆地看了我一会儿说："记住了。我还记得在天津时，我不按时吃饭，你就给我吃生的花生，说这样对胃好。我还记得在北京忙得不可开交满嘴是水疱时，你让我张开嘴拿着维C贴，对着伤口下药。我还记得在珠海游完泳后，你非要拽着我晒太阳，说可以防止肌肤劳损。我还记得我们第一次旅行，你把我叠好的衣服又都拿出来，卷成一个个圆柱，说这样节省空间。我记得，我都记得。"

我目瞪口呆地听着阿醒说这些，好像心被揪住了一样。那时，我只想她在我崩溃前快点说完，越快越好。

最后，阿醒终于停下来了，然后又从鼻腔里硬挤出一句："谢谢你教会我这么多，我又要带着你教我的这些东西回青岛了。”

压死骆驼的最后一根稻草落下来，变成了一桌菜。我低下头，不敢再看阿醒。那以后的很长时间，我都不敢再吃辣，这可笑的逃避，让我无论品尝什么，都会想起阿醒。

厦门的最后一晚，我们和衣而睡，提不起一点亲热的兴致。第二天早上，一夜没睡的我和好像同样一夜没睡的阿醒，一起站在浴室里洗漱，我挤好牙膏才发现镜子里的她一直在盯着我。我也看着镜子里的她，忽然发现她的眼睛里，有比难过更让我窒息的东西。我不敢动，一直在等她说话。

阿醒的眼泪就在那一瞬间流了下来，我听见她说：“我从没见你这么老过。”

是啊，我也没想到我们都已经这样老了。我的脸上开始有疤了，你也开始长眼角纹了。有些是为我长的吗？我一直想问，却也一直害怕。

有些话我不敢说，怕说了以后不好走，也不好留。适时的煽情可以阻止分离，但它也不能支撑太久。我们已经老了，不能靠着冲动做选择了。我忽然意识到能为她最后做的，也只剩下为这最后的分别开一个好头了。于是，我告诉自己，必须吞下那些想说的台词，只要忍住了好的言、好的语，就能继续尴尬地演好的聚和好的散。

去机场的路上，我们坐在出租车的后面，隔开一个人的距离。

阿醒用手指有节奏地敲着车窗，一下一下像是钟表的计时。我就呆呆地看着她的手指，好像那里有个我的世界，被她轻而易举地敲打、震荡。

到机场后，我们一起过了安检，各自走到自己的登机口坐着，谁也没有送谁。身体在自己的位置上，心却飘到了另外一边。我们的航班时间相差不多，只是先后离开的区别而已。

广播里通知着起落的时间与航班状况，我一直听着阿醒的航班。直到广播说她的飞机延误了，我第一时间抓起箱子奔向她的登机口，直到我跑了一会儿才发现，阿醒也在加速带的另一边跟着我跑。她一直都没有走，她一直在我的登机口附近，远远地看着我，就像我在天津第一次对她撒谎一样。她这一次又是怕错过我的什么"阴谋"，她怕我又欺骗了她什么事情，所以又悄悄地躲在外面，偷偷地监视着我离开。

我们站在加速带的两边互相看着，好像过程总是这样，我们永远会因为什么错开。即使彼此互相迎着走，也还是会错开。

那天是阿醒先上的飞机，我在她的登机口坐了很久，看着她的飞机被牵走、上跑道、起飞、消失。我像是瞬间松了一口气，好像感觉自己活过来了一样，转身走了几步才明白，不是活过来了，而是已经死了一回。

我们分开以后，很长时间都没有联系。生活又恢复了原貌，我本以为会有什么不同。可是有一天，我在超市采购时才发现，所选的商品都是单人份，以前是，现在也是，根本没有改变，两个人在一起时是怎么活的，现在还是怎么活。我推着购物车，像是无数次的机场离别一样，漫无目的地游走，把难过慢慢地消化后，缓慢地为自己的狼狈埋单。

以为分别是最难过的，原来不是，最难过的是她好像从未来过我的生活。

后来的我不出意外地继续忙着，经常性地出差、旅行。有时手机开着定位，看见我和阿醒去了同一个城市。我刚到，她却刚离开。我拖着行李在机场里走，避开加速带，在人群中缓慢地前行，想象着她也在这路过的场景，穿着什么样的衣服，有着怎样的表情。

回忆越过我，径直走向阿醒。前面的每一个背影都像她，穿长裙的阿醒、披围巾的阿醒，各种各样的阿醒。我却不敢追，只能在背后悄悄地跟着，生怕踩错一步，就再也回不去这梦境了。

有时，我也想过或许能有一次可以遇见她，然后我就像电视里演的那样牵着她的手信誓旦旦地说："这么巧啊？你也来工作吗？你看我们还是有缘啊。返程机票退了吧，工作也先放一放，咱们去把这个城市吃一遍。然后再换个城市，去哪儿都成，吃什么都行。去云南吃米线，去拉萨喝酥油茶，去呼伦贝尔喝羊奶，去长春吃烤冷面……"

但是，我一次也没有遇见过阿醒。

后来，我还是旅行，先把有海的城市去了一遍，然后又在岛上住了一段时间，接着又去了越南、新加坡和中国台北。

后来，谭肖从他妻子那儿听说了一点我和阿醒的事。他知道我和阿醒不再联系后，问我因为什么。我就把异地的难处和他讲了一遍，我问他是我想错了、做错了，还是阿醒理解错了。

谭肖说爱情里争个对错，本来就是杀敌一千自损八百的事。在他看来，爱情就像是一场生意，本身就存在着相互配合、利用的关系，一方跑得太快，另一方跟不上肯定会被甩下来。而我拼尽全力地往前奔，也并不完全是为了赶上阿醒，我想要给她依靠。不让她来深圳，不想她放弃舒适的一切来迁就我，说白了就是舍不得自己那点愚蠢的自尊。但是，一个人的内心有多强大，不在于他有多么倔强，而是他能真正地承认差距，进而追赶。

强大的第一步，是先要面对自己的弱小。

我像个小丑一样羞愧地听完谭肖的话，终于坦然地告诉自己，分手后我到处旅行，也不是为了能再遇见阿醒，而是想迅速从这段感情里逃离出来。

以前的我和阿醒从机场的这头上去，再从城市的那一端下来，相遇又走散。我们可以做着一样的事情，有一样的痛苦和快乐，只不过因为时差，我们还是得各自消化。于是分离过后，天桥一端的我从生活这边爬了上去，眼看着阿醒从人生的那边走下来。我们像飞向两个不同国家的航班一样，时差般地悄悄错开了。

这独自的、静默的爱，到头来还是各活各的。我最近一次走出机场时，天就快亮了，我迷迷糊糊地认不清方向，再也没有出现过阿醒的幻觉。我拼命回忆阿醒的模样，在脑海里拼接她的鼻子、眼睛和头发，却怎么也记不起来。后来，我像个老人一样坐在路边，沮丧了很久。

那时，我才意识到梦中的她，是真的走得足够远了。

阿醒其实也没有闲着，她把我去过的北方城市都去了一遍，在极寒之地欣赏雾凇，在冰冻的河流上看情侣玩爬犁。走到哪儿，她都觉得曾经的我也去过那里。

后来，她还去了迪拜和阿布扎比。第一次进入阿联酋需要录视网膜，在安检排队时，一个男孩刚刚安检完便调皮地把行李箱推了进去。箱子一路滑进里侧，跌跌撞撞地消失在视线里。阿醒一下子就想起了我。

安检人员对阿醒说："Please open your eyes."(请睁开你的眼睛。)

阿醒把头扬起来，眼泪自然而然地落下来。她录了很多次，都没有成功。

安检人员只好安慰她："Every thing will be OK. Believe me, everything will be OK."（一切都会好的。相信我，一切都会好的。）

后来，我想着我们在一起的时候，她是否也忍受过许多这样的时刻。原来，爱情里有些孤独是没有办法分享的。

后来，阿醒回国时给我打了一个电话，问我在不在深圳。我在电话这边平静地说："四个小时之前我在，现在我在青岛。"

阿醒放下电话，拍了一张深圳宝安机场满是窟窿的顶棚。她透过那些眼睛一样的空洞，看着里面午夜的星光，就好像自己的身上也有无数双热泪盈眶的眼睛。

声　声

希望
有生之年
能在你的故乡
和你并排躺下来

数旧日的星光
将你的童年展开

一件件阅读
一点点明白

你如何长成今天的你
又如何与我相爱

像是目睹着你的到来
后生再参与你的离开

希望
今后的你
生病能减肥

分手旅行

不赶末班车
一人食觉得更好味

琐碎伤不到你
感动在指尖的缝隙

碎发也有精致的欢乐
残破的记忆都能舍得

希望
即使我们感情太深
也能保持自身的存在

从拥抱的碰撞中
获知接纳与包容
信任和给予

疼痛让我们了解
相处是一份温柔
装着两份默契

希望
沉默太多我不易懂
只记得温柔在你眼中落下来

记忆里

所有思念的雨水
都下在了门外
汇成透明的海

水色的清波
沉着你的轮廓

你唤着我的名字
一声声地望着我

墨啊
你在干什么

希望
人生太快我不想懂
岁月在你身上静下来

我的目光
能一直照耀着你
不害怕老花眼白内障
过一天　算一天

清晨的眼泪
沉着你的轮廓

你望着我的名字

一声声地唤着我

墨啊　墨
你在干什么

Little reunion

02

小团圆

不逼迫对方妥协，
也不就此退让，
就好像他们这些年的爱情一样，
互相撕扯着彼此相守，
再继续推着生活往前走。

Little reunion

老浴缸

五岁的时候，我们一家三口搬离了奶奶家的平房大院，住进了市区的楼房。搬迁时放了许多鞭炮，爸爸用双手捂住我的耳朵，对着妈妈笑。一路上，我坐在爸爸的怀里，爸爸坐在货车后面一堆家具围着的浴缸里。他一边拍打着浴缸的瓷边，一边高兴地说："以后就能天天在家泡澡了。"

我爸爸很喜欢泡澡，在单位忙完一天回到家就径直冲进卫生间，从热水器里放出一些热水，整个人卧进浴缸，享受着温度与肌肤纠缠平缓后的放松感。每当那时，他就会高歌一曲，有时唱阎维文老师的歌，有时唱蒋大为老师的歌，曲目不固定，总之看他心情。特别大声时，我妈就会在卫生间外用力地敲门喊："谁愿意听你唱啊，闭嘴！电视里说什么都听不见了！"

我爸也不在意，还是一直唱。他们在这件事上老是互相呛对方，不逼迫对方妥协，也不就此退让，就好像他们这些年的爱情一样，互相撕扯着彼此相守，再继续推着生活往前走。

小团圆

上小学的时候，爸爸经常值夜班，无聊时经常和同事打牌赌博，输了很多钱。那时，家里并不富裕，妈妈为了改掉爸爸的毛病，就每个月算着爸爸发工资的日子，直接到爸爸的单位把钱扣下来，偶尔发点零花钱给爸爸。从那以后，我们家的财政大权便一直紧握在妈妈手中。

表面上的和平没有持续多久，有时爸爸为了找钱会把家里翻个底儿朝天，有时会先妈妈一步把工资截下来，输掉一部分后再把剩下的还给妈妈。争吵，妥协，再争吵，不停地循环上演。家里不能放钱，银行离我家也有一段距离，妈妈总是把钱东藏西放，偶尔对自己也不放心，当着我的面把钱翻出来数上几遍，然后剥一颗糖堵住我的嘴，让我不要告诉爸爸。有时候，她自己藏着藏着就忘记了钱放在哪儿，就全怪在爸爸身上，后来又找到了，愧疚得又给爸爸钱让他去买烟酒。

藏终究不是办法，后来有一次妈妈在去银行存钱的路上，把要存的三千块钱弄丢了。在我童年的那个年代，这是一笔不小的数目，爸爸当时每个月的工资才八百块钱，妈妈也就五百块钱。我清晰地记得妈妈垂头丧气地回到家，把包丢在床上坐下来就开始哭，声音之大吓坏了在隔壁看书的我和爸爸。我们俩围着安慰妈妈，转着圈地说好话都没用。

爸爸说要出去找找，穿上衣服就出门了。夜里十二点，他回来了，真的带了三千块钱，说是小区同事捡到了，直接塞给了母亲。

隔了两个月，一群人上门要债，赶上爸爸不在家，那个时候又都没有手机。一群人在家里闹事，乱砸东西，说是爸爸向他们借了钱去赌，现在连本带利要清算。最后，他们没有拿到钱，把家里的电视抬走了。晚上，家里三口人面对面看脸色，成了唯一的“娱乐项目”。

又开始争吵和退让的循环，爸爸承认了自己借高利贷的事实，为了还钱，他又去赌，把新发的工资也一起输掉了。我坐在中间看他们你来我往，相互揶揄，再环顾着破烂不堪的周围，家的滋味第一次变得复杂起来。

第二天，讨债的人又来了。我和妈妈躲到了姨妈家，爸爸自己留在家里。半夜，我和妈妈回来后发现家里没人，卧室的门上有许多血迹，妈妈捂住我的眼睛叫我到另外一个房间去。我乖乖地走到那个房间，在妈妈斜对角的盲区里，细细地看她颤抖着去擦门上的血迹。那一年，我七岁，刚上小学。

第二天，爸爸在邻居的议论声中回来了。每个人口中都藏着一个关于我家的故事，我自己就在小伙伴的口中听到了许多版本：有的说是我爸在外面搞女人被抓，有的说我爸惹了黑社会，也有的还原债务事件本身，但是数目变得异常惊人。

妈妈卖了家里的一些东西，又从银行取了一些钱，还了债拿回欠条。到家后展开看上面写的借款日期，她又伏案而泣。这丢掉的三千块钱把我的家砸烂了，又砸破了爸爸的头，在邻居的嘴里溜达了一圈以后，又回到了那群人手中。总之，它兜兜转转地还是走掉了，最后也没有回到我们手上。

后来，爸妈就开始研究搬家的事，他们想着舍弃了这里，就等于舍弃了这段不幸福的记忆，也就舍弃了人们嘴里不同版本的故事——关于爸爸的故事，哪怕只有我知道谜底到底是什么。

已经没有什么东西可以搬的了，他们还会因为搬什么而争吵起来，那就是爸爸最喜欢的白浴缸。妈妈说带不走的，新家没有那么大的浴室，小小的卫生间容不下这个大东西。爸爸说装不下也要带着走，放到楼下或者仓库，以后搬到大房子里还能用得上。他们为这件事吵了很久，搬家的事搁置了几天，最后以妈妈的妥协告终，这个大浴缸再一次爬上了我们家搬迁货车的后备厢。

就这样，我们三口人坐在车后明晃晃的白色浴缸旁边，招摇过市地驶出小区。洁白的浴缸下面斑驳的水泥仿佛代表着一个曾经平凡而幸福的家庭的破败，纯白的骄傲永远带着不可洗涤的污垢。即使离开这里，他们今后的几十年也还是会带着这段不堪的记忆，就像浴缸带着灰黑的水泥。

生活并未因此而有所眷顾我们，现实刻不容缓地跟着这个紧张的家庭。后来，爸妈相继下岗，离开了国企单位。妈妈凭着手艺辗转进了私企，谋到了一个稳定的职位。爸爸则一直在找与老单位化肥厂相关的工作，东奔西走一直未消停过，赚到的钱也都花了出去。我上了高中后，我们又搬了几次家，但新家一直没有很好的卫生间或浴室来供放那个老浴缸，它就这样跟着我们家兜兜转转在城市里来回走。生计像不可预测的强风一样，吹着浴缸的帆，吹着我们家三口人在城市的海里漂荡。

多次搬家导致的磕碰与摩擦，让浴缸变得千疮百孔，斑驳得像是一场灾难的现场。很多次，妈妈都要爆发，要把这个东西留在某个废品收购站里。在妈妈看来，浴缸是被迫离家记忆的标志，她要甩掉这个记忆重新开始生活。但是，爸爸似乎不肯轻易放手，固执地认为浴缸还能用得上，哪怕它看起来已经不像个浴缸。

有一次搬家，妈妈趁着爸爸不注意，把所有的东西都塞上了货车，满满的都是家私，就是没有给浴缸留位置。破旧的“老白”浴缸像一个垂暮的老人，在远处一直注视着这里，好像期待能上车，又纠结到底要不要上去。等爸爸把所有东西都忙完，一抬头看见满满当当的货车，再转身看看远处的“老白”，愣了一小会儿。这时的妈妈已经做好吵架的准备，她护着车上的家私也注视着爸爸，仿佛车上的东西她并不打算再搬下去，这里没有预备“老白”的位置。

爸爸忽然就跳上了车，吆喝了几声，车便发动了。一家人注视着远去的“老白”，风吹起盖在“老白”身上的一块破布，像是在朝我们挥手告别。妈妈还没有从爸爸的顺从中缓过神来，她坐下来安静地看着爸爸。直到“老白”从我们的视线中彻底消失以后，爸爸背对着我和妈妈，用颤抖的声音说：“我不是不讲理，我就想咱家以后还能住上大房子，还能用得上大浴缸。我还没老，还能过上好日子，不像他们说的那样。”

一路上，我们都很沉默，我没有看到爸爸的脸，忽然想起五岁时第一次搬进楼房时的喜庆。

那天到新家以后，爸妈指挥着工人将所有的家私都搬完，已经是晚上七八点了。外面下着雨，看着乱糟糟的新家，三口人都没有了吃晚饭的胃口。妈妈忽然说有东西忘在了旧房子里，她要去取，如果我和爸爸饿了就下点面条随便吃一点吧。说完，她就出了门，爸爸在卧室里叮叮当当地收拾东西。

过了将近一个小时，妈妈回来了。雨声掩不住妈妈慌张的破音，她在楼下指挥着工人将一个破旧的浴缸抬进了新家本就不大的阳台。妈妈浑身湿透了，雨水滴滴答答地从裤脚渗出来，流淌了一地的不容易。她一边拧身上的水，一边找出一块抹布去擦拭“老白”。

就这样，“老白”还是跟着来了，在一个雨天里，由最讨厌它的妈妈，掌帆驶向我们的新家，驶向固执的爸爸。后来的日子里，上了年纪的爸爸在“老白”身体里养鱼、养龟、种水植，看着“老白”裂开的皱纹里冒出绿色的苔藓，它以另外一种身份进驻了这个家庭。它看起来存在得那么自然，不再是家里的累赘或者个人的偏执。

有时，亲戚、朋友到家里做客看见阳台的老白，都说爸爸、妈妈废物利用得好，既环保，又时尚。上了年纪的“老白”花花绿绿，肚子里还养着各种生物，它以我意想不到的姿态重新骄傲地年轻了起来。爸爸有时站在浴缸边上捡叶子，妈妈有时坐在边上往缸里丢鱼食。他们在“老白”面前做饭、吵架，早出晚归。时间平躺进“老白”的身体，绿葱葱的植物蔓延出瓷边斑驳的水平线。他们一直这样供养着“老白”，供养着他们心疼彼此的方式。

在这个新家，我们出奇地住了很久，生活忽然平稳了下来。我上了大学，妈妈工作顺利，爸爸还是东奔西走，手上也开始有了少许闲钱。他们又开始盘算着搬家了，我寒暑假在外学艺，基本不回家，便由着他们折腾。春节时，我们聚在一起吃年夜饭，妈妈说城东新盖了几个小区都不错，我们可以挑一个环境好点的，换个大房子。爸爸却反对换大房子，拿起酒杯说："一家三口人，总是在三个地方。儿子以后在外工作、安家，就剩咱们俩，住那么大干什么？"

妈妈没有反对，但她在选好新房以后，有意地把新家的装修大权交给了爸爸，经常四处奔波的爸爸也没有拒绝。新家的客厅不大，可是有个很宽敞的浴室。装修的那几天，妈妈一直给我打电话唠叨，说也不知道爸爸能把新家装成什么样。

赶上我又放假时，新家刚刚装好，爸爸又出差，妈妈迫不及待地叫上我去验收。房子装得异常漂亮、干净，每一个地方都尽得妈妈心意。可当她满怀期待地推开浴室的门时，发现里面装的是热水器，没有浴缸，也没有"老白"，空出的位置多了一个全新的滚筒洗衣机。

妈妈没说话，但是看上去比任何人都委屈，她拽着我问："浴缸呢？你爸爸为什么不装浴缸？为什么？"我靠着门，挤不出一句话，后悔没等爸爸一起来新家，让他亲自来回答这个问题。我支支吾吾了半天，想了几句回答送到了喉咙又放下。

浴室里留下妈妈问题的回声，它的颤抖再一次出卖了我的家人。我们都知道答案，却还在为彼此撒谎。

后来，爸爸说家里以前那个"坦克式"的洗衣机也该丢了，同事现在都用这种，洗衣服方便又省力。他说我不常在家，装浴缸也没必要，现在都流行热水器，用热水也方便些。

最终，妈妈妥协了，她收好这个答案悄悄保管着。时间偷走了生活，也收回了过期不候的享受。爸爸终于在寻找那份享受的途中，错过了享受的年龄。时间没有等他，身体没有等他，浴室大了，“老白”老了，爸爸个子变小了。

后来的“老白”漏水、变形，出了各种状况。去年的某一天，“老白”因为再也无法维修而永远地离开了我们。植物都很伤心，一部分悲伤地直接凋谢了。远在外地的爸爸没有参与“老白”的告别仪式，妈妈独自处理掉这个观望着我们家十几年过往的老朋友。它看着我们从海底上去，又载着我们从上面漂下来，直到我们相继上岸，留它独自在岸边，长出岁月的青苔。

前些日子，妈妈去参加同事孩子的婚礼，回来的路上和我打电话说，总想着自己儿子结婚时该是啥样。说着说着，她忽然走了神，没了声音。我叫了她几声，她回过神来说长春边上新开了个温泉养生中心，一个宣传的喇叭车从她身边驶过去，招摇过市的声音一下子把她的注意力拽了过去，她忽然就想起了爸爸。

后来，听妈妈说她特意带着爸爸去泡温泉了。去的那天，他们理了头发、换了新衣，干净、腼腆地一路坐车过去。路上，爸爸一直在抱怨，说长春边上哪有什么温泉，都是骗人的，跑这么远干吗，洗澡哪里不一样。可妈妈什么都不说，只是一直盯着车窗外的景色。

虽然爸爸路上一直在唠叨，可是一下到温泉里以后，整个人的态度就变了，一直说温泉好、舒服，水干净，温度又够，水果和饮品也都新鲜可口，总之哪里都好。

泡着泡着，妈妈就扯着爸爸问："舒服吗？"

爸爸闭着眼睛小声呢喃着："舒服。"

妈妈说："那我们过两天再来。"

爸爸声音变小了，缓缓地答："哪能天天来？这么远，又不便宜。"

妈妈好像没有听见爸爸的回答，还是兀自强调着说："舒服我们过两天再来，我们再来。"

后来，爸爸就睡着了，一觉醒来直接奔向车站去了外地。三口人，又分在了三个地方。我们全家从"老白"的身体里走出来，又重新投到生活的海里去。

南方的城市楼房里大多是淋浴，有时候，我会很想念"老白"，想念它的皱纹、它的植物，想念年幼时和爸爸一起卧进去的感觉。刚入秋时，给妈妈打电话，她身边声音嘈杂。询问再三才知道，她又开始在卫浴市场里来回转了。在爸爸不知道的时候，她悄悄地走进一家店询问老板，这个浴缸多大、多少钱。我知道今年回家的时候，爸爸可能又会在浴室里唱歌了。虽然我老是记不起，他唱的是什么。

脚　印

八九岁的时候，父母吵了一次狠架。妈妈借着工作的机会要出差，但是不肯把我单独留在家里，一是怕爸爸笨手笨脚照顾不好，二是似乎铁了心想要离婚，不想把我留给奶奶家的人，就把我送到远在农村的姥姥家住了一个冬天。

去的时候，我很不情愿，可是又没有办法。内向的我似乎反抗的方式也很内敛，可以被人直接以无视的方式忽略掉。我和妈妈坐在大巴车里一前一后，我在后面摆弄着手指，妈妈只顾着看道路两旁的积雪和杨树，辨认着终点和天气。

后来下了车，面前是一大片被雪覆盖的白色荒原，只有一条布满脚印且被踩得平整的小路弯弯曲曲地向着村里的方向铺去。我和妈妈沿着这条小路走了将近半个小时，身体都快冻透了才到姥姥家。

这是我记事以来第一次来姥姥家。一个平整的农村小院，两间大砖房，院里堆了几个很大的玉米堆，旁边有一些玉米梗堆起来的垛子，都积了很多雪。一口冬眠的井，正正落在院子中间，两旁的鸡雏、鸭子都从窝里探出脑袋，看着来这里的陌生人。

进了屋，姥姥正在生火，姥爷坐在炕头上卷旱烟。交代了我，妈妈留下来和我们一起吃了顿午饭。我记得那是一顿很慢的午饭，它慢到我似乎听见了家人吞咽的声音，慢到这声音里我听见了许多尴尬、许多叹息，还有许多不尽如人意。

饭后，妈妈就要走了。我瞪圆了眼睛看着她，明知不可能，却又怀着希望地侥幸想了一会儿：或许任性一下，耍个赖，妈妈就能把我带走了。但是我没有，虽然年纪小，也不知道自尊到底是什么，但还是含着那股被“抛弃”的委屈，倔强地看着妈妈走，甚至不肯流一滴眼泪，不肯说一句再见，或者问上一声，“妈妈，你何时来接我”。

姥姥话不多，每天农活都很繁重，屋里屋外地忙。早上天蒙蒙亮时，公鸡就打鸣了，姥姥从炕上起来，裹上厚厚的棉袄就开始生火、做饭，给鸡、鸭和猪喂食。我在炕上用哈气在满是冰霜的玻璃上烘出一个小洞，远远地观察她一个人走到玉米梗的垛子旁，扛着一些干的梗子，再回到屋里。直到柴火的噼啪声响起来时，整个清晨才算是真的醒了。

看见她回屋，我又躲进被窝里开始装睡。我听见她掀起帘子走了进来，把手伸进我被褥下面，试探着炕头的温度，然后又静静地走了。

姥爷起床很利索，很夸张地咳嗽几声后，穿了衣服就把炕上的被子都收拾好，单独留下我，让我继续睡，吃完早饭就直接去院子里干活了。

剩下我自己在炕上，我也就起来了，然后收拾好铺盖，摆到柜子上，再回到炕头端端正正地坐着。无论在他们看得见还是看不见的地方，我都不想犯下错误，想表现得让人满意。在一个陌生和熟悉都谈不上的环境里，小孩都会保持着客人一样的规矩。那种小心翼翼的恐惧，时常埋在生活的许多细节里，让人不敢放肆地伸展欲望和肢体。

姥姥似乎看出了一点名堂，有事没事她就把我往院子里赶，我还是不爱动。有一次，她用皮袄把我裹得像个棉猴，带我到鸭窝门口。一群鸭子看见陌生人过来了，全都挤到我斜对着的墙角去，摞在一起，最下面的鸭子被踩得嘎嘎叫，我被逗得轻轻笑了一声。

姥姥低头沉沉地看了我一眼，她抓着我的手拿了一把粮食撒在鸭窝里。鸭群就这样散开了，最底下那只也出来了，挥着翅膀到处乱转。就这样，我和院子里的鸭子和鸡都混熟了。有时候，姥姥喂食，我也能起大早，帮个倒忙。

有时，母鸡下了蛋，会趾高气扬地叫个不停。我就拿着小篮子沿着母鸡的挂窝收蛋，有的母鸡高产，下了两三颗，有的只有一颗。取蛋不能贪，每次必须给母鸡留下一颗，这叫引蛋，保证母鸡知道孩子还在那儿，还能继续下蛋。有时候，收成好，小篮子装不下，也就不收了。摸着热乎乎的鸡蛋回屋，放到保温箱里，等着孵小鸡。

偶尔，姥爷也会抱着我去剥玉米粒，开始我用手一颗颗地剥，手都冻红了也没有剥完一个完整的玉米。姥爷手快，他熟练地用一个玉米搓着另外一个，豆大的玉米粒像下雨一样哗哗地落到簸箕里。我学着姥爷的方式把玉米搓得龇牙咧嘴、参差不齐。

尽管我笨，且手艺拙劣，但我好像找到了乐趣。在酣畅淋漓的农活过后，吃一碗粗粮掺杂的白饭，已是难得的美味。就这样，我拾获了不少的快乐。

有一天，我照常和姥爷在院里干活。院门口忽然一群小孩子跑了过去，有几个停下来，望着院子里的我。他们有的貌似和我年纪差不多，有的比我大一点，年纪稍微小的在后面迟迟地跟上来，最后撞在年纪大一点的孩子身上，转而也望向我。

看得出他们是一个群体，好像正在集合去往什么地方，又好像他们早已结束游戏，正满身泥泞地往家跑去。他们望了我一会儿，就起哄跑开了，我看着他们去的方向望了很久。晚上吃饭的时候，姥爷和姥姥说了那群孩了的事。姥姥皱了皱眉，和姥爷聊了几句，又转向我，叮嘱我不要和他们一起玩，乖乖待在院子里。

得承认，我是挺想和他们一起玩的。孩子之间总有互相理解的那种快乐，并且可以毫无芥蒂地交换着玩耍的心情，这比客居的感觉，实在要有趣很多。听了姥姥的嘱咐，我不是很高兴，却也还是打算听话。

第二天，那群孩子果不其然又来了。他们在院门口停了好一会儿，直直地看着我。那目光是邀请、挑衅半分，期待半分。我正打算走过去时，姥姥忽然从屋里出来了，吆喝了几声，孩子们就跑开了。我心里七上八下地埋怨着，却还是故作平静，觉得听话应是本分。姥爷叹了口气，和姥姥说了几句话，姥姥便回屋了，待了一会儿又出门去了。

没多久，姥姥就回来了，身后带着一只脏兮兮的小黑狗。我就叫它小黑。姥姥把小狗轰到我面前，示意让我和它一起玩。雪沾上小狗的体温后，全都化成了水，又迅速结冻，团成一小撮聚拢的毛，落在小狗的背上，它看起来落魄极了。姥爷说这本来是条野狗，每天按时来姥姥这里领饭吃，便认下了这个据点。

我并不喜欢这只小狗，为了继续表演乖巧，却还是和它玩了一会儿。在姥姥心满意足地回屋以后，我便在意识上抛弃了它，无论它如何朝着我摇尾、低吠，我都提不起任何兴致。

接下来的几天，小黑还是按时到院子里陪着我。我没有心思想它为什么这样听话，只是每天都望着从院子门前跑过的那群孩子。按照惯例，他们也都停下来看我一会儿，然后再跑开。

后来有天上午，那群孩子在门口停了一会儿后，领头的孩子居然走了进来。姥爷在院子的另外一头干活，没有看向这里。那个高高的领头孩子从我身边走过去，径直走向院中间的井。他变戏法一般从怀里拿出一个小锤子，准而有力地把井口周围结的冰，一块块敲击下来，然后分食给后面口渴的孩子。

我在旁边羡慕地看着，丝毫没有掩饰，妄图被他们洞察到我的艳羡，进而邀请我加入到队伍中。最终，我的表演奏效了，领头的孩子砸了一块冰递给我，其他的孩子也顺着冰的目光望向我，好像递给我的是一碗歃血为盟的酒。我不由分说地接过来舔吸着，有点苦，也有点涩，很凉，并不好吃，但我还是吃得很激烈。我把它当作是群体的认可、队伍的证件，甚至是寄予厚望的快乐。

领头的带着这群孩子心满意足地走了。他们不断地回头望着我，在我看来这是暗示，于是我鼓起勇气蹑手蹑脚地跟了过去。出了院子后，他们就开始小跑，我也开始跟着跑。姥爷专心地干活，没有注意到我，只有小黑一直追着我跑。

我们跑了一小会儿，到了一个类似于粮仓的地方，里面的玉米粒堆积如山。孩子们一个猛子扎进去，在玉米的海洋里来回乱窜，偶尔有人开着拖拉机到这儿，把整车的玉米粒都卸下来，再开车离开。有的拖拉机停下来，上面的人下来，走到不远的地方吸烟，但是拖拉机还没熄火。孩子们就在玉米堆里来回翻找，有冬天出来觅食的老鼠躲在玉米堆的角落里，被孩子们抓到后直接塞进拖拉机的排气筒。老鼠再被喷出来，满身带着烟地跑开，孩子们哄笑一团。

我在旁边看得紧张兮兮，满身是汗。这时，领头的孩子忽然抓住了一只小老鼠，小到只有婴儿拳头大小，他拽着老鼠尾巴甩来甩去，好像有点嫌弃老鼠的体积。直到他转向我，然后满脸堆笑地走向我，就像递给我冰块一样把那只老鼠递给了我。

我吓了一跳，犹豫了一会儿，老鼠在我和他之间不停地叫着。

如果说饮冰是邀请，那么老鼠可能就是考验吧，或许是验证同类的一种方法，他在观察我到底能不能和他们享受同一种快乐。

我可能太需要伙伴了，在一个完全陌生的地方，迫切地寻找着认同感。于是，我伸手接住了那只老鼠。可能是没有经验的原因，老鼠到我手上以后，一改乖巧的作风，不断地挣扎、盘卧，最后在我的食指上咬了一口，我疼得松开手，它便逃走了。我流了一点血，疼得蹲了下来，一圈孩子全都跑了。领头的孩子看了我几眼，也跟着跑了。我一转身看见粮库里已经没有了人，只剩下我，和身后的那只小黑狗。

最后，我和小黑灰溜溜地回家了，被老鼠咬过的地方我遮遮掩掩地瞒了一会儿，到了中午开饭的时候，我一个不小心把伤口暴露了出来。姥姥问是怎么弄的，我不敢撒谎，一五一十地说了。姥姥格外生气，先是把姥爷训斥了一遍，说他没有看好孩子，然后又让姥爷倒了一碗白酒，替我擦拭、消毒、包扎伤口。最后，她还是不放心，仍然坚持要带我去镇上的诊所问医打针。

到了下午，姥姥领着我，小黑在前面开道，我们慢悠悠地沿着村道朝着镇里走去。姥姥认识许多路，有人走的、没人走的，近的或者远的，有的路雪下过以后还没有人走，白茫茫一片干净。转身望去，只有三排脚印。

小黑的脚印圆圆的，一团团，我的是椭圆形。姥姥的脚印很深，鞋子的形状有些夸张地扭曲，让人看了就会联想到许多故事，感觉每一脚踩下去都有不同的疼痛。雪的、脚的、姥姥的，无法言喻的疼痛。我抬头看了看姥姥，她没注意到我，仍然缓慢而小心地走着，我往她的方向贴了贴。

到了医院看过医生，打完针，我们又往回赶。快到家时，天色已经沉了下来，农村的星星都很低、很密，争前恐后地朝着你说话。月光照到白色的地上反射出幽蓝色，我辨认着来时脚印的大小，猜测着它们的归属，这一路似乎也没有再觉得那么漫长了。

事情没过几天，那群孩子又来了，他们在院子门口绕了几圈。姥爷警告性地轰了几次，孩子们也没有走远，不知道是关心我的伤势，还是想我继续加入他们。

后来，领头的孩子有点懊恼，他打算放弃了，就拉着几个孩子要走。我忽然有点着急，内心还是期待着加入到他们的游戏中去，竟莫名地在心底责备起自己来，或许上次是因为自己太笨，才损耗了大家游戏的兴致。这种过于自卑和孤独的自我讨伐，让我忘了伤口和教训。我又悄悄地溜了出去，跟上了不远处的队伍。

跑了一会儿，领头的孩子就发现了我。他的表情里有一些不情愿，或许是因为姥姥、姥爷的缘故，看得出他并不想带我。他走过来让我回家，我回头看了看，发现姥姥和小黑都没有跟上来，便坚持要参与。领头的孩子没理我，带着孩子们继续跑，不同的是这次他们跑得越来越快了，快到我有些跟不上。

后来，孩子们转身进了一个林子。我想都没想就跟了进去，但是一转身的工夫，大家就都不见了，剩下我在林子里来回踱步，四处奔跑，也还是看不见一点人影。过了一会儿，我有点害怕了，朝着四周看上去都一样的方向喊了几声，得不到任何回应，再想找回去的路，发现脚印都踩乱了，辨认不出路来。我毫无办法地继续在林子里跑，跑了很长时间才意识到，我已经离家太远了，想要回去并不容易。

就这样，我歇一会儿，跑一会儿，在林子里绕了很长时间。天色越来越暗，我也越来越着急，但还是丝毫没有办法。也忘了到底跑了多久，只记得被甩开以后认准了身后的几个方向，变换着跑了几次，终于隐约地望见了尽头，眼前的希望给了我一些力量，我加速朝着尽头奔去。

等到彻底跑出来后才发现，又误入了一片荒原。看样子应该是大片的耕地，厚厚的一层雪盖上，看不出一点收获过的痕迹。我跑热的身体几乎在那一刻又冻透了，提着狼狈的身体和精神，艰难地一步步挪着。

绝望和恐惧像寒冷一样，从脚下爬到头顶。我记不清到底哭没哭，还是早已经没了知觉，后来我拿树林比对荒原，猜测自己走了多远。而林子却在我身后变成了固定的大小，让人无法辨别它的真实和位置。

后来起风了，就刮起了雪雾。我没在意，还是继续往前走。过了一小会儿，有个黑影在雪雾里若隐若现，已经没有什么可以更怕的了，我继续往前走。雾渐渐散开，小黑就像一滴墨水一样落在了白纸上。它看见我以后迅速地奔了过来，一下就扑到我怀里。

借着小黑给的温度，我暖了一小会儿，想着小黑为什么会在这儿。既然它在这儿，那么姥姥是不是也在附近呢？我起身带着小黑往前走，似乎没那么害怕了，沿着小黑的脚印，我们一前一后地奔赴着。

又走了一段时间，我发现荒原不再那么平坦，开始有痕迹可寻了，坑坑坎坎的地方有了人的脚印。我走过去看，发现脚印都差不多大小，且相像。仔细辨认了一会儿才发现，那密密麻麻的脚印形状，夸张地扭曲着许多内容，脚弓弯得很深，好像每一脚踩下去都有不同的疼痛。我这才认出那是姥姥的脚印，那是无法言喻的疼痛。这脚印从零星点点，到遍地都是，她在这儿徘徊往返了多少次呢？这厚厚的雪原一角已经快被她踩平。我站进一个脚印去，望向整个雪原，还是看不见一个人影，但是我知道，我离家不远了。

后来，我和小黑沿着脚印跑了没多久就出来了，跑到了我和妈妈来村子时的那条村道上。我们沿着小道一路跑回了家。一进屋，姥爷就把我放在了炕头上，打热水给我泡脚，小黑卧在炉子旁取暖。把我安置好以后，姥爷就出了门。不一会儿，他和姥姥就一起回来了。我用手在玻璃上暖出一个洞，看着姥姥、姥爷走进院子，看着姥姥也在外面透过这个洞望着我。那是我们俩第一次那么久地直视对方，我看见她脸上皱纹堆垒，就像那些满是故事的脚印一样。我想说话，却还是忍住了，我好像又哭了。姥姥却什么都没说，只是笑了笑，就去做饭了。

那一天晚饭很迟，但是很丰盛，有鸡、有鱼。我吃了很多，放下了克制和礼貌，不用在意大人之间彼此交错的目光，不用在意餐具交错间有多少尴尬。吃完，我就沉沉地睡去，最后也不记得谁帮我脱的衣服、谁帮我盖的被子。那一晚，我好像彻底放下了寄居的战栗与担忧，开始踏实地加入到这里的生活。

就这样，我老老实实地过完了剩下的冬天，直到春节临近时，妈妈才来接我。那时，她和爸爸已然和好，也不方便让我在这儿久居。姥姥坚持要送我们，我和妈妈、姥姥和小黑，沿着来时的村道走到公路口。等了一会儿，大巴车就来了，我和妈妈上了车坐在窗户边上。妈妈让我和姥姥说再见，我只是直直地看着姥姥，却一句话也说不出口。

车发动了走出一段距离，小黑跟着车跑了两步，又被姥姥叫住。我想喊一声小黑，却不知道为什么脱口而出的却是“姥姥”。我自己也愣了一下，但是接下来却又毫不犹豫地把身子伸到车窗外面，用力地挥手朝着远去的方向喊：“姥姥，姥姥！”

我看见姥姥也往前追了几步，但是又停了下来，缓慢地朝我们挥手。等姥姥已经变成一个小点消失在道路尽头后，我慢慢地把身子收回来时，发现妈妈在我后面的座位上哭成了泪人。

从那以后，我再也没有在姥姥家常住过。后来，每一次见姥姥都是在姨妈家，或者舅舅家。有时家里聚会，我就能在乡下和她多待一会儿。初中毕业时，姨妈家的表哥结婚，家里人都去了，姥姥和我说小黑生了两窝崽子了。我那时才知道，小黑原来是母的。

后来，晚年的姥姥身体不好，一直住在小舅家。我去探望她只能待不长时间，怕影响她休息，就没能和她多说上几句话。我上高中以后住校，很少有时间回家，也就没有再去乡下。念高二时，姥姥去世了，我在学校半夜收到消息，第二天坐最早一班大巴去了乡下。

下车后又是那条村道，早晨的乡下雾蒙蒙的。我在道边努力站稳，迈开步子往姥姥家走。快要走出两边的荒原进到村子里时，白雾里突然出现一个黑点，一条酷似小黑的狗就这样站在道路中间，愣愣地看着我。

像是被什么撞了一样，我双眼温热，耳鸣目眩，傻傻地停在村道上，惊恐地看着它。小狗伸着舌头朝我叫了两声，我蹲下来跪在地上伸开双手，小狗却慢悠悠地转身往雾里跑去。我想叫住它，心里要喊：“小黑，小黑！”

不知为什么，脱口而出的却是：“姥姥，姥姥。”

“姥姥。”

姑妈（一）

爸爸十几岁的时候，爷爷就去世了，前一晚睡下，第二天就没醒来。脑血栓的走相不是很好看，他平躺在东北特有的火炕中间，直到早饭的时辰过了许久，他都没有起床，旁边坐着的七个孩子克制又冲动地观望着自己的父亲。他们强忍着自己的难过，直到第一个孩子哭出了声音，所有人就都获得了释放。这第一个哭的孩子，就是我的大姑。

爷爷生前是机关干部，因为收入还好，所以即使家里人多，日子也还过得去。等他去世后，家中便迅速败落下来，奶奶没有经济来源，下面的几个孩子又太小，嗷嗷待哺。我爸爸行四，上面有两个哥哥、一个姐姐，下面有两个弟弟、一个妹妹。儿子们都想扛起男人的责任：大伯去了松原采石油，隔三岔五地寄钱回来；二伯在爷爷生前就已经定好去当兵，部队没有什么油水，只能偶尔托人带回些衣物。男丁中接下来就是我爸爸，他夹在中间尴尬地寻找着自己的身份，低头向下，他看见了眼泪汪汪的弟弟、妹妹，向上看，他身高又不够顶到家里的梁。

大姑又一次站了出来，她一边哭，一边收拾书包离开了学校。同学们和老师一直追到家里，也没有把她再追回学校去。她把书、笔卖掉，发卡都卖掉了，剪了落到脊骨的长发，到千斤顶厂子里，埋在乌泱乌泱的灰蓝色厂服中，看不到一点影子。

那时，小叔和小姑年龄太小，奶奶身体又不好，有时候看不住孩子。他们就跑到大姑的厂子外面，等着大姑在午休的时候从厂子里拿出一些玉米饼子和窝头充饥。大姑后来回忆说，那时候记忆里老是听见弟弟、妹妹们在不同的地方叫她，管她要饭吃。

大姑有一个特别牛的本事，就是她只要在商场里看一眼毛衣、围脖，或者坎肩的样式，回到家里就能自己织出一模一样的，甚至织得比商场里卖的还要好看。她总是带着破衣烂衫的弟弟、妹妹，在商场里来回走，看上哪个记下来，然后在一个个夜晚，把那些漂亮的衣服像奏乐般细细谱写出来。从她开始会织毛衣开始，家里人每年过冬总能添上新物件。小姑最爱美，偏偏年龄又最小，所以很得宠。每当大姑得到颜色好看，质地又好的毛线，总是想着要给她留着织点什么。大姑曾经给她织过一个白色花纹的圆领毛衣，小姑只舍得在过年的时候拿出来穿一穿，谁都碰不得。

爷爷去世的第一个春节，天气已经冷得不成样子，为了维持奶奶吃药，家里已经没有多余的钱来办年货了。邻居们路过这个破败的家都要往里望一望，看看这个家的年节到底要怎么过。新的粮票发到家里，奶奶发着狠地把肉票全都撕掉，只留下全家人的口粮。她一边撕，孩子们在一旁失落着。这意味着家里年夜饭的桌上，可能和平常没什么两样了。

除夕那天晌午，大姑收拾东西顶着大雪出了门，居然带了一些猪肉和白面回来。兄弟姐妹们高兴坏了，都转着圈地下厨帮忙，去闻闻味道。奶奶忧心忡忡地想问大姑哪儿来的钱，却又担心什么要被捅破一样，迟迟不肯问出口。

傍晚的第一声炮仗响起时，大家开始迎着大雪出门看热闹了。谁家的鞭炮最长、最响，谁家的饺子最大、最香，掩不住喜庆地攀比着，把日子抬到一个显眼的面上。小姑却在炕沿边上炸了天，她的白毛衣不见了，她把衣柜翻了个遍也找不到。她要穿着毛衣出去踩炮仗的，怎么能这个时候没了脸面？哭闹声几乎要盖过锅碗的碰撞声，屋里的兄弟们都停下来看着她。大姑怕让奶奶听见，她走过去一把抱住妹妹，用手捂住妹妹的嘴，附在她耳边说："你别哭，姐再给你织个新的，姐一定再给你织的。"小姑憋红了一张脸，气冲冲地啊啊叫。

其实，奶奶听见了，其实所有人都知道，只不过谁都没有说。这个掐着全家人嗓子眼的年节，就那样过去了。小姑和大姑一起哭着，一起吃饺子。后来的很长一段时间里，大姑总是和小姑唠叨说："姐姐欠你的，姐姐会还你的，你信姐姐一次。"

最终，我爸爸和大姑一样，还是没有把高中念完。他到化肥厂去开货车、卖尿素。总之，他也开始为这个家做点什么了。后来，四叔也去了化肥厂，家里面长大了一个，就多了一个帮忙的，大姑就能稍微松一口气。家里的日子好转了一点，但也没有好太多，大姑仍然保守地算计着生活。她在院子里种下细菜，粗粮、大米搁置有序，屋顶破了，她一个人上房去补，全家的生活都握在她柳枝一般纤细的手中。

忽然有一天，我爸爸开着单位的货车拉回来一只小白山羊。它在院子里来回折腾，试探着领地，有时踩坏了院子里的菜。我爸爸伸手要打，大姑拦着说：“别打，我还得指着它产毛物件儿呢。你们放心吧，我一定让咱家人都有过冬物件。”

大姑给小羊起了个可爱的名字，叫咩咩。于是，它白天咩咩地叫，夜里也咩咩地叫。有时候，大姑拉着它出去溜，经常被人赶着跑。人家说山羊吃草败家，吃完了地皮表面的，还喜欢把根刨出来。咩咩啃过的草皮，很多都凹凸不平，人们气急败坏地驱赶着山羊和它的主人。大姑牵着她的羊，身后跟着一群围着红色袖标的人在大院里来回跑。

后来没办法，大姑就带着咩咩在一些荒落掉的厂区里吃一些杂草。咩咩不爱吃野生植物，越来越瘦。大姑没办法，到了晚上就戴上帽子偷偷地出门，到外面拔一些嫩草回来喂给它吃。时间久了，大姑被抓住过几次后，便不敢再去，偶尔在路上拔回一些草来喂。奶奶希望大姑不要在一只羊羔身上浪费太多精力，还是要多顾家。大姑顶嘴说：“我没太大本事挣粮食，但好歹家里总算有个吃得饱的吧。”

家里人把一种希望寄托在了咩咩身上，好像只要它长大起来，家里就会有好日子过了。他们把对未来的憧憬寄托在一只最容易满足的羊身上，投射过去的希望转化成安慰再返回到自己这里。

终于，咩咩在惊心动魄中长大了，也开始脱毛了。大姑把掉下来的毛收集好，等着攒到一定量，好拿到供销社找人纺成毛线，再拿回来织。晚饭后，全家人在院子里看着大姑补衣服，引线、穿针，点大的针孔立在空中，大姑把线头在嘴中一抿，露出轻巧的线尖儿，再奔着针眼缓慢而坚定地走过去，一下穿起全家人的生活。

一只羊的毛毕竟太少了，没有任何务农经验的大姑，天真地以为它可以供给这个家庭庞大的需求，但事实却是一只羊的毛年产量，勉勉强强够织一件儿童的薄坎肩。那年冬天快到了的时候，家里人过冬的物件还是不够，二伯从部队上捎回来一件军大衣，谁出门就谁穿着，不出门的人就缩在被窝里头躲着。

好不容易把冬天扛过去了，小叔和小姑又都开学了。学校不收学费，但是书本还是要买的，大姑手上再也没有可用的钱了。没办法，她下了班就穿着工作服戴着套袖到处去借，吃了许多闭门羹。最后没办法，她就带着小叔和小姑去废品收购站里淘书，看谁家孩子升学或者不念了拿书来卖，她就赶紧凑过去先把书抢下来，让小叔、小姑看，是不是他们要的课本，和其他同学的是不是一样的。

即使这样东拼西凑，也才弄到一本，还缺了不少页，姐弟三人灰溜溜地回到了家。晚饭后，大姑一个人又出门去了。小叔和小姑静静地坐在家门口等，因为他们知道大姑会有办法，但让他们担心的是并不知道大姑能有什么办法。他们猜不到，也不想猜。

最后，大姑双手空空地回来了。她出现在胡同口的时候，小叔和小姑都迎了上去，带着期待和焦急一声声委屈地喊着“姐姐”。

大姑蹲下来摸着弟弟、妹妹的头说：“姐姐没能耐，姐姐又欠你们的了。”

这时，咩咩忽然从大院的门里探出头来。它看见主人从外面回来了，于是蹦蹦跳跳地奔出来，好像在问有没有带一些嫩草回来。大姑看见了咩咩，就又精神起来，她把我爸爸从屋里拽出来说了几句话，我爸爸就出门了。大姑在院子里捡了一些菜叶喂了咩咩，全家人一起坐在门口等着，却又不知道在等什么。

后来，屠宰厂的人来了。他们开着一辆半截子货车，叮叮当当地招摇着驶进胡同。他们下车后吆五喝六地走进院子，带着一种底层生活少有的收购阔气，四处打量着这个院子，直到他们看见角落里的咩咩。

见到生人的咩咩一直不停地叫，它不安地四处挪动着蹄子，上蹿下跳地躲闪着，似乎知道这一切都和它有关。买羊的人忙着和我爸爸讨价还价，大姑一句也听不进去，只能放空地在院子边坐着。最后，她索性狠心地回到了屋里。

商量好价钱以后，屠宰厂的人开始抓羊。一个满面油光的胖子先下到地里去，他笨重地挪着小步试探到咩咩身边，想要一把抓住羊的犄角，不料抓了空，还被咩咩一下反顶顶了回去。他直接坐在了地上，全身的肥肉打了一个波浪，又回到自己的身上，样子狼狈极了。

院子里爆发出持久的嘲笑声，这当中并没有我的家人。胖子的同事在收获意外的欢乐之后，又意料之中地嘲讽了他。气急败坏的胖子开始对咩咩围追堵截，但是咩咩实在太灵活了，它围着院子里的菜架子跑，钻出钻进，结实的肌肉线条在它来回躲闪时，毫无保留地展现出来。和胖子同来的两个人在我爸爸旁边争抢着说：“是只好羊，真是只好羊。”

他们好像一时间看清了咩咩的价值，又怕我的家人反悔，索性直接加入到抓羊的队伍中。三个人形成了一个莽撞的包围圈，照着咩咩的方向扑了过去。被围在角落里的咩咩一点也不害怕，翻身蹬了一下围墙旁边的矮棚沿儿，借着力直接跳上了墙头。

三个人在角落底下来回转，咩咩在墙头上来回踱步，偶尔还踢下来几颗石子，砸在了胖子身上。他们在墙下绕来绕去，无可奈何地叫骂着、跳跃着，像小丑一样。后来听我爸爸说，他一直在旁边笑，甚至暗暗为咩咩叫好，好像屠宰厂的人并不是他找来的，好像他从来没有想过要卖掉咩咩。

最后，耗尽力气的抓羊三人组在墙根儿底下彻底放弃了，他们转身看见在一旁冷眼看着还面带微笑的我爸爸，突然就找到了发泄点。他们对着我爸爸嘶吼，又愤愤不平地咒骂着山羊，威胁着如果我爸爸再不想办法把咩咩弄下来，他们就会选择离开，不再做这笔买卖。

爸爸也没有办法，那时过于年轻的他甚至并不觉得一定要卖掉养了这么久的咩咩。双方相持不下的时候，大姑从里屋走出来了。她默默地向墙根儿走去，一步一个脚印，穿过低矮的菜架，绕开没有长开的小苗，干净利落地站在了墙根儿下。这是她修建的院子，没有大理石和好看的瓦片，破败得更像是一个家庭，没有人比她更熟悉这里。

大姑站在墙根儿底下，头发一丝不乱，好像刚刚梳理过。她微微举起双手，朝着咩咩的方向喊：“听话，下来。”

咩咩就这样叫喊着从刚才上去的地方又下来了。它焦急地扑在大姑脚边紧紧地贴着，一直不停地叫，好像在说：“你放心，他们抓不住我，谁也抓不住我。”

大姑也是一样，沿着刚才走进院子的轨迹，又一路走了出来，小心翼翼地，沾带着最少的泥土和最重的脚步。她走了出来，后面跟着咩咩——无比信任着大姑的咩咩，无论大姑走到哪儿，它都会在后面一直跟着。直到咩咩跟着大姑走到院门外，它也丝毫没有任何察觉。

大姑把咩咩哄上了货车，在车上找了根绳子拴好咩咩，然后下了车，扳上挡板，就一个人走回到院子里去，留下身后惊恐着喊叫的咩咩。这一次的大姑像是迷路了一样，她跌跌撞撞地进了院子，撞响了好多物件，直到回到屋里，声音也没有停下来。

胖子把钱交给我爸爸以后，三个人上了车心满意足地走了。汽车的发动声过于张扬，好像宣告着最后还是他们打赢了这场战争。爸爸回到屋里，发现大姑把晚饭后的盘子洗得叮当响。他不敢过去看姐姐，只是留在原地猜，到底是车的发动机声音大，还是这碗碟的声音大。

小姑和小叔拿到了自己的书本费，但是他们一样非常伤心，各自在院子的角落里哭了起来。洗好碗的大姑从屋里走出来想把他们哄回去睡觉。

小姑突然就反悔了，她抱着大姑的腿说："姐，我不去上学了，不去了，我想要咩咩。"

大姑好不容易忍住了刚才与咩咩的分别，却在小姑这儿收不住了。她抱着小姑低着声说："姐现在知道卖毛衣的时候你有多难受了。姐错了，姐的心头肉也没了。"

这是大姑修建的院子，没有大理石和好看的瓦片，没了跳跃的白色和动听的叫声，它仍然破败得像是一个家庭。

弟弟、妹妹上学以后，大姑就松了一口气。但她还是怕弟弟、妹妹在学校被欺负或者吃不好，有时候她闲着就中午跑回家做点吃的送到学校去，自己的午饭就在路上边走边吃解决掉。

那时的小叔比小姑早懂事，如果大姑今天不送饭，他就跑到学校旁边的小树林里找一些野果吃，省下午饭的那几毛钱。20 世纪 70 年代，结核病曾一度闹得人心惶惶，学校里组织大家接种卡介苗。小叔和小姑以为疫苗要很多钱，说什么也不打。某一天赶上大姑给他们送午饭，小叔忽然闹胃疼，可能是因为长时间不规律的饮食所导致的胃病，疼得让他难以忍受。

偏偏又在这时候，老师和大姑说了小叔拒打疫苗的事情。对弟弟、妹妹近乎病态的关心让大姑瞬间就崩溃了，她背起弟弟一路跑到医院就诊、输液，又重新接种了疫苗，这颗心总算放下了。虽说没事了，但大姑还是不肯让小叔沾地。她用自己瘦弱的后背背起同样瘦弱的小叔，两个人并在一起像一个人，默默向家里走去。

在医院不远处，有一个西瓜摊，来往探病、陪护的人们围在那里挑西瓜。摊主掰开一个瓜，声音清脆得让人一听就觉得是沙瓤的，颗粒般的晶莹，让人远看都觉得肯定汁甜可口。大姑路过时，小叔扭着头看了一会儿瓜摊，吞咽了许多口水。他的前胸紧紧地贴在大姑的背上，信号传达到大姑那里后，大姑停下来顿了一下。她转身看了看瓜摊，又不好意思地低下头，慢慢往前挪动。

走着走着，大姑就开始哆哆嗦嗦地喘气，心里非常不舒服。后来大姑说，她口袋里是有一些钱的，只是当时她舍不得，实在是舍不得。

背上的小叔似乎察觉到了大姑的委屈，他在背后摇晃着大姑的肩膀说："姐，我不馋，我不要，你别难受。"说完，小叔从口袋里掏出一把零零散散的钱，一毛、两毛，花花绿绿。大姑用一只手托住小叔的屁股，用另外一只手接住小叔放过来的零钱，那些团着的、带有汗液和褶皱的钞票在大姑的掌中慢慢张开、长大，开成一朵朵漂亮的花。

大姑看着手里的花，蹲下来就哭了。

多年以后，大姑生病了，小叔背着大姑在医院里跑上跑下。巧合的是走出医院时，他们又遇见了一个西瓜摊，在小叔背上的大姑非要小叔把她放下来，然后自己歪歪扭扭地走过去，挑了一个西瓜。回到家后，大姑把西瓜切开，舀上一勺白糖，拍着桌子豪气地说："弟，你吃，你吃啊。"

小叔坐在旁边，笑得泪也止不住地往外流。

姑妈（二）

我小时候非常调皮，父母上班很忙，没什么时间管教我。那时，他们也经常吵架，带着彼此给的情绪与疲惫，实在没精力再与我打个加时赛。有段时间，妈妈经常出差，爸爸做的饭像是饲料，我就每天都跑到住在同一个院里的大姑家蹭饭。

东北夏天的黄昏很软，我穿过街道和小巷，带着狂欢过后衰弱的快乐跳进院子。汗水和灰尘混在一起，薄薄的一层腻子贴在脸上，自己却浑然不知，还理直气壮地站在灰石板上喊：“大姑，我饿了！”

大姑在厨房里，透过窗户就开骂：“小兔崽子疯够了才回来，快去洗脸，准备吃饭。”

我三步并成两步跨到水缸前，先玩一会儿缸里的西瓜，直到大姑风风火火地从厨房里出来抓着我的手放在水里揉，然后再看着我洗脸。

年纪小不懂什么叫耐心，我三两下就把脸上的腻子刮了下去，瞪着湿蒙蒙的眼睛看大姑。大姑指着我的耳朵说："哎，你是猴子啊？只顾脸中间那一块儿，把旁边也洗洗，耳朵也渴了，给它一点水啊。"

她也不是很有耐心，看我洗不好，就伸手过来揪着我的耳朵一遍遍过水，直到我疼得喊出声来。

我们这一辈的孩子相继出生后，大姑才稍微轻松了一点。兄弟姐妹们长大后工作的工作，成家的离开家。他们从一个炕上下来，走到院子里不同的房间去，后来又纷纷搬离院子，住到市区去，剩下大姑带着弯腰的奶奶守在老房子里。

忙活完了弟弟、妹妹，伺候了这么多年老娘，大姑发现自己一转眼已经是"老姑娘"了。逢年过节时，家里人催她赶快找个伴儿，再生个孩子，走上世俗中的人生轨道。大姑性子急，被催烦了就指着屋里我这一辈的几个孩子说："我不需要伴儿，我有五个儿子呢。"我们冲出来围在她脚边喊："姑妈，大姑妈。"她浮夸地一声声答应着。

已经不需要再为生计发愁的大姑，一点也不着急找伴儿，但还是放不下奔波操劳的习惯。她把空出的房子拆掉，重新拾掇了院子，拔掉了蔬菜、拆掉养鸡的栅栏，种下了樱桃树、苹果树，又盖了一个鸽子笼，养了一条狗，真正地过上了城市里的田园生活。

有时候，弟弟、妹妹们忙，就让大姑和奶奶帮忙看孩子。每天清扫过院子以后，大姑就追着几个娃娃来回跑。我们听她管教、骂街、唱调子，听她讲上学时候有多风光。

我在院子里度过了很多快乐的时光，在父母吵架、奔波以及被“流放”的童年里，那些不安因素丝毫没有影响到我的快乐。白天，我在院子里爬树摘果子、抱抱家里的大狗。傍晚时，鸽子群回来了，我在院子里喂食、过数，奶奶在屋子里准备晚饭。我们在安逸、沉静的黄昏中，等待着下班归来的大姑。

我小时候妈妈很抠门，给我买的玩具都是些塑胶的美国大兵，几块钱一袋，让我摆满一地，谁踩坏了，我要急很久。看了邻居孩子的玩具汽车，也吵着和妈妈要。妈妈没给买，还打了我一顿。大姑转身就去给我买了一个，那台车在我童年的廉价玩具记忆里，简直就是外交撑场面的。小学毕业时，大姑又给我买了一块皮带手表，套在我手上逗着我说：“哎哟，四侄儿是大人了，都戴手表了。”

有时候，奶奶不忌讳，当着我们的面就训斥大姑说：“你都这么大年纪了，要攒一点钱为自己的以后想想，工资本来就不多，又都花在这几个孩子身上了。”大姑嘴上答应着，却还是忍不住给我们买东西，好像非要还上心里欠下的什么东西。

后来，伯伯、叔叔们为了孝顺，把奶奶接走了，得出空闲让大姑休息休息，谋划谋划自己。她倒也相处了几个男人。有的人不错，但是脾气不太好，和大姑对冲；有的脾气好，但是又讲究多，不喜欢鸽子、不喜欢狗的，也被大姑请出了院子。

最后，有钱难买自个儿清静的大姑仍然是一个人。她养鸟、遛狗，晚上无聊时坐在门口端着线盆儿，给几个淘气的侄儿补裤子。

我上高中后开始住校，课业繁重，很少回家。那时候给大姑打电话，她甜滋滋地问我："学校吃得好不好？成绩不要在意，可以慢慢来。"我询问她最近的状况，她又埋怨又得意地说："你奶奶离不开我，又回到我这儿住了。就得我伺候她，谁家都待不了，我上辈子欠她的啊。"

奶奶回来后，大姑又重新修缮了院子，坑坑绊绊的地方她全部填平，台阶障碍之间衔接顺畅，简直称得上通用设计的典范。奶奶虽然上了年纪行动不便，但是慢走在院子里却丝毫没有障碍。老院子总是被大姑收拾得干净又合理，她像治理一个小国家一样，把院子安排得井然有序。

后来，奶奶的身体越来越差，老院子附近又没有医院。小叔想把奶奶接到自己市区的家里，这样有事照顾起来也方便一点。大姑有些不愿意，既然剩下的日子不多了，那就应该尽量活得舒服点。小叔住的是高层，楼上、楼下不方便，在屋里闷着更容易生病。他们在相持不下的争论中，将这件事搁置了下来。

后来有一次，大姑出门，奶奶在家忽然就晕倒了。正好赶上我爸爸去看奶奶，他一进门就看见奶奶倒在院子里，爸爸背起奶奶拦了车就向医院奔去。因为抢救得及时，奶奶一点事儿也没有。大夫说住院观察一下就可以走了，但是大姑还是在医院门口哭得脸都紫了。

即使是这样，她也还是不肯把奶奶送到“高层监狱”里去，但是她总有自己的办法。隔了没多久，她淘了一辆二手三轮车，隔三岔五地骑着车，载着奶奶到医院检查一下。

那段时间，奶奶的身体状况确实有所好转。除了每天都能被大姑带着出去转转，胃口也比以前好了，以前一顿饭吃不了多少东西，后来竟然开始向大姑点菜了。大姑每天换着样地给奶奶做饭，两个人简简单单的伙食也吃得有滋有味。就这样，她们母女终于摆脱了现实紧逼的步伐，有过一段轻松相处的光景。

次年夏末的某个傍晚，奶奶突然让大姑帮她梳头。那满是虫洞的木梳老是挂在奶奶稀松的白发团上，扯不开这些年的纠葛过往。奶奶梳好头后特别年轻，她们并排坐在桌子前不像是母女，倒像是姐妹。大姑做了很多菜，她们却谁都不动筷子。大姑听奶奶唠叨完了儿女，又唠叨了一遍孙子，唠叨到最后没劲了，大姑轻轻地说：“妈，吃饭吧。”这声音一出口，轻得大姑自己也吓了一跳，好像她怕稍微用力一点，就把奶奶吹散了。

奶奶拿起筷子，刚往嘴里送了一口饭，就歪着头倒在椅子上走了。大姑“哇”的一声就哭了出来。

送奶奶入殓的时候，大姑坚持要自己给奶奶擦身，孝敬母亲最后一次。擦的时候，大姑发现奶奶大腿底下全是褥疮，她难受得哭昏了过去。她又把责任算在了自己头上，后来的很长时间，她总是把这件事挂在嘴边。

奶奶走以后，院子好像迅速地就空了下来。有时候，我去看大姑，总是远远地望见她坐在院子门口，看着过往的行人，漫不经心地敲打着自己的腰。叔伯们也觉得大姑一个人住这儿太空了，都想接大姑到家里待些日子。她却哪儿都不去，不想给任何人添麻烦，天天嚷着说：“退休金够我花了，院子也离不开人。你们谁也不用操心我，等我动不了，就去养老院。”

就这样，她一个人住了很多年。后来，城市扩建，开发商到我们家院子转了一圈，邻居们就开始商量着回迁和搬家的事了。已经上了年纪的大姑却哪儿都不去，认认真真地当起了钉子户。开发商好说歹说就是不管用，后来还有相识的人找了我爸，让我爸去劝劝大姑。大姑狠狠地骂了我爸一顿。她恶狠狠地警告着所有让她离开院子的人说：“这儿就是我家，谁也别想让我走。”

那年暑假，我回去看她，正好撞见她坐在地上干活，腰疼得直不起身来。我扶着她坐在床上，然后帮她慢慢按压后背。渐渐缓和过来一些后，她拍着我的手说：“我没有你奶奶有福气啊，她还有我，可我还是只有我。”

我说：“你有我啊，这么多侄子，都是你的儿子。”

大姑说：“你们都得去外面，可别留在家里守着，会让人笑话。”

我说：“那我就买个三轮车，去哪儿都带着你。”

大姑捂着嘴笑，过了一会儿才停下来。一只麻雀正好落在窗边，看着屋里的姑侄儿俩，歪歪脑袋，又飞走了。

大姑突然开口说：“你说，我要是在家像你奶奶一样昏倒了，应该会有人发现的吧？”

我一时语塞，几近泪下，强忍着情绪慌慌张张地打马虎装没听清，大姑便不再问了。我翻出从学校拿回来的衣服，指着上面的洞说：“还得是你帮我缝。”

大姑笑盈盈地接过衣服，起身去里屋找线盆儿去了。我在外面缓了一小会儿起身进屋，走到门口时又停了下来。我看见大姑抿细线头，对着针眼小心翼翼地穿引子，但是穿了几次都没有成功。慢慢地，有汗从她头上冒出来，晶莹地闪耀着莫名的紧张，好像是怕被发现什么。她越是穿不进，就越着急。

我在门口小心地瞧着，在心里默默地念着：姑妈你别着急，谁都不能急，我们都得退到后面去。

可是，大姑手中的针却掉了，一个闪影遁在地面上不见了踪影。大姑急忙跪在地上，靠着感觉在针掉落的区域里胡乱地抓摸着。直到她轻轻地“呀”了一声，我快步进去跪在地上，看见银针扎在她掌心的老茧中，安安静静地沉着，好像失去了所有的锐气。

我扶大姑起来，她一边看着我穿针，一边问：“我是不是老了，不中用了？”

我声音高了几倍地答道：“啊呀，不是，是线太粗，针眼太小。”我当着她的面又穿了几次针，也都没有成功。并不是为了刻意安慰她，而是我自己一直在抖。

后来，听爸爸说大姑真实地感觉到自己有些老了。她甚至实地考察了几家养老院，有的脏乱不堪，老人的颓态恐吓着她仅有的一丝憧憬。也有环境清幽、干净舒适的，她又舍不得那点积蓄，总想着一个垂暮之人花这么多钱不值得。

我想象着一个花甲老人背着小布包，骑着三轮车，穿着有些泛旧却熨烫得很整齐的的确良衬衫，干净而庄重地去试探那个未知的世界，带着孤独、好奇、不安和莫名的勇敢。一路上遇见琳琅满目的生活，她慢慢悠悠地穿越街道，穿过我们，穿过自己和别人的人生。没人知道她要去到哪儿，又要回哪儿去。你想走过去问问她，却又被她抢着答："你们谁也别管我，我谁家也不拖累。"

拆迁队具体施工后，整个胡同就剩下大姑家孤零零的一个院子守在那里。经常有脸生的农民工跑到院子里来偷果子，有几次还差点被家里的狗咬了。大姑给工人们送了点苹果，告诉他们想吃不要翻墙进来偷，尽管来要就是，她一个人也吃不了那么多。可那些工人还是改不了毛病，总是翻墙进来，再翻着出去。

有一次，大姑在院里拿着菜刀，默默地削一只苹果。一个工人翻进院子来正好看见手里拿着刀的大姑，吓得那工人往回翻时，又从墙上摔回到院子里来。大姑削下一半苹果递给他，工人也不敢接，踉踉跄跄地从正门跑了，留下大姑一个人在原地举着刀，还有苹果。

那天，她打电话和我说："以牙还牙的年代过去了，以德报怨的时代还没有到来。”

房子拆到最后，大姑却意外地妥协了。我爸爸和负责拆迁的包工头沟通，他们总是在院子里算着院里的果树和旧房能得到多少拆迁款，原地给大姑要个多大的房子合适。大姑每天就在院子里挠狗、喂鸽子，数着这院子还剩多少日子。

搬走的那一天，大姑蹬着三轮车，把家里的鸽子送到市场卖了。家里的老狗陪着她一路慢悠悠地溜到市场，晚上又慢悠悠地回来。家具一件件地搬，院子一点点地空。大姑说，她是最后一个物件，她要最后一个走。

所有的东西都搬完了，大姑砍了果树的一根粗枝，说要留着做拐杖，还说砍了的果树她也要，留着以后做寿材。爸爸没多说，一切都依着她的意思。大姑又零零碎碎地收拾了一些破烂，好像她要把整个院子都搬走才满意。大门插上那一刻，她狠狠地摸了摸生了锈的铜锁，这个大门里过去的几十年，好像在那一刻全都涌向了大姑。她颤颤巍巍地远远看着，绕着院子走，小心翼翼地交付着。

住到伯伯、叔叔家的第三天，大姑就吵着要回去看看院子拆成什么样了。我爸爸没办法，就陪着她回去看了看。漫天尘土的工地里早已看不见任何建筑，他们只能凭着记忆和稍微残存的一点痕迹，勉强找到了院子的所在。拆得太快，大姑一时接受不了，她坐到坍塌的房砖上，俯视着破败的荒芜。这里曾经是她修建的院子，她在这里支撑过一个家庭。

就在爸爸想要催她走时，天空中忽然一阵鸣响，飘散的灰尘里出现许多剪影。等风刮去尘土，一群白鸽就这样盘旋着落了下来。大姑惊喜地叫喊着，说的是什么爸爸没听清，他只看见大姑挣扎着站起来举起双手迎着自己的鸽子。那些鸽子在她身边一只一只地落下来，有的落在她脚边，有的直接踩在她肩上，把她踩弯了腰。那些鸽子不停地咕咕叫着，大姑揉搓着双手，前后衣兜地蹭着，拿不出半点东西。她前后呼应着，闭着眼睛享受着簇拥，摇摆着尘土中的生活。

爸爸红着眼睛退到后面去远远看着。那天，我听他说，大概有几十年了，没见过大姑那样笑过。

新小区盖成后，大姑分了一个三室一厅的房子。很大，她自己住有些空。家里人就时常过来住，陪着她聊天、看电视、散步。小区里的居民楼都一个样子，有几次她走丢了，被邻居扶着回来。她都非常不好意思地请求邻居，不要把这件事告诉家里人。

那一年的元旦，我们全家在大姑那里过节。我从南方一路赶回去，最后一个到家。大姑偷偷从家里溜出来赶到小区门口接我。漫天大雪里，我看见她薄薄的一个人飘在那儿，就用大衣罩住她往家走。

我问她：“咱家是哪一栋，怎么走啊？”

大姑被问得一愣，不好意思地说：“多少栋我记着，怎么走，我又给忘了。”

说这话的时候，她像个孩子，还是那种因为过早地懂事，而过分地克制着接受惊喜的孩子。看她这个样子，就好像认识了年轻时的大姑，仿佛瞧见了她一生的颠簸，摸到了她透明的手臂。黄色暖灯落下来，雪花一颗颗缓慢地回家。我们娘俩绕着小区，边走边聊，慢慢地找着路。

那天晚上聚过餐后，亲戚们都走了，我留下来陪大姑。凌晨的时候，我忽然觉得有些口渴，便起身找水喝，出了客房就听见厨房有动静。我悄悄挪过去，目光穿过饭厅，落在了大姑身上。我看见她用尽了全身的力气挺直身子，用手中的扫把去敲打顶棚的灯泡。一下，一下，她累了就把腰蜷缩回去歇一会儿，然后再努力地直起身体，一下一下地敲起来。过了一会儿，灯泡就缓缓地亮了。

温润柔和的黄光洒下来，大姑站在黄光里退回到原来的身高，紧张的表情慢慢舒缓开，长舒一口气。我在客厅捂着嘴悄悄地蹲下来，周围的黑暗不断地涌向我，可我还是不知道该怎样躲起来。

姑妈（三）

去年夏天，爸爸给我打电话，让我劝一劝大姑。他说大姑老是往养老院跑，谁家都不去，伯伯、叔叔们都爱面子，事情传出去好像兄弟们没人情，不照看她。我尝试打了几次电话，大姑不怎么给我说话的机会，问我天气、日常，问到心满意足就要把电话挂掉。

等我想开口问她时，她又抢着说："长途贵，留着钱买肉吃，我一切都好。"然后就把电话挂掉了。

事情往回顺，前年刚入秋时，大姑想买一点秋菜储存起来，便一个人背着布包去了市场。弯弯绕绕的一条小马路，她走得很绕，凭借以往的经验，准确地找到了市场的切入口，径直去向蔬菜市场大棚。在回来的路上，一个熟悉的声音在背后叫住了她。

"亚芹，亚芹啊。"

大姑愣在原地，久久不敢回头，时间后退回她熟悉的年代，一切事物都还跟得上。她们穿着深蓝色的厂服在轰鸣的机器前碰碎年轻的汗水，辫子在枕头下面，一个口号就叫起了所有人。只有在那个时候，才有人这样唤她，就像是唤醒一份期待。大姑眼含着泪回头，身后是她年轻时最好的朋友、同事——车间张主任。

空旷的马路上只有两个老人定在那儿，她们相遇在菜市场附近的一个养老院门口。这个养老院现在是张主任的家，她时而从院子里溜出来，挤进外面的世界；时而坐在院门口，搭着这个世界的边儿，跃跃欲试地守着剩下的时间。

张主任比大姑年长几岁，年轻时非常风光，工资高，人好看，嫁了个高中老师。她和大姑同一届下岗后便搬到了城东住，她们的联系也就少了。两个人攀谈几许才知道，张主任的丈夫已去世多年，儿媳身体不好，需要照顾，亲家来了，家里的老人变多了。她自己晚上睡觉又偶尔头疼，总是起身，影响家人休息，便主动来了这儿。

刚来的时候，年轻时的心气儿还剩那么一点儿，总是闲不住，每天出去遛弯，到了饭点再回来。有几次出去还想找点活干，可是没有地方愿意雇这个年纪的人，也没有适合她的工作。

有一次，院里一个不能自理的老人，在洗澡时吐了一浴室。张主任有点嫌弃，便到外面的澡堂去换洗，却误打误撞找了个女浴搓澡的活儿。每天干上几个小时，赚一点散钱自己攒着，盼望能给儿子帮上点忙。

有几次节假日，浴池人特别多，她还把大姑叫上了。两个人满头大汗地干了一个下午加一个晚上，蒸得脸色煞白，赶上关门前坐在休息室里聊天。

张主任说："这收拾一个人才十块钱，还要被澡堂扣一点，太少了呀。"

大姑歪歪头，满不在乎地说："嘿，你还记不记得，有一年工厂效益不好，工资少，不够家用，咱俩就结伴去肉类加工厂给鸡拔毛。跟现在这个活差不多，也是过热水，蜕一层皮。"

说完，两个老太太嘿嘿地笑了起来。

大姑又接着说："但那时候，咱俩干一个晚上就挣八毛钱。偶尔还能分一两个鸡爪子，拿回去剁碎了炒个菜，给弟弟、妹妹们解馋。后来，你不干了，我自己又坚持干了半年。有一天下雨骑车回家，摔倒了，鸡爪子甩了出去，有几个小孩捡起来就跑了。我当时疼得起不来，也追不上，坐在原地哭得哇哇的。"

听到这儿，张主任没那么难过了，反倒心疼起大姑来，她蹭过来捋了捋大姑的白发，问她冷不冷，要不一起早点回去。就这样，两个老人帮彼此穿好衣服，再携手揽腕地从浴池走出来，慢慢溜回院里去。

那一天，她们一共挣了一百五十块钱。中午吃了两份盒饭，花掉十六块钱，晚上回去时，两个人买了一块烤红薯，花了四块钱。晚上的她们还剩一百三十块钱。

看着张主任把零零散散的纸币用皮筋套在一起，放进小盒中，装满被需要的期待，再满心欢喜地放好，大姑心里却装满了难受。从那以后，大姑便成了养老院的常客。她经常来这里陪着张主任聊天、做活，或者出门一起打零工。

有一次，大姑临时有事，没有陪张主任去浴池出工，张主任便自己去了。前一晚，张主任头疼得厉害，没有睡好，当天干活也是力不从心、疲惫不堪，突发状况昏倒在了浴池，被人送去了医院。在医院醒过来后，大夫问她家人的联系方式，张主任死活都不肯开口，最后却把大姑叫了过去。

大姑去医院后，张主任就抱着大姑哭，她说："想帮孩子忙，不想给他们添麻烦。这要是让孩子知道了，准又得责备我。我老伴儿又不在了，折腾你一回，算姐姐欠你的。"大姑又难过又生气，数落着老朋友，攒钱也得有适合的攒法，没必要为了这点钱，把身体、性命搭上。

张主任没办法，透露了挣钱的实情。年初的时候，她听了家里亲戚的劝，把老伴儿给自己留的那点钱放到了股市里，一下就被套住了，取不出来，放在那里干着急。不敢告诉儿子，还想着孙子上小学之前能帮点忙，现在全指望不上了。没办法，就先找个活，挣一点算一点。

大姑没有再往下劝，而是偶尔帮着张主任找一点赚钱的零散杂活。两个老人心照不宣也互不相欠地彼此照应着，她们一起出门、干活、吃饭，在同一个衰老的频段相互理解着。

秋末的某天，张主任爬上了养老院的房顶，吓得下面的人们哭的哭、叫的叫。大家呼喊着不同的口号和理由让她冷静下来。护工慌慌张张地在楼里跑，院长不在，年轻人都惊恐万分，被照顾的老人们表现得超出期许。他们淡定地劝说，安静地抚慰，不制造紧张情绪，也不慌慌张张地表现出意外。

张主任在楼上喊："全都赔进去了，我老伴儿给孙子存的钱我都给弄没了！我没脸见儿子，也没脸见孙子。我也不指望他们来接我了！"

大姑赶过来在楼下喊："老张，你退回去！"

"我没脸回去，我只能下来。"回答声从楼上摔至地上，砸了个粉碎。

大姑拱手作揖地劝说："老张啊，我家前院就是卖彩票的，中奖率特别高，有人在那中过几次几万块钱。你退回去，我陪你去买，咱俩可以试试。"

张主任还是无动于衷，她自始至终都没有后退一步，见身后有人上来了，又把自己小半个身子送到墙外来。

楼下的人乱作一团，大姑破开嗓子朝着上面喊："老张，你想想我！我没有孩子，没有老伴儿，也没有存款，我还活着呢。你看看我，你有那么好的儿子和孙子，为了那点钱划算吗？你享福的日子在后头呢！"

张主任听了大姑的话，就犹豫了，哭着退了回去。打那天起，大姑除了偶尔和张主任做活，就又多了份陪买彩票的差事。她们俩穿戴齐全，一前一后地带着希望出去，隔天晚上守在电视旁边，看着希望坠下来。厚厚的彩票攒了一沓，只中过两次五块的。

后来，终于中了一份大的——三千块钱，却是大姑随手买中的，和张主任没什么关系。回去后，张主任长吁短叹地说："这都是命，我认了，都是命。"

大姑却敲着大腿说是老天爷可怜她，不是什么命。张主任看开了，心情也来了个大转变，逗着大姑说："你说你没存款，看，这不有了吗？"两个人对着脸又笑了。

快到春节的时候，老人们陆续被接走，参加团聚的仪式。剩下不走的，各有各的理由：有的说骨头有病，动一动都非常疼，回一次家就像遭一次刑；有的说孩子在国外不回来，哪里都一样。六七十人的养老院，回家过节的只有不到二十人。

有的老人一早就被孩子接走了，出门时掩不住的喜气，笑着转圈说话。大姑回头问张主任："你家儿子啥时候来？"张主任说不知道，之前他们没说接，她也不敢打电话回去问。张主任起身回屋，把给孙子买的新衣服拿出来，抹平了褶皱，又再放回去。那天晚上，大姑没有走，就陪着张主任睡在同一张床上。夜里，张主任喊着孙子的小名，偶尔咬到了舌头，又呜咽着把情绪吞回去。大姑便坐起来不再睡了。

第二天一早，大姑就出门了，到了下午才慌慌张张地回来。她又高兴又疲惫地告诉张主任：她孙子的幼儿园放假前要搞一次小晚会，午餐改善伙食；偏偏园里的杂工请假，于是就缺个做饭和干杂活的。大姑和他们说好了，她们俩一起去，工资算一份，这样能挣点钱，还能看看孙子。

张主任高兴坏了，但是她也知道，这样只能远远地看上几眼，甚至不能相认，被幼儿园知道了告诉儿子，又不知道该怎么解释。但她还是克制地高兴，早早地睡下，第二天早早地醒来。

已经很久没有做饭的张主任漂漂亮亮地做了一餐，大姑为她打下手。张主任把积攒了许久的情绪全都倾注在双手里，连幼儿园的主厨都赞叹不已。

上午，孩子们还在上课。张主任抽着炖菜的几分钟工夫躲在大姑后面，目光越过窗户，悄悄地落在孙子的后背上。小孩子长得快，已经快要认不出来了，只能挑一个看得见，也最像的背影慢慢咀嚼起来。胖了还是瘦了，都不随心愿，太过于珍视，便不知所措地暗自惶恐起来。

中午发菜时，孩子们顶着小脑袋比较着自己手里的餐具，谁的碗筷更干净，谁的勺子更可爱。他们按部就班地在主厨和帮工的勺子下领饭菜，一个挨着一个。没轮到张主任孙子的时候，张主任把厨帽压得很低，若无其事地逃避着余光的重点，避免让紧张重合，心里算着次序，偶尔瞟一眼孙子的正脸，又得需要好一会儿工夫来消化激动。

等轮到孙子的时候，张主任熟练地舀上几勺菜，扣上一碗饭。一切顺利，没有任何破绽。偏偏在孩子要往前走经过她时，张主任贪婪而又大方地直直看了孙子一眼，却恰好撞见孙子望过来的目光。

“奶奶。”

安安静静的一小声，附近的几个孩子望向了这里，竖起耳朵的大姑也看向旁边的张主任。这多余的一眼实在让张主任不知所措，她手中的菜勺和锅碗相互敲打着不安。张主任的眼神飘散，紧绷着全身手足无措，直到面前的孙子又叫了一声：“奶奶。”

这一次声音同样很微弱，顺着喊叫的方向，孩子们看向张主任。在最紧急的情况下，还是大姑站了出来，她催着领好饭的小朋友坐回自己的位置上吃饭。在系统教育下的孩子们更习惯于服从命令，尽管带着疑问，张主任的孙子还是在不断地回头中，走向了自己的位置。

下午领了工钱，赶在晚会开始家长到来之前，她们一起离开了。这一路，张主任都心满意足地笑着，那种笑是稀少的喜悦含着更多的失落，混合在一张陶醉而又年迈的脸上。大姑不敢打扰张主任，她们只能彼此紧紧地搀扶着往回走。

除夕当天，大姑把彩票的奖金取出来一部分，打发了家里人，想和张主任一起把这个节扛过去。两个老人早早地去商场、超市置办了一些年货，给每个留下来的老人都买了礼物，帮他们梳洗、换上新衣。

然后，所有人热热闹闹地包饺子、贴春联。他们做好节日的准备，祈祷这一天和接下来的一年都平安，在这死亡也不算是新闻的地方，他们用衰老释怀了衰老。

等忙活完一圈便到了傍晚，张主任的儿子却来了。消息从院子传进屋内，老人们有秩序地回头看张主任。张主任熟练地揉搓掉手上的杂活，不知所措地站起来，故作镇定地蹒跚着往外走。大姑扶着她，两个老人像从幼儿园回来那样，亦步亦趋地走到门口，并立在台阶上。

院子中央，带着一天的疲惫和舒缓，窝在西装里的男人牵着孩子在院门口温柔地说："妈，我今天值班，所以来晚了。"

儿子话没说完，孙子定了定眼神，确认了面前的人，掷地有声地喊了一声："奶奶。"

张主任愣愣地看着孙子，唯唯诺诺地小声应了一下。孙子又喊了一声："奶奶。"这一次，张主任却舍不得答应了，她按捺住激动紧紧地攥着大姑的手，抖得两个老人辛苦含着的泪都掉了。

张主任还没来得及褪下围裙，她高兴地想要嘱咐点什么，还没等说出来，就被大姑推出院子，坐上车走了。

张主任刚被接走，我和哥哥、弟弟就走进了养老院。老人们期待地看着我们，目光像是慈爱地询问着："你们是谁的孩子？"大姑看见我们吓了一跳，我们之前并没有告诉她我们会来。我站开一步的距离逗她说："闺密都走了，你也跟我们走吧。"大姑捂着嘴笑出了声，不好意思地被我们簇拥着回家去。

刚出养老院时，夜色已经沉下来，第一声烟火炸开了天空。大姑停下，笑盈盈地抬头看着，脸上写满了轻松。烟火的颜色时不时地照在她脸上，照得她的衣服也反射出各种颜色。那时，我想：如果大姑离开工厂、离开院子，离开那些零零散散的杂活，也就离开了这些单一、沉郁的服饰；她可以穿藏红色的大衣，或者天蓝色的立领，配一条素点的围巾，有整齐的口袋和笔直的裤线，要有摸上去实在的材料，再踩一双可以快走的平底鞋，手臂里挎着包包；就这样，不再有琐碎，也不再为任何人操心，她就笑着站在人群里，或者天空下；不管她在哪儿，不管我们在哪儿，我都知道她都一直站在那儿，安静而又腼腆地等着我。

晚上回家后，我们看电视、聚餐，远在天津的大哥在微信上发来他小儿子的照片。大姑从姑妈就此正式升级为姑奶，她激动得手抖，捧着手机像是真的捧着一个孩子。一直不停地笑，她笑得太用力了，每一次笑声的尾音拖沓殆尽时，笑容都还没有完全收回去，连带出的许多虚弱都让人又羡慕，又心疼。

我看着大姑愣了一会儿，忽然想起她也是需要这般生活的人。也许她一点也不想伟大，也从没想过让自己的人生不落窠臼，她也想过那种生产线般的标准人生：在厂里一路干下去，该嫁人时嫁人，做个家庭主妇，朴实的娘，或者并不友好的婆婆。平日里为儿女操心，节日时在厨房忙碌，每年定时穿蓝色条绒裤子、的确良上衣，和家人去照相馆拍全家福。也或许在她眼里，自由和婚姻有同等的价值，我们也不能确定结婚的大姑就一定能幸福。

零点过后，家里人按照习惯，要拍一张全家福。大姑竟然扭捏了起来，想打扮一下再拍。我便扶着她去洗脸。在水盆前，看着她小心翼翼地弯腰，在脸上打水。

洗完后，她闭着眼说："把毛巾递给我。"

我在一旁怪声说："怎么就洗脸中间一块地方啊，耳朵也渴了，你给它一点水啊。"

大姑表情一顿，又大笑起来，声音铺满了屋子，惊得卧室里的家人也探出头来看。她笑了好久，水沿着她的眼角滑到颧骨，再到下巴，流过了她脸上的每一道皱纹，带出了里面的情绪和故事。我感到嗓子眼儿莫名地干涸，哽咽着难受。

拍全家福时，大姑坐在最中间，她的兄弟姐妹和我们这辈的孩子围着她站。她按人头看了个仔细，心满意足地转过来面对着镜头。哥哥按下相机的计时，便跑了过来。咔嚓一声，过程结束了，但是谁都没有动，家里人都把目光聚集到大姑这儿。

大姑问家里人："拍了吗？"

家里人一起说："拍好了。"

大姑抬起头用目光扫了一圈大家，又不好意思地说："我好像闭眼睛了，再拍一张吧。"

全家人又仰起头重新笑起来，整个家庭站在她身后，也站在她肩上，所有人一起说："再拍一张吧。"

哥哥又跑过去说："好，再来一张，看镜头。哎哟，老太太笑一个，你看你多有福气。"

大姑脸上的皱纹又挤在了一起，这一次，她没有闭眼。

那天晚上，我做了一个梦，梦见我回到老家的院子，狗趴在门口悠闲地摇尾巴，鸽子在房顶上盘旋降落。我一进门，大姑坐在苹果树下牵着羊对我说："四侄儿，咱家的苹果都熟了，可是没人吃啊。"

我想走得近点，却迈不动步，努力挣扎了一下，梦就醒了。一滴泪先掉下来，把倒影中的大院都打散了。那一晚，我好像把整个凌晨都哭透了。后来，我浅浅地睡了一会儿，迷离中又听见厨房传来的敲打声。这一次，我起身向外面走去，脑海里不断闪现着海子的诗。

我把包袱埋在果树下
我是在马厩里歌唱
是在歌唱
木床上病中的亲属
我只为你歌唱
你坐在拖鞋上
像一只白羊默念拖着尾巴的
另一只白羊

小团圆

你说你孤独
就像很久以前
长星照耀十三个州府
你那种孤独
你在夜里哭着
像一只木头哭着
像花色的土散着香气

我告诉自己一定要走出这片夜，走到那个温润的黄色灯泡下面去。

我要告诉人姑，我在这儿呢，我们，都在这儿呢。

Together with you

03

和你在一起

我希望你变得越来越好，
但是也希望自己能一直被你需要。
想你幸福，
但不想你幸福到忘了我的地步。

Together with you

金刚芭比

金刚很恋旧，一条牛仔裤穿六年，一个钱包用了快十年了。他有任何古董，我们都不觉得稀奇，就好像我们都不再像高中生一样热爱电脑射击游戏后，他还坚持每天玩一会儿《三角洲》。

金刚问我："你知道 CS 和《三角洲》的区别是什么吗？"

我不假思索地摇头。

金刚意味深长地看着我说："CS 就是警察和匪徒之间的冲突，要么是我干掉你，要么是你干掉我，太直接了。但《三角洲》不一样，它先是赋予了你一个士兵的身份。这也就给了你责任，你要带着士兵的荣誉和信念去完成任务，击杀敌人。"

接着，金刚甩了一下自己的万年油头，又一字一顿地讲："所以，我得想办法给芭比幸福，这也是我的责任。"

说这话的时候，金刚像一个彻头彻尾的流氓，因为我猜他实际上并不这么想。

大四毕业前夕，金刚穿得人模狗样地把我们几个室友叫到一起，开口闭口都是过去成绩喜人，前途一片光明，一派春晚招商范儿。宿舍老大说：“有屁快放。”

金刚说毕业时他想开演唱会，到时候录个视频发网上，说不定还能出名，走上演艺道路。但是，他没有钱，想靠大家众筹投资，以后他发了就数倍奉还。

金刚一边说，一边盘算着以后出名了该怎么混。我当时见他吹牛吹到自己信以为真，只能毫无理由地打断他问：“这事芭比知道吗？”

金刚说：“知道啊，她特别支持我。只有我出名了才能让她过上好日子啊。”

最后，无耻的金刚搜刮了我们大部分的实习津贴，开了个半吊子演唱会。作为一个艺术类院校，最不缺的就是自我感觉良好的文艺青年，尤其是几个自我感觉良好的人凑到一起，再组一个以互相吹捧为基础的半吊子乐队。所以，我们对他的理想习以为常，也毫无兴趣。

但是，芭比却很重视。她明知道这是一件花钱买开心的事，但她还是像对待人生转折一样重视，就好像年轻时爱情是个隆重的话题，它永远排在所有事情之上。

我们几乎是抱着上坟的心情去参加金刚的毕业演唱会的。坦白地讲，比以往的都好，或许是带着一点决绝的心情，在离开校园之前，给了我们末日的惊喜。最后，我们以泪洗面，迟迟不愿意离开。

金刚长了一张无组织、无纪律的脸，他的五官分布得很奇怪，而且脸上“杂草丛生”，毛多得有返古迹象，但那天晚上，他成了我们的明星。最后，金刚唱得高兴，从台上跳下来扑到人群里。我们手挨着手把他从这边举到那边，像传递一个年轻的信号。那一夜，是青春的最后一夜。我们咆哮着唱，向死而生，跃跃欲试地告诉世界：我们来了，你们小心点。

后来，我再见到金刚，是毕业三年后的迷笛音乐节。人海里，我远远地看见芭比走在前面，却仰靠在金刚身上，被金刚的身体推着往前走。他们好像连体婴儿，又好像两个为了彼此醉了的人，惺惺作态却又实际地昏迷着。

芭比之所以叫芭比，正是因为她长了张娃娃脸，所以这样人畜对比明显的组合出现在人群里，实在太过显眼。

我问金刚：“你最近忙什么呢？”

金刚竖起大拇指对着自己说：“爷要出新专辑了，到时候，哥儿几个记得捧场啊。”

金刚的确没说谎，他是要出新专辑了，但是出专辑要二十万元，录音后期制作、发行都需要钱。他们两个人当时攒了一大半，剩下的到年底就攒够了。

那时，他们两个人在北京租了个单房，算计着生活，芭比已经好久没买过新衣服了。有时候，两个人提着超市打折的水果坐在阳台上看着楼下过往的行人。金刚指着远处高档小区的灯火说：“就那个，咱来套四室的，给你装四个衣帽间，春、夏、秋、冬各一间，然后咱们睡客厅。”

后来，专辑的确出来了，在排行榜上刷了几天就消失了。金刚的明星梦又一次破灭了。他用手机循环播放自己的歌，在每一次聚会上孤单得像个被历史遗忘的英雄。

但他还是没有放弃，依然拖着吉他箱子到处演出、参加选秀、在电视上露脸，希望被哪个制作人记住。这条路能走多远，还剩多少可以任性的时间，大家心里都揣着疑问，只是没有人捅破。

有人说金刚太自私，也有人说他这样做注定会后悔。

芭比说：“他不是自私，也不会后悔。他太单纯了，单纯得以为只要他坚持，就一定会有机会，单纯得并不想通过音乐得到什么，他只是喜欢这样义无反顾地活着。”

有时，爱情是个不需要逻辑的话题，前一秒我们还在追寻，下一秒我们就已经有了答案。

我不是需要多么完整而又奢靡的生活，我只是需要你而已。

有情饮水饱的金刚芭比组合这样断混了好几年，遇魔杀魔，见佛拜佛。越到后面，他们越是认真地这样生活，毫不松懈，好像明知道这样的日子终会到头，所以每一天，他们都像末日般珍惜纯粹的爱情和自由。

后来忽然有一天，金刚的后脑勺长了一个东西，需要住院做一个不大不小的手术。可是，当时的金刚正好遇上一个不错的选秀机会。他思虑再三，决定坚持完整个节目再去做手术。这一次，芭比没有依着他。他们相持不下，说着说着就吵起来了。最后，芭比把金刚的吉他藏了起来。金刚发疯一般把家掀了个底朝天，找到吉他后急匆匆地去了电视台。

芭比看着凌乱的家，再也没有收拾的欲望。她就从房子里走出来，回了沈阳老家。金刚参加选秀期间，他们彼此互不联系，也不关心对方的消息。我们本来以为这只是普通的一次吵架，但是他们却真的因此而分开了。

选秀结束后，金刚的成绩喜人，但他一点也不开心。我问他："这不是你一直的理想吗？"

金刚说："是，音乐是我的理想，但我的理想多了去了。我想去南极抓企鹅，想在周末的三里屯裸奔，想赚很多的钱然后养二十条金毛，每次出门都像放牧。如果我放弃音乐，也只是放弃了我众多理想中的一个。可当我放弃了芭比，我就觉得我把自己的一生都放弃了。"

后来，金刚连夜买了张去沈阳的车票，却在火车上犯了头疾，在唐山站被乘警和群众抬了下去，送到了医院。

手术后的金刚后脑勺包得像个圆球，远看像是一个朋克的中东摇滚歌手。每天，他只能趴着睡觉。几个月休养下来，他人不像人鬼不像鬼。也是这个时候，芭比回到了北京。

我第一次见到芭比的新男友，就觉得事情开始变味了。我问芭比：“为什么是这一款？”

芭比问：“这款怎么了？”我说：“没怎么，就是太四平八稳了，过于普通，扔大街上都挑不出来。”

芭比说：“这款挺好的，长得安全，说话体贴，居家、旅行必备粮票。”

我不知道怎么反驳，但总觉得故事的设定不该是这样的。

后来，朋友们聚会、喝醉、袒露心声、讨伐爱情。我听着他们的故事，像在影院看午夜场，皆大欢喜的偶像剧开头，两败俱伤的恐怖片结尾。剧情狗血得让人太长时间缓不过神来；剧情平淡得让人不敢相信自己拥有过爱情。

我偷偷瞧着旁边一言不发的芭比，忽然明白了一个道理。那些年，我们期待的爱情，没有达到我们心中光芒万丈的效果，劫后余生的我们只是收获了无尽的失望和遗憾。而我们不报以任何希望的缘分，却不停地给我们制造感动和惊喜。

所以，最后的他们带着一个谁都不熟悉的陌生人，介绍给大家说这是自己的爱人。这个让大家都意外的新款，让我们默认了好像这就是修成正果的固定模式。

那天，我异常失落，好像替金刚失了一次恋，又好像是金刚早就替那时的我们失过了恋。

后来，我才知道，“八稳”只是在追求芭比，他们没有正式确立关系。

我几乎有些惊喜地问芭比，不会答应“八稳”的，对吧？芭比说爱情对她来说，已如山芋一样烫手，要是想重新培养长久的默契，像山脉、蚕丝一般绵延共生，不知道又要枉费多少血泪。有些缘分真就那么多，撑一篙，渡一程，就是彼此能给的所有。她和金刚，都不是那么轻易就能投入进去的人。

还没有痊愈的金刚带着脑袋上的“球”，捧着自己的破吉他在芭比的楼下求她原谅。他把他们以往的合影在微信上一张张地发给芭比，然后每张都附上一段话，讲他们一起走过的峥嵘岁月。

但是，芭比依旧没有下楼。发完最后一张合影的金刚哭着离开了芭比所在的小区，然后到琴行把自己最心爱的吉他卖了。他说，他再也不唱歌了。

芭比知道后连鞋都没换，穿着人字拖跑到琴行把吉他买了回来。芭比抱着吉他问金刚：“你不唱歌，你还能干什么？”然后，他们抱着吉他又抱着对方在一起哭。

那天晚上，金刚给芭比唱了很久的歌，走音又难听，但那一夜却是他们熬过漫长冬季后最美好的夜晚。

金刚拆下头上的大包后，大夫问芭比：“您是他的家属吗？”

芭比几乎没有一点迟疑地说“是”，好像习以为常，并不为此感到有任何的惊喜、侥幸，或是隆重。

大夫说：“病人有一些状况我得和您说一下。”芭比心里开始打鼓，她知道事情变得不好，就让金刚先替她去买点水，然后自己和大夫去拿药。

因为发现问题后，金刚没有及时做手术，所以留下了明显的后遗症——间歇性耳聋。金刚的左耳正常，但是右耳恢复的可能性很小。芭比很久都不能接受这个消息，但金刚接受这个事实，却只是一瞬间的事。

金刚对芭比说：“你在这儿就行了，以后大不了不唱了。”
他安慰着芭比，像劝慰一个快要打针的孩子。

金刚说：“我承认我想走捷径，想快点出名赚钱，但我真的是太想唱歌了，也太想让芭比稳定了。总之，我得赚钱，给她买四居室，安四个衣帽间，春、夏、秋、冬各一个……”

我不是不爱你，我想给你更好的爱，我只是没有找到合适的办法。许多时候，我们爱的眼光，高于我们爱的能力。

后来，芭比给金刚开了个告别演唱会。那天，开始来了不少的人。金刚虽然很努力地唱，连换气都饱含深情，但他还是发挥失准，走音又忘词。演唱会到最后，台下只有寥寥十几个人。

芭比有点心酸，但金刚还是很高兴。他站在台边，跃跃欲试地要跳下去，还想玩人接人的游戏。这时，芭比忽然跳到台边去张开双臂喊着："跳吧，你跳吧，我接着你！"

那天演唱会回来的路上，芭比坐在副驾驶座上睡着了。金刚一边开车，一边哭。生活的本质是苦，活着的多数时间也是庸碌，但好在上天还给我留了这么一个观众，陪我和现实妥协，也向理想谢幕。

日子回归正轨后，金刚刮了胡子，买了个助听器偷偷放在包里。他去了之前选秀的公司做后期剪辑、音乐指导。晚上回来，他又当吉他老师。总之，他什么都干，只要能赚钱就好。

"一个天皇巨星就这样隐匿了，大隐隐于市。"我们这样调侃金刚。他一点也不介意，憨憨地笑，像一个真正的成年人。那一刻，我们却异常难过，好像少年摘下头套，露出明显的发际线，我们终于不再年轻了。

时间推移，金刚总是担心自己的听力会越来越糟，他经常出现幻听。有时芭比不在家，金刚就在家里来回踱步，来试验听力的变化，想在芭比面前尽量表现出恢复很好的状态。

有时，金刚会向芭比发射一些信号。他像只兔子一样，一边竖着自己的耳朵一边说："老婆，我感觉好像又好一点了呢。"

然后，他们滚在一起笑。声音很大，大到楼上楼下、窗户外面都能听见，大到他们确定彼此都能听见。

芭比也想了很多办法，她查医院、找偏方，甚至还去教堂做礼拜。她说："大慈大悲的上帝老爷，麻烦你了。"

金刚没事的时候喜欢做家务，地板一天拖两次，一尘不染。他衣服洁净、头发整齐，不再是那个邋里邋遢的放荡歌手。好像屏蔽了声音世界的他，获得了另外一份宁静。

有一次周末，他们一如往常地在家里打扫、做饭，然后一起吃光所有的菜。那天吃饭时，金刚又幻听了。他不确定芭比是否和自己说过话，但他又怕错过芭比的问题，而被发现听力并没有好转。为了防止芭比怀疑，金刚只能冒险试探着问芭比："你刚才说什么？"

芭比看着金刚笑了，没有回答他。金刚像个说错话的孩子，继续吃饭。

洗碗时，金刚又幻听了，他好像听见芭比在他身后叫他。于是，他快步走出厨房到卧室，手上还戴着塑胶手套，尴尬地和芭比四目相对。就这样沉默了一会儿后，芭比说："我刚才想说什么忽然就忘了，你先去洗碗吧，过一会儿我就想起来了。”

后来，金刚告诉我，其实当时芭比什么都没说。

她知道金刚的听力不会再恢复，也知道金刚会听见莫名其妙的声音，会有奇怪的问题。但是，她把这些都交接过来，让金刚活在一层柔软的幻听里，安静地演自己的戏。

我说：“兄弟，你命真好，我嫉妒你。”
金刚说：“别说你了，我都嫉妒我。”

我开始恍惚，这里曾经有个歌手，他为了音乐倾尽所有搭上性命。那时，我嫉妒他，因为他义无反顾，也果断决绝，有自由的代价和落败的勇气。

后来，歌手变成白领，他的自由结束，没有去南极抓企鹅，也没有在周末的三里屯裸奔。与现实缠斗后，他搁置了所有理想，变成实际的物质追求者。

可我还是嫉妒他，鲁莽的孩子被世界教训是过来人的餐前笑话，但是当他停下，卸掉众人的目光，身边却只有叹息和原谅，我们比他更难过。

过去是他的自由，我们当初只敢谈论，而不敢尝试的自由。当下是他的现实，我们一起面对却又逃避的现实。我忽然发现争取自由时，我们没像金刚一样勇敢，在面对现实上，我们也没有他那么坦然。

就好像他从台上走到台下，也只是一瞬间的事。

就好像他的梦想真的只是一场梦，并不妨碍他醒后穿好工装、衬衣挤着地铁去上班的现实。

他果断，也决绝，任何时刻都比我们诚恳。

前几天，我去金刚家玩。晚饭的时候，金刚做了一桌子的菜。他把饭菜都盛好摆在我们面前，然后芭比祷告，他也跟着祷告。两个人双手紧握着彼此的，严肃而又隆重地沉默着。过了一会儿，他们睁开眼，平静而又谦让地开始吃饭。

我说："金刚，你还给芭比唱歌吗？"

金刚没有回答我，好像他没有听见我的问题。我有点难过。

但芭比却笑着拿起手机，打开微信，点开一个个语音。那些有些走音，却带着明显颤抖的歌声一个个传出来。金刚放下筷子，静静地听着自己跑调的歌。我们谁都没有说话。

我坐在他们中间，空气安静而又沉默。我仰起头咽下冲上来的眼泪。

我再给你唱首歌吧，在经历懵懂、愤怒和坍塌以后，我用未知的坦诚和剩下的悬念编织成完整的爱意，连带我最后的勇气和生命，全部交付于你。

年轻时的爱像一场故弄玄虚的演出，不实际，也空乏。如今，我也坐在了台下，聚光换成了你的目光。我的生活忽然踏实了，我不再关注遥远的梦和变换的浪潮，而是更关心和你吃的每一顿饭，你让我活得更落地。

芭比二十六岁生日时，金刚向她求婚，第一句话就是："谢谢你，在我最想要自由的时候，有不让我现实的勇气。"

我想着那些年陪着我们自由的姑娘，她们最后都成了谁的观众？是不是自由和现实终究不能陪伴在一条路上？或许人们总会离开自由，走向现实，但是他们都曾义无反顾地倔强过，陪着爱人自由，或成双入对，或独自踱步。

流浪歌手永远活在我们的记忆里，台上他山呼海啸，梦想成真。最终的现实里，他只剩下一个观众，烟酒过度的嗓子跑调又走音。生活这首歌，他唱得粗糙也细致，换气时也得抽空说句"我爱你"，紧紧抓住彼此的衣角缠绵共生。

我忽然想起金刚信誓旦旦地对我说："我要给芭比幸福，这也是我的责任。"

我又想起芭比说："有些缘分真的就那么多，撑一篙，渡一程，就是彼此能给的所有。"

原来，自由只是年轻时才拥有的事，后来我们只记住了一个丈夫的背影。他脱发、虚胖，眼神慈祥，生怕错过妻子的每一句话，所以不停地问："你刚才说什么，我是不是没听清？"

失恋伴侣

嘉艺和帽子第一次约会是在电影院，那天他们一起看了一部动画片。《精灵旅社》里，外公撬开外孙的嘴数着牙，所有人都笑了。帽子那天照旧戴着一顶破旧的鸭舌帽，他把帽檐压低。动画片里，外公希望外孙马上长出尖牙变成吸血鬼，可帽子从外公的眼里看到了不一样的东西。外公好像是在盼啊，盼那尖牙快点长出来，但他好像也在怕，怕那牙真的长出来。等到外孙从架楼上掉下来被他接住时，他才真正地像一个外公一样拍着自己宝贝的肩膀说："外公一直在的，外公一直在的。"

帽子忽然热泪盈眶。哦，原来这才是他想要的：我希望你变得越来越好，但是也希望自己能一直被你需要；想你幸福，但不想你幸福到忘了我的地步。

嘉艺转头看了一眼帽子，也跟着哭了。不知道为什么，失恋以后的她总能被莫名的情绪感染到，也学会了电视里那种"说哭就哭"的技能。想想自己以前是怎么嘲讽韩剧女主的，此刻自己就有多可笑。

嘉艺和帽子都是在失恋后遇见彼此的，嘉艺失恋的时间短一些，三个月左右，帽子失恋的时间长点，已经快一年了。但他们的共同点是：上一段感情都谈了太久，从懵懂无知谈到心力交瘁。

就像碰见救命稻草一样，他们紧紧地拽着对方，心知肚明彼此都在下落，那就抱着一起匀速下坠吧。处在这个时间的人谁在乎下一站去哪儿呢，怎样都比一个人好。

日子浑浑噩噩的，也不知道怎么整理，被生活推着走。嘉艺硬着头皮换了份工作，想找点从头来过的感觉。新工作第一周，她跟着公司被拉到海边团建，忙活一天不给饭吃，说是锻炼吃苦耐劳。整个部门喊了一天口号，筋疲力尽也不见谁管他们死活，直到一辆银色面包车磕磕绊绊地驶到他们旁边。后车门一开，帽子从车上滚下来摔倒在地上，连带着食物和水。

一群同事蜂拥而至，抢走了大半。人群散去，帽子被挤得坐在地上劈着叉。他从怀里掏出个纸袋子，激动地说：“汉堡，趁热吃。”

累了一天的嘉艺肯定不知道，当时自己脸上是挂着笑的。她心里想，好在这时候遇见了他，无论如何帽子都不会让自己跌得太惨吧。

嘉艺坐在帽子的面包车里往回走，从窗口看外面的风景。因为前男友，她来到这个城市，现在她又是因为他而想要留下来，而且要努力过得好。并不是为了换取谁的懊悔，这对自己也没有丝毫的慰藉。

以前，觉得那是一个不可失去的人，后来分分合合的纠缠中，不知怎么的，这人说没就没了。你忘了他是怎么来的，却清楚地知道他是怎么走的，他带着你的人生，说声拜拜，就失踪了。

想想自己以前到底喜欢他什么呢？想了很久都没有结果，但爱一个人总是有理由的，即使这个理由生长在贫瘠可悲的基础上，也会生出无数个不能放弃的借口。

做点什么转移注意力吧，纵欲能力有限，节操更有限，玩来玩去日子也玩腻了，想换个工作让自己投入进去，哪知道只是换了一种行尸走肉的方式。

直到帽子对她说：“过去和回忆都是删不掉的，只有替换原文件才能清除得彻底。”

嘉艺刚认识帽子的时候，两人都没有正经工作，谁也不明白名校毕业的帽子为什么会干上给超市送货的行当。冬天的时候起得早，帽子开车拉着嘉艺满城市走。到了一个熟悉的地方，嘉艺就说，这里她和他来过，那次来都干了些什么。

每次都是一声平淡地开头，叹一口气结尾。帽子说：“咱以后每天都走一遍，就当是刷新存档了。以后，这些地儿的记忆都是你跟我起早贪黑的奔波，留着以后腰缠万贯了忆苦思甜用。”

嘉艺从来没有五六点钟来过超市，帽子把货送到了仓库，就领着嘉艺到处乱窜。零零散散的工人们在把货物上架，帽子随便抓起一瓶可乐，拧开咕咚咕咚地喝。嘉艺吓得让他赶紧放回去，还没付钱呢。帽子指着四面八方的货架说："你想吃什么随便拿，我请。"

远处一个码货的工人听见了他们的对话，走过来寒暄："哟，帽子带女朋友来了啊，随便拿，算我的。"

敢情你们都是一伙的，嘉艺转了个圈，整个超市像一个私人的游乐场。她虽然无从下手，但"随便拿"这种感觉很好。她告诉帽子，自己忽然想起以前看过的一个电影，叫《超市夜未眠》。男主角也是在失恋后找到了在一个超市值夜班的工作，为了打发枯燥的时间，就自己编织故事，把同事和顾客都编进自己的故事里。他还幻想时间能暂停，或者可以相反，通过停顿从而让时间走得更快。他还在超市里邂逅了女主角，收获了自己的爱情。

帽子说："你这是在暗示我跟你发生点什么吗？"

嘉艺脑袋缓慢地摆动说："你说要是真有这种能力多好，能让我在犯傻冲动前的某个时刻停下来，也可以让我在失去后加速煎熬，尽快愈合伤口。"帽子听完这段话就背起嘉艺往超市外跑，他说："现在就带你加速。"

嘉艺心里酸酸的，她知道帽子在超市的时候其实很享受，但是他怕又让自己联想到什么，于是迫不及待地尽快转移阵地。嘉艺忘了告诉他，自己和前男友，从没在超市里记录过什么，这是她值得记忆的人生里，超市的首次“随便拿”存档。

出去以后，帽子就开始往车上码新货，也不让嘉艺插手，就让她在旁边待着，自己干了一会儿满身是汗。脱了外套后，整个人跟升仙似的不断地往外冒水蒸气，像个俊俏的小笼包。

嘉艺越看越觉得可爱，自己也忘了外面有多冷，直到“小笼包”抽空回头看了她一眼，又从自己口袋里拿出一张纸巾，把她嘴边悬着的鼻涕小心翼翼地擦干净了。嘉艺当时感动坏了，这么狼狈也不嫌弃，真好啊。

失恋所导致的生理反应除了多愁善感以外，还有失眠，凭空多出来许多的夜晚，半梦半醒似的煎熬着。在心里和自己说话，再替自己回答，人格分裂地表演了很久，总想听听观众的意见。

帽子也没睡意的时候，两人就通电话，机会到了嘴边，却没人先开口。他们就这样听着对方的呼吸声也觉得踏实，一呼一吸间，有一句没一句地聊着。慢慢地，就进入了彼此的睡眠。

有时候，嘉艺第二天早上醒来，电话还没挂，一边心疼钱，一边听那边的呼吸声，顺便装下闹钟，叫对方起来洗漱、吃饭，送货赚钱。

有了新工作以后，嘉艺忙得朝五晚九，但是得着空了，她还陪着帽子送货。赶上早、晚，她像夫妻店一样坐在面包车里化上班妆、吃晚餐，两人在城市里兜兜转转。有时候，帽子累了就换嘉艺开车。有一次，嘉艺倒车时把后车灯刮碎了，动静特别大。小姑娘吓得都快哭了，帽子一边抽方向盘，一边骂："这什么破车，这什么破车！"

抽着抽着，两人都笑了。日子继续走，他们依旧重复着给予彼此那些随处可见也见缝插针的关心，又默契地都不说漏，好像特意要保守什么秘密，也好像两个人都分不清那到底是爱，还是疼痛的转移。

有一天，他们在市区逛着逛着，就遇见嘉艺的前男友了。笔直的西安路上车水马龙，行人匆匆，一个身体挡住一个身体，怎么会这么巧就遇见了呢？嘉艺开始以为是幻觉，她没心没肺地和帽子聊天，眼睛转了一圈又回到刚才那个身影上。这回确认，真的是前任，并且前任好像还带着他自己的现任。

聊着聊着，帽子也觉得嘉艺心不在焉，直到她自己坦白说，刚才好像看见前男友了。帽子掉头在西安路上兜兜转转，问她怎么办。嘉艺说："我以前告诉过自己，要在下一次遇见他之前，让自己洗心革面地好起来。没别的目的，就是想告诉他，也告诉自己，爱情不过是高烧一场，免疫力好的几天就恢复了，抵抗力差的就多忍几天，所以没有谁离不开谁。"

最后，帽子和嘉艺找到那个熟悉的背影。帽子停好车，拉住手刹。嘉艺犹豫了半天，帽子把车门打开说："如果你今后再也没有了和他相遇的那些幻想，就说明你真的放下了。去吧，生活总得继续，去刷新这一次存档以后，就真的断了念想。"

嘉艺点点头，下车后朝着反方向跟着那个背影去了。帽子在后视镜里看着越走越远的嘉艺，越来越难受。他想下车追，但是没动，两只手握在一起，像只小动物一样蜷缩着猫冬。

不一会儿，嘉艺就回来了，她打开车门瘫坐在副驾驶座上，呆呆地看着前面。帽子问她："你见到他了？"

嘉艺不说话，帽子又问："你们聊什么了？"

嘉艺说："我跟他讲我现在跟你混，你是霸道总裁，有钱有货，还有加长车。"

说着说着，嘉艺就哭了，把那张本来就有点憔悴的脸，哭得七零八落的。她说她根本没有去和前男友搭讪，更没有给他颜色看，只是远远地跟踪了一会儿，就偷渡似的逃回来了。

她忽然想起前男友也跟踪过自己，那时候他们还没有在一起，前男友跟着跟着还被她发现了。她曾经特鄙视这事，如今想起来，这种慢了怕跟不上，快了怕暴露的小心翼翼的爱，真是件美好的事。人啊，非得落到对方的角色里，才能学会换位思考。

为什么呢？为什么总是失去了这段人生，才能真正地懂得？

为什么总得完完整整地失去这个人，才能知道当初我们是如何走到这一步的？

直到后来，我们才明白，爱情的本质就是一次接着一次的告别，分手的人们好聚好散，继续往前走的人又不断地成长、改变。直到他们重新真正地认识了对方，然后在他们开始的地方，满身伤痕地回头看一眼年轻时奋不顾身的自己，也只能无奈地好好和他们说一声再见。

帽子看着嘉艺哭，自己也把持不住了，最后他们抱在一起哭。哭完了，两人回去狠狠地吃了一顿火锅，没有什么痛苦是一顿饭解决不了的，一顿不行就两顿。

后来，他们在一起吃了好多顿，好像吃是现在唯一可以把握的幸福。有时候吃舒服了，嘉艺就住下了，第二天早早地起来陪着帽子送货。帽子再送嘉艺去上班，晚上再接回来，回家清账、看剧、做饭、吵架。慢慢地分享，慢慢地拥有，也慢慢地占据，这些慢节奏的交融他们自己也没有意识到。

快到元旦的时候，城市里节日气氛很浓，天上时而炸开一两朵烟火。坐在面包车里的嘉艺忽然就说想看烟火，帽子闷声不说话。隔了几天下班后，帽子在后车厢里抱出小半箱冷焰火，左右手各一个，像个小孩一样在小区的雪地里来回跑，把嘉艺气的。

后来，帽子跑累了，就拿着烟火在雪地里画了个俗气的心形，但他没在心里面写名字，倒让嘉艺心里有点安慰。接着，帽子却像个小学生一样，在雪地旁边，认认真真地写：“帽子答应嘉艺，跨年送完货一定带她去星海广场看大烟火。”写完，他像小狗一样在旁边踩了两个脚印，算盖了戳。然后，他直起腰说：“今天算解馋，过两天带你看大的。”

说完，他又点了一根冷焰火递给嘉艺，两个人就在楼底下玩开了。借着火光，嘉艺抬头看着帽子的侧脸，她想着要是早点遇见的那个人是他，结果会不会不一样。过了一会儿，嘉艺又想，要是真的早点遇见了他，说不定他也会成为那个掏空自己的人。

这是不是就是时间的玩笑？你早点遇见他，他就亲手撕碎你，你晚点遇见他，他就亲手拼好你，但是你刚好卡在中间，好像离这两个他，都有距离。

跨年那天，他们送完货就去了星海广场。那天晚上，人挨着人，重峦叠嶂似的。帽子紧紧地牵着嘉艺，很怕下一秒就爆发骚乱两人扑了街，他攥得嘉艺的手都疼了也没有反抗。

直到他们在人群里好不容易找到一小块可以落脚的地方，两个人在攒动中紧紧靠着，就好像溺水，又好像失恋，彼此于事无补却拼尽全力地搭救着。

后来，背后有人传话说，广场东边才是看烟火最好的位置，两边的人群还在迁徙。帽子和嘉艺紧紧地抱着，人群用力地蹭着他们的身体，带动着他们摇晃，但拥抱着的两个人却感到从未有过的踏实。

这时，忽然有陌生人蹭掉了嘉艺戴了很多年的腕表。他们分开在地上缓慢地寻找，嘉艺喊着说：“表不要了，肯定碎了！”但帽子还是弯着腰推开拥挤的人群，在叫骂声中寻找着破碎的那一点希望。

没过多久，他们就失散了。嘉艺没有走太远，她惊慌失措地呼喊着帽子，四处地张望着寻找。而帽子则被人群带到了不远的另外一端，他看得见嘉艺，但嘉艺却看不见他。

直到微弱的电话信号在他们本来不远，但是被人群隔得万水千山之间，搭起一座脆弱的桥。电话通了，两个人都没说话，但是心却放下了，就好像那些个失眠的夜晚，你知道世界的某端，有个人也和你一样。你在人生的这边坠落，他也在另一端下滑，你们遥远地看着彼此，好像分担了承受。

可是今天，人群和现实又将你们分开冲散。嘉艺紧紧地握着手机，就好像握着帽子。后来，烟花表演开始，天空不时炸开一朵朵花。他们用呼吸聊了一会儿，嘉艺先开了口："刚才那个，烟火，很美，你看见了吗？"

她一边看烟火，一边四处张望，寻找着帽子。

而帽子被隔在人群的另一端，想挤又挤不过去，只能远远地看着嘉艺，看着她小小的个子在人群里被推来推去。烟花的颜色有层次地反射下来，印在她的脸上，帽子在电话的这一端忽然就哭了。他手里紧紧地握着那块破碎的表，就像握着一颗碎了的心。过了很久，帽子才回应说："紫色的那朵吗？我看见了，很好看，很好看。"

和你在一起

机场大院的孩子们都知道，千万不要和两个孩子玩，一个是王清河，还有一个就是尤念念。

王清河来历不明，不是老王家亲生的孩子，据说是王家老太太自河边捡回来的。老天爷看他们王家儿子结婚多年一直无后，便赠了这么一个娃娃。虽说他自小到大也算土生土长的大院孩子，但是那些抓住一点机会就要享受阶级优越感的小市民，是不会放过这样碎嘴机会的。他们以另外一种俯视的姿态假装平视着王家的这个孩子，他们告诉自家的孩子说王家小子在河边捡回来时脑子浸过水，有问题，你们离他远着点玩。

“清河，清河。”王家老太太总是一个人在院门口独自念叨着。

而尤念念也是个较为特殊的孩子，念念妈生下她以后就和别人跑了，她爸爸因为想念前妻就起了这么个名字。越是深情的方式，越是强调着形式而难以坚持。念念不到三岁时，爸爸再婚，娶了隔壁街道的一个大龄女人。没多久，念念就多了一个弟弟。有了儿子的后妈姿态变得稍微偏转了些。她越听念念这个名字越不顺耳，总觉得丈夫是在刻意留恋着什么，连累着对念念也起了厌倦感。

夫妻俩没日没夜地吵架，隔壁邻居们竖起耳朵听这一家的热闹。吵得激烈时，念念背着竹篓里的弟弟站在中间，向两边的大人求情、磕头，拜托他们歇一会儿，静下来。这时，两边破马长枪的大人倒更像是孩子，而中间背着弟弟的念念，一脸习惯性地惊恐着、疲惫着，正已超越着其他孩子的速度长大。

有一天，念念去给感冒的弟弟买药，回来时撞见了大院的孩子头儿出来遛狗。那是一只满嘴口水、眼角歪斜的土狗，带着虚张声势的凶恶，狠狠地喘息着。孩子头儿看见了念念便牵着狗追着念念跑。他们一前一后，吸引着院里的孩子追逐着欣赏这个闹剧。

念念跑得不慢。在许多个独自放学回家的夜里，她像一只小鹿般疯狂地奔跑，跑开紧追不舍的目光、跑开不冷不热的问候、跑开所有可能遇见的危险，直到家门口才停下来，喘匀了气以后才装作若无其事地进门。她不想活在可怜的目光中，亦不想老是出现在别人的嘴里、对比里，或者嘲笑里。

但是，那条狗还是追上了她，把她逼进了一个死胡同里。念念挠着墙，她吓坏了，越是哭喊，越是容易让对方兴奋，孩子头儿牵着狗慢慢地逼近。

那一刻，有很多东西在念念的脑海中一闪而过，比如破败的家庭和不间断的争吵，比如哭喊着的弟弟和众人的目光。她突然冒出一个想法，要是现在一头撞死，会不会好过一点？那就撞死吧，那就一头撞死吧。

在念念绝望到头的那一瞬间，墙上的灰尘和碎水泥块一颗颗地脱落了下来。目光向上，居然发现王清河正站在墙头上，手里握着石子和砖头，表情冷漠地望着孩子头儿。就在所有人都琢磨不透他要干吗时，王清河用尽全身力气将手中的砖头砸向了孩子头儿是牵着的那条土狗。

凄惨的哀鸣响彻了胡同口的巴掌天，孩子头儿被落荒而逃的狗反牵着跑开了。王清河又丢了几块石头，有的好像还砸到了孩子头儿身上。念念还没有反应过来怎么回事时，王清河从墙上直接跳了下来，正落在念念前面一步的距离。清河站直后转身俯视着念念傻笑，随后又把身子探过去好像要抱念念。受了惊吓的念念下意识地想要用手推开王清河，却因为身体被吓僵了而没有控制好力道，甩手扇了王清河一嘴巴。

猝不及防的一个闪失，让两个人都尴尬地愣在了原地。最后，念念先跑开了，一句对不起化在嘴里，吐出来已经虚弱得难以分辨。只留下王清河留在原地委屈。

当天晚上，念念去了一趟王清河家想说句对不起，或者道一声谢。可到了王清河家的胡同拐角，就看见孩子头儿的妈妈领着孩子头儿在和王家老太太告状。老太太一边训斥着清河，一边赔着不是。孩子头儿的妈妈硬是不依不饶。最后，王家奶奶没办法，就当着孩子头儿和孩子头儿妈的面把清河打了一顿。

王清河不仅傻，而且从小骨头就硬。他就站在原地让奶奶打，但到底是小孩子，还是忍不住原地摇晃着脑袋躲两下，豆大的眼泪也还是落了下来。他一边哭，一边避开奶奶劈下来的巴掌，一转脸的工夫，他就看见了躲在墙角里的尤念念。

忽然，他就不再躲了，两个孩子像刚才在胡同里那样对视着。奶奶巴掌仍然没有停止，满脸挂着泪的清河愣是在那么水深火热的情况下，硬挤出一个笑容来。

那是一个过于勉强却又很真诚的笑，它带出来太多的一言难尽和惊喜万分。好像在说你能来真好，要是能过一会儿再来，就更好了。尤念念就窝在胡同的那个拐角，愣愣地看着，又愣愣地哭了，手心攥成一朵小桃花，在暗棕色的砖墙上硬硬地落着。

更晚一些时候，尤念念果然又来了。她一路小心地踩着月光，慢慢地探到了胡同口。在转进胡同的时候，一眼就看见了王清河在家门口蹲着玩石头。

她在原地犹豫了一会儿，就哈着气小声叫了清河一声：“王清河，王清河。”

王清河顺着声音望过来，惊喜地连滚带爬地跑了过去。两个人一前一后地绕出胡同，坐在四方院的一棵大柳树边上望月亮。

尤念念想问问王清河疼不疼，又不知道该先说谢谢还是对不起，纠结着频频地侧望着王清河。她看见王清河一脸痴相地咧着嘴，对着月亮，好像月光灌了他一壶美酒，香得太美，醉得舒畅。因为样子实在太傻，尤念念看着看着，居然笑了起来。王清河不知道尤念念笑什么，但是他看见念念笑了，自己也跟着笑得更放肆。于是，借着月亮的美，两个人比赛着笑。

直到很多年以后，尤念念都很奇怪，这种二愣子一般的傻笑到底有什么魔力，能让她在面对各种困境的时候，只要一看见王清河这样笑，她也都能自然而真心地紧跟着笑出声来。

在那个月亮下面的柳树下，尤念念在心里暗暗下定决心，长大后一定要离开这里，还要带着王清河一起离开这里，再也不回来，再也不会回来。

后来的他们经常坐在月亮底下聊天、期盼，盼着能快快长大，盼着一起离开这里。他们讨论过离开家以后去哪儿，去北京或者上海，只要是大城市就行。总之，人们都去的地方必定是好的，他们去那里重新开始，重新认识新的朋友。

年轻的许诺或多或少牵引着他们，不知不觉中，他们已经一起走了很远的路，他们一起念了同一所初中和高中。上了高中以后的尤念念成绩一般，外貌的变化也仅仅停留在初中，但是王清河却好像彻底地长开了，他个子高大、棱角分明，还进了校篮球队。每当学校比赛，篮球场边上总是围了一圈圈尖叫着的女孩。而尤念念内向的性格一点也没变，她总是拿着水站在离人群还有一段距离的地方，克制地远远观望着。

高中女生对于男神的要求标准普遍偏低，只要个子够高，脸上过得去，打球再帅一点，就足够让人为他在场边尖叫了。所以，每当王清河抢断快攻到对方篮下时，总是很努力地跳得很高去扣篮。即使扣不中，即使他知道稳稳地上篮更容易得分，他也还是要扣，因为他知道有个腼腆的人，她太害羞了，个子又不高，总是躲在人群的后面凭着人们的欢呼声来判断是否进了球、是谁进了球。王清河觉得，只要他跳得足够高，人群外面那个人就看得见他、看得见他伸展的双臂，还有被他狠狠扣进的篮球。

高考后，尤念念因为家中困难，选择了不要学费的师范学院，而王清河也考上了体育学院，他们似乎终于有机会逃离那个一直绑架他们幸福的地方。

为了能多攒一点生活费，高考后的暑假，念念去饭店做了兼职，工资虽然不高，但是管饭，有时候还会有顾客给些小费，算是个暂时的选择吧。快到春节的一个晚上，饭店忽然忙了起来，念念因为太忙，不小心给一桌顾客上错了菜。结果，对方不依不饶地训着尤念念，吵得整个饭店的人都没法安宁。饭店的经理、同事陪着念念鞠躬道歉，那伙顾客却还是不依不饶，免单、认错都没用，就是逮着小姑娘骂。尤念念哭得脸都紫了，还是换不来一点同情。

还没来得及抬起道歉的头，尤念念就听见一声惨叫。她慌慌张张地抬起头，发现王清河拽着对面两个顾客的头发径直拎了起来。周围一圈人看着这个一米九的大块头，吓得都躲开了。

最后，念念丢了工作，领了剩下的工资后坐在路边看着来来往往的人群。橙色包裹的傍晚，路上还是有很多匆匆忙忙的人。他们也许赶着回家，也许赶着去玩，也许赶着去上班。有人满脸疲惫，有人喜笑颜开，每个人都有自己的归宿和去处。念念忽然觉得生活真难，难得让人没有时间喘气，也对前面的路没有任何期盼。

这个时候，念念转脸望向身边的王清河，发现他又一个人傻笑着望天，不知道心里在琢磨什么。念念忽然想起自己刚丢的工作，便心生埋怨地一下下打着王清河。王清河也不躲，就贱兮兮地迎着念念让她打。

打着打着，念念又哭了，她问王清河："他们只不过是喝多了而已，我好不容易找了这么一份工作，你怎么就不能改改你这臭脾气？怎么就非得动手呢？"念念越说越气，声音越来越大，"你以为你英雄救美是吗？你知不知道我当时多害怕，工作没了就没了，你把人家打坏了怎么办？人家报警怎么办？你是不是傻？你真没变，一直都傻，还是和小时候一样傻。"

说完这句话，念念就后悔了，她知道自己说错了话，却还是红着脸直直地看着王清河。

清河忽然不笑了，他收起自己五花八门的表情，直接站了起来，高高的影子一下把念念的气势压了下去。

王清河哽咽了两下，强忍着起伏的情绪说："是，我是和小时候一样傻。但是，我告诉你，我当时的感受就和小时候一样，我看见几个人无缘无故地欺负你，我看见他们把你逼得走投无路，我看你哭得和小时候一样绝望。我看见了，我都看见了。我想起你小时候有多不容易，好不容易熬过来了，长大了却还是要受这帮人欺负。

我看见了，我都看见了。”

听完这些话，尤念念就愣了。王清河忽然像个小孩子一样哭了起来，他蹲在地上，行人在他背后走过，有人看了一眼这边的热闹，转身就走了。尤念念忽然觉得这条马路就好像自己活着的这二十几年一样，所有人都在刚刚相识以后就失之交臂了，只有王清河，他一直陪着自己在月亮底下，望着天上的憧憬，傻傻地笑着。

今天，她却把这个傻子给弄哭了。她忽然觉得自己本事也挺大的，前面的路应该也不会太难走吧。想到这儿，她就走了过去，抱住了王清河。路人还是匆匆地从他们身边划过去谋生，道旁的世界好像只有他们两个。

大学的生活很美好，他们在一个城市的两端，遥遥相望着。一年四季，清河都骑着一辆二手的破旧自行车载着念念奔波在城市里。四年的时间从指间轻易地滑过去了。大四时，念念想去一所高中实习。班里名额不多，念念想要争取，到手的机会却被走了后门的同学顶替掉了。

没有关系也没有背景的念念最后选择去内蒙古支教。据说当时有这样的政策，在偏远地区工作一年后，再回来可以安排到市里的学校任职。离开的时候，她大包小包的，又收了清河的一大堆嘱咐，带着不多的现金、一部旧手机，在火车里看着窗外往前走却又倒退着的王清河。就这样，念念匆忙地上路了。

在乡下的半年里，手机经常没有信号，用电、用水都困难，天气冷时手掌干裂、双腮紫红。她觉得就快要熬不下去的时候，王清河来了。

冬天里，他披着军大衣、带着棉被，背着行李，像一个下乡知青一样风尘仆仆地来了。开始，念念以为他只是偶尔住几天，哪知道住着住着，王清河就不走了，轰也轰不走，在这儿当起了体育老师、厨师、保安。

他把学校前院改成运动场，还做了一个篮球筐。他把后院变成了耕地，在里面种红薯、土豆。偶尔有孩子来偷，他就追着孩子跑。有时候，小偷抓到了，孩子低着头哭，他又把人给放了。种了一年的地，到了收获的季节也没剩下多少。晚上，他在炉子旁烤上一两个红薯，香味铺满屋子，在那样的年月里，却也是别样的美味。

第二年春天来了的时候，城市扩建圈地，商家投资，小学得到了改善，来了新老师。念念和王清河赶上好机会返回了城市。念念也得到了一次在公立高中教书的机会，但要试用半年，如果期间表现不好，还有可能被辞退。

工作显然不算稳定，但清河却觉得是个好的开头。他在学校旁边租了个排档，开了个饭点，每天卖些便宜的熟食、炸鸡腿、烤土豆之类的，中午再卖一些盒饭，生意非常好。到了空闲的时候，清河就把念念的饭菜做好，从栅栏处递给她。有时碰见了念念的同事，老师们好奇地问念念是不是她男朋友。还没等念念回答，清河先抢着说：“不是不是，我是送外卖的。”说完转身就逃了，每次念念都要在栅栏边望上清河的背影很久。

有一天，念念中午下课，她跟着学生人群出了学校来到饭点前面，看见王清河靠在炸鸡腿的摊边上睡着了。而学生们竟然有序地拿着摆在摊子前面的盒饭，然后随手把钱放在箱子里。那一刻的念念有很多话想说。

她想对王清河说：你看现在的孩子们多好、多听话，他们不再淘气，也不那么欺负人了；她的学生乖巧懂事，也尊重人；我们见过生活低谷是什么样子的，如今我们终于爬上来一点了。她还想说，“这么多年你陪着我辛苦了，真的辛苦了”。

那一天，王清河醒来时已经是下午了，盒饭都卖光了，钱却一分不少，厨房早已收拾干净，学校里传出来朗朗的读书声。晚上，王清河和念念坐在饭点门口月亮下面乘凉。他摸不着头脑地问念念：“咱家来田螺姑娘了？”

念念一抬头正好看见王清河的黑眼圈，做餐饮是苦生意，每天五点就得起来准备一天的食材。念念忍着情绪低着头说：“你记不记得小时候有一次，我被胡同里的孩子头儿牵着狗追。跑到死路没地儿去，实在被逼得没办法，我当时就想撞墙的时候，真就有人从天上掉下来了。后来，那个人就一直陪着我从这个国家的北边考到了南边，又从南边回到北边。现在，我们又在这里，过上了小时候期盼已久的、稳定的生活。”

王清河皱着眉头想了一会儿不回话，念念问他想什么呢。

王清河歪着头非常生气地说：“你当时是不是打了我一巴掌？”

念念有点尴尬，不知道怎么回答清河，故而忽略他的问题，又反问一句：“要是我面试不过怎么办？”

清河轻松地说：“不会的，你肯定可以。”

念念说：“要是又被关系顶替掉怎么办？”

清河把全是干茧的手揉成一团说："有些东西可以被注定、被篡改、被潜规则，但有些东西也注定被追求、被争取、被经历，最后才可以心安理得地拿到。没有经历这些，也就享受不了那份幸福。城市里每个人都在过我们这样的生活，他们或许觉得俗套，或许乏味，但这些却是我们期盼了很久的。所以，你不要怕，你只管去，无论怎样，我都会在这里等你。"

好像身体里的某个部分被融化开一样，在惊奇于这段话是从清河的口中说出来的同时，念念整个人也柔软了下来，前所未有的勇气注入身体，只等着最后时刻的到来。

而面试也并没有念念想象的那么严肃和可怕，甚至有些过于放松。领导们异常地好说话，以至于让她开始有些担心。直到最后，主任告诉念念，只要她愿意留下来，马上就可以转正。

好像是人生的天平第一次开始向她倾斜，念念竟然不知道该怎样享受这一刻。还没有回神时，主任打断她指着后面的窗户说："冒昧问一下，从你进来到现在，那里一直有个人在偷看。我好像见过你们在一起，是你男朋友吗？"

尤念念转身看着窗户上那张紧贴着玻璃而扭曲的脸，好像幸福就在玻璃的这边。他把人生挤成乱七八糟的表情只是想靠她近一点，再近一点。

眼泪自然而然地落下来，念念吃惊地望了一会儿后，迟钝地回答着主任，迟钝地频频点头。

Have been waiting for you

04

一直在等你

失去在所难免时，
才不得不总结：
每一次失去，
都有我们亲自而为之的部分；
每一条当下走的路，
都给过我们曾经选择的机会。

Have been
waiting
for you

归途（一）

科技园的高楼总是给郑涛一种莫名的紧张感，它代表着这个城市的节奏，也代表着一种身份。这个城市里的精英似乎都要往这里挤，这个国度里最大的互联网企业、硬件公司、名牌外企都坐落在这儿。好像只要在这里谋到一个职位，就登上了一个阶梯，滑到了另外一个阶级去。对外介绍便不再说是哪个公司、什么职位，直接概括为在科技园上班，简洁明了，哄抬身价。

郑涛曾经也面试过科技园的企业，那时青涩的胡楂儿刚刚冒尖，他故意留得沧桑一点，显得很有经验，想要挤到那个“阶级”里去。两轮选拔，层层过滤，最后让他回家去等消息。面试失败以后，他对科技园的态度从一开始的向往，变成怀疑和抗拒，被拒绝后表现出幼稚的鄙夷和嫉妒，换回一些自我安慰。

两年后，这家企业又给郑涛面试电话叫他去面试。他说：“之前面过了啊，让我在家等消息。请问是还要面一轮吗？如果是告诉我消息，能不能现在就告诉我？”

电话那头迟疑了一小会儿答复说："不好意思，不知道之前面试过您，我们核实一下信息，稍后给您回过去。"

郑涛笑了一下挂了电话，兀自想着下一通电话打来，是不是还要让他再等上两年。但这次不同的是，他等不了那么久了。夏敏考上老家电视台有编制工作的这个消息，已经在他手里徘徊一个星期了。郑涛从没见过掌心这样频繁地出汗，他总是让自己尝试着握住点什么，好让掌心那种沉闷、黏稠的紧张感得以缓解，但是效果并不好。郑涛打算问问她是什么时候的事，话到嘴边几次都没有说出来。

忽然发现感情到了这个地步，已经懒得去究问，因为内心知道结果，所以有节制地提问、聊天、寻找话题，这是纠缠了很多年后才有的默契表现。郑涛不知道是该庆幸，还是该难过。

但告别不择时日，夏敏给他发信息摊牌时，他刚刚从领导的办公室出来。方案不是很顺利，修改意见融在老大黏稠的唾液里，连绵不断地喷泻出来，伴着南方夏日的黏稠和特有的湿热，让人不自然地焦躁。

下午三点，太阳直射下的地表一直在摇晃，颤抖着的空气好像是努力克制着颤抖的身体。郑涛松了松领口，卸下一口气，不是为工作，也不是为别离。为的是什么，他也说不清。总之，该来的要来，那就让它早点来。

叹完气后，他感到很难受，好像要失去什么，又好像从未拥有过。

下班的路上，郑涛把车开得很慢，好像特意把这段路拉得很长，好晚些面对没有准备好的事。等红灯的间隙，郑涛看见了他们刚来这个城市时一起租的房子。目光中一下子闯进来两个人，他看见夏敏拖着自己的行李，有些害羞地进入了他布置好的房间。茶几的位置、书架的慵懒，都透着旧而温馨的味道，好像回到久违的家，慢慢溢出远方归来的接风气息。她手足无措又有些急促地打量着房间的每个角落。

郑涛走向窗边，一把拉开暗色的窗帘，太阳照耀着毛毯。他站在阳光中回头对着夏敏笑，背光的五官挤在了一起。她伸出手去摸，阳光洒在手上，柔软得像一颗糖。郑涛将整理好的阳光慢慢洒向城市的阴霾，告诉她我们在这儿有幸福的希望。她认真又害羞地听着，细细地品味着，小心翼翼地流动着。

晚饭和以往一样安静，他们都没打算第一个去捅破这件事，都对彼此的冷漠心知肚明，想要改变一些什么，却又都无从下手。爱情终于到了最尴尬的时候，不够依赖，也没了勇气，年龄适当地出现在选择困难的节骨眼上，补上华丽的一刀。于是，人们狠下心来割舍毫无希望的爱情。

郑涛想问问什么时候考的试，是上次回去休假时，还是春节前后，想了想还是收住了嘴。是对这样的生活不抱希望了才给自己新的选择，还是只是顺便考着玩试一下？他在眼睛里问了无数个问题，又在心里替她全都回答了。

夏敏似乎看出了郑涛的纠结，她的眼睛里含着比答案更多的东西。他没有尴尬，居然一点点放松下来。郑涛突然就不想问了，不想问什么时候走，也不想问到底回不回来，更不想问他们今后会怎样。

吃完饭，夏敏就开始翻东西。郑涛有点意外，觉得问题被她突然的举动给逼到嘴边，却又不知道以什么形式吐露出来。

郑涛说："我帮你收拾吧。"

他说完，夏敏明显变得手足无措起来。郑涛看得出自己打乱了夏敏的收拾计划，于是又主动退在计划外面，不再添乱。他想说点什么，又不知道说什么好。九月的南方夜晚仍然湿热不堪，他站在傍晚的天色里可怜外面的人，顺带着可怜自己。

然而，夏敏并没有收拾得很顺利，东西太多了。在这个城市里的三年，他们积攒了太多的物件，需要的、不需要的，整理起来让人惧怕搬家。她在几本书之间来回犹豫，郑涛插嘴说："书回去还可以买的，不用纠结。"夏敏说："都可以回去买的，都可以重新买的。"

郑涛愣了一下，不知道怎么答，夏敏好像被解锁了一样又追回来说："一直都是这样，书看完一本就放到箱子里一本，想再看就又要把箱子搬出来。我不敢买书架，怕搬家时带不走，扔掉又可惜。这么多年过去了，过的还是临时的生活。"

郑涛往后扬了一下头，想说"生活都是临时的，其实感情也是"，但是没有说出口。一些东西堵住了胸口，他使劲地压下去后，帮夏敏把地上的书和物品重新整理好说："我送你吧。"

夏敏的情绪稳定了一下，抬起头神情有些复杂却推却着说：“不用，你帮我拿上车去了，我自己又怎么拿下来呢？”

郑涛说：“我一直送你到家，从这儿开车到你家，也就十个小时。加满油，很快就到了，东西你就都能带走了。”

说完这些话，郑涛就后悔了，过分积极好像是在赶她走，可是又不敢太冷漠，于是仔细分辨她的行李，认真地整理。她走到窗前，俯视着楼下那辆他们用一年多积蓄买的二手捷达，咬了一会儿嘴唇。沉默侥幸地存在了一阵，每当夏敏有话想说时，郑涛就假装离开卧室，不给她决绝的机会。

这样反复两三次后，夏敏就放弃了。最后一次离开卧室躲避她的欲言又止时，郑涛在卫生间里透过小而破旧的窗户看着外面的天空，一大朵乌云挡住了夕阳又走过去，一路都下着零星的雨。城市太大了，每个角落的天气都不同，就好像人一样。

门外有人的脚步声，轻巧而试探，像是客人。郑涛忽然鼻子一酸，又按下难过。眼泪会让人犹豫，我们不能总是用煽情来挽留人，这种见效快、过程短的疗伤方式不过是自欺欺人。

走的前一天晚上，他们躺在床上各自对着不同的方向，又想着同一件事。后来，郑涛做了个梦，梦里夏敏一个人拉着行李箱，在这个城市里安静地穿梭。城市像裹在水晶球里的虚幻，四季重复地切换着，但是夏敏的表情和样子始终没有变过。

第二天，两个人起得都很早，熟练地洗漱，不同的是这一次他们都不急于结束，牙很认真地刷，脸也很认真地洗，然后在镜子里认认真真地看对方，最后一起出戏。出门前，郑涛背对着墙，想着走出去再回来就剩下他自己一个人了。他低头东摇西晃着，一脚踩在心里不见底，于是左右脚交换重心，像一个摆钟。

郑涛能感觉到夏敏看了他很久，最后还是她先开的门，她头也不回地走出去，在外面不回头地驻足等着。他们把行李和食物小心地安排在车的各个角落里，然后缓慢地把车开上公路。

这次，郑涛还是开得很慢，夏敏努力地四处看，眨眼都小心翼翼。郑涛特意绕了几段路，夏敏发现了也没有揭穿，继续努力地看着。刚绕到他们一起租过的第一间房子时，夏敏的眼泪唰的一下就流了下来，然后把脸别到另外一个方向，用手抹掉痕迹。

那间房子很小，只有一室一卫，每个月只需要一千块钱的房租。里面有过他们许多东西，有两个人的习惯、热情、欲望和自私。最后，人性之间的摩擦透支了他们的感情，也透支了他们的耐心。后来，他们换了更好的环境，也比以前更忙碌。他们的交流开始变少，还是不知道前面的路是什么样子。

这个时间不早不晚，白领们都已经进入工作模式。路不是很堵，很快，他们就驶离了市区，两边的高楼不停地倒退，最后逐渐稀少，他们终于离开了这个城市。几乎在同一时间，两个人一起松了口气。车内的气氛忽然有一些尴尬，他们用余光打量着彼此的反应，离开的伤感一下子落下来，封闭的姿势过于完整，导致别离没有机会挤进来。他们不仅准备了防卫别离的姿势，也准备好了情绪去为分开而伤感，但是，没有派上用场的情绪忽然无所适从。这让两个人更加沮丧，反而更让人想停下车，看着身后的城市，抱着可能或即将要失去的爱人，用力哭一场。

驶上高速以后，郑涛想放一点音乐或者听一听广播，在两个人之间架起一些什么。但是，打开以后他就后悔了，广播里聊股市，聊经济趋势、泡沫房价，生活又变得紧张起来，它让心里趋向离开的一部分变得更加决绝、坚定。夏敏听了一会儿就歪下头去闭上了眼睛。郑涛悄悄地把车速减慢，高速上偶尔有车超过他们，有的司机特意把脸扭过来示意他的不理解，郑涛依然缓慢地前行。

慢一点吧，再慢一点。这个城市里给我的时间不多，我还没有站稳，我的爱人就要走了。这条路又给了我多少时间呢？我大概清楚，但我还想再拖得久一点。

路上，她会改变想法吗？会和我回来吗？只当这是一次任性的吵架，或者出走，我们回去以后日子恢复原来的模样。继续朝九晚五地往上爬，举着自己为自己欠下的债，一点点往前挨。

郑涛慢慢地开，细细地想，他想把他们在一起这几年的片段重新梳理好，在路上从头再放映一遍，好让自己一个人回来时，不那么难过，也不那么孤单。两旁的风景不断地倒退，种下画面的地方结出了一个青色的果来。

在公路上行驶了一段时间以后，夏敏就醒了，或者说她一直没有睡着。郑涛提议找个地方靠在路边吃点东西，虽然没有走出多远，但是早餐在出门的慌乱中，几乎被完全忽略了。他们往前又开了一会儿，在路边看见一个休息站，就把车开了进去。一群年轻人靠在车边吃泡面，看样子好像是自驾游的。两个长得都很好看但打扮不同的男生在交换着吸同一支烟，一个头发很长，着装特异；一个平头干净，服饰简单。

郑涛在休息站里随便买了一些东西，好方便蹭到一些热水泡面。等面熟的时候，他偷瞄着吸烟的男生问夏敏："你喜欢哪个？"

夏敏侧目看了一眼，目光冷淡，答得也很冷淡："都不喜欢。"

郑涛想找一些话题把聊天经营下去，但是他发现夏敏一直在望着窗外的路边，眼神聚焦成一个点，不像是发呆，像是仔细观察着什么。他顺着夏敏的目光追过去，发现马路旁站着一个老奶奶，老奶奶着装朴素，克制地望着来往的车辆。风吹起她凌乱的头发，与整齐的衣服形成明显的对比，像是站在那里很久了。

他们简单地吃了几口面，出了店上车后，夏敏还是一直盯着那个老奶奶。他们绕到老奶奶前面去，又慢慢地驶上马路。老奶奶也看了看他们，忽大忽小的眼睛里闪烁着一些东西，却仍是面无表情。

走了没多远，夏敏忽然要郑涛掉头。郑涛知道夏敏的心意，他几乎在命令发出的那一刻迅速做出了反应，没有犹豫也没有疑惑。他熟练地把车掉转回去，像是每个时刻都做好了掉头的准备。郑涛按捺着自己的激动，他多希望这样的惊喜能多一些，多到足够他们耗尽回家的冲动，耗尽他们再往下走的欲望，耗尽他们本来计划好的时间，然后不得不好好地收场回到城市去。

老奶奶住在高速路附近郊区的村庄里，往年的这个时候，她都会从这里出发走几里路，去给老伴儿扫墓。以前，这里的高速还没有修得那么完整，老奶奶总是坐着同村邻居的小货车，或者搭进城年轻人的摩托车一路赶过去。后来，这里修了高速，摩托车绕了道，货车也改了出行的路，老奶奶的出行便成了问题。有时，她就在路边站一会儿，克制地希望能有车载她一程。要是不行，她就走几个小时过去，带好干粮和水，与祭拜的食物一起放在背包里，在心中划分开它们的关系，这些食物不属于同一个世界。

他们把老奶奶请上了车。透过后视镜，郑涛用余光扫过老奶奶，她一直看着车窗外高速路两旁的树木。绿油油的山野交叉着回去，在洼地里的破房子突兀地站在原野里望着天空，好像又变样了，真快。

不说话的三个人，没有尴尬地一直沉默着，车继续平缓地前行。走了一会儿，路况忽然变得不好，地面变得坑坑洼洼，车颠簸得厉害。夏敏被震得睡不着，焦躁地看着车下的道路。雨天后，大货车来来往往，把路全部压坏了，这里的路不结实，估计这会翻修。

后来的路越来越难走，直到一辆陷在坑里的车堵住了他们的去路。郑涛皱着眉在车里观察前车被陷的情况，他窃喜地用余光扫着夏敏的脸。没有人下车，他们好像都在等对方做出一个决定，是在这里继续等，还是另想办法。

老奶奶先打破了沉默。她谦卑地向坐在前座的两个人道谢，低着满是讨好笑容的脸，频频点头，准备下车跋涉过去。

夏敏问老奶奶："您还要走多远？"

老奶奶眯起眼睛沉思了一会儿说："天要见黑的时候估计就到了。"

"那您回来怎么办？"

老奶奶顿了一下，尴尬在这个时候从她的嘴角挤出来，站在三个人之间。

"走回来。"

车里又静了一会儿，夏敏忽然说："等一会儿吧。等一会儿路通了，我们送您过去。"

老奶奶有些害羞，皱纹里挤出来一些接受善意之后的惶恐，连连摆手说："就到这儿吧，就到这儿吧。早该谢谢你们了，早该走了，能到这儿就不容易了，没想到的。"

说完，老奶奶就抢着下车了，然后步履蹒跚地往前走。夏敏有点不知所措，她想拦住老奶奶，却又犹豫了一下。她看着老奶奶小心翼翼地迈过凹凸不平的地面，艰难地爬到一个坎儿上，然后焦急而慌乱地跳下去，再急匆匆地想消失在他们的视野中，仿佛怕他们跟上来。跳下去的一刹那，风带起她的白发，飘散着带出许多无奈，夏敏的心跟着揪了一下。

他们安静了一会儿，夏敏忽然让郑涛想想办法，让他挪一挪车，看还能不能瞧见老奶奶，或者问问前车到底什么时候能出来。郑涛放空了一会儿，好像在考虑夏敏的要求。事实上，他并不想下去，他想在这儿多耗一会儿。等到天色暗下来，等到他们都耗尽了热情，等到他们开始犹豫、开始放弃，最终掉头返程。

夏敏渐渐变得懊恼起来，她反复催促着无动于衷的郑涛。最后，她自己下了车，走到前车去问情况。她向处理事故的人大声提问，没有耐心，她要对方迅速做出反应。她爬上那个近距离看一点也不高的坎儿，朝远方看，找寻着老奶奶的踪迹，风吹开她散落的刘海。

郑涛从车里冲出来，走到坎下看着上面的夏敏。他忽然想起他们刚认识时夏敏的样子，他又觉得他有点不认识夏敏了。他仔细仰望着上面的爱人，这时的夏敏一点也不像是那个被写字楼推来推去的小姑娘。她那么有力，又那么勇敢，她站在坎上看着老奶奶离开的方向，像是看着远去的希望。

郑涛在低谷时，夏敏曾经和他说过一段这样的话：今天，你拼命让自己和这个世界有所联系，挤进被需要的生物链，一觉醒来，联系又断了，你再努力地挂钩，重复以往；或许把我们和世界连接起来的，本身就是这个被剪断的过程，人生或许就是不断地重复着希望与失望。

郑涛在那一刻彻彻底底地理解了夏敏。他想着碌碌无为的这些年，夏敏陪着他上去又下来，走了无数次这样的过程。什么时候他能让她的希望得逞一次，哪怕就一次？能让期盼的目光尘埃落定地幸福一会儿？能让她在得以满足之后，不再那么小心翼翼地憧憬？

有那么一刻，郑涛忽然很想帮夏敏把老奶奶送到地方。或者说，也是帮自己把希望送到地方。他不想再亏欠夏敏，也不想再逃避。

风吹起夏敏的头发，一个凌乱不堪的爱人，郑涛忽然热泪盈眶。

归途（二）

或许人都有这样一段时光，迷茫而又麻木地走在路上，不知道要去哪儿，也从来不问，心知肚明地把时间消耗在这样的逃避中。最后问题来临，失去在所难免时，才不得不总结：每一次失去，都有我们亲自而为之的部分；每一条当下走的路，都曾经给过我们选择的机会。

得之可以侥幸，但失去并非偶然。

郑涛也是在送夏敏回家的路上才明白这个道理的。当挽留和放弃共同摆在面前时，他才明白当初的路该怎样走。为时已晚的懊悔时刻怂恿着他，也让他纠结：是放爱人解脱好，还是自己的挽留也是害怕失去的一种逃避？

直到他们在路上遇见老奶奶，那个每年都要独自走这样一段路去祭奠的老奶奶。她每年都要这样熬一次，每年都要重新失去一次。想到这儿，郑涛忽然觉得在一段双方都投入的感情里，没有人会全身而退。他们都得学会遍体鳞伤地自己走一段，在一段共同失败的感情里，没有人谈得上解脱，只有两个人的挣扎。

郑涛和夏敏从坎的附近返回车里后，他们就掉了头，寻着来时的一个岔路去了，想找另一条路，绕过障碍追上老奶奶，再把她送到地方。

车开得很急，路很颠簸，但是他们仿佛一点也不害怕，都在仔细观察着道路的状况和过往的车辆。与之前的沉默与尴尬截然两样，郑涛边开边想，上次有这种感觉是什么时候。

好像是他们刚来那个城市的时候，一起面对着共同的目标，两个人抱在一起往前走。路况同样不理想，很多困难，很多诱惑，但是他们有共同的态度和希望，相互依偎着徐徐前进，一道道坎被他们甩在身后。已经过去的现实佯装祝福，即将到来的现实暗暗偷笑。城市挤压着平凡人们追求的简单，所剩无几的平凡也变成了欲望的消遣。

走着走着，一条小溪拦住了他们的去路，旁边也停了一辆车，溪上横着一座破旧的木桥。不知道是否可以通过，前面的车好像没有掉头的意思，甚至没有熄火。那辆车跃跃欲试地前后挪动着，好像在蓄谋着什么。郑涛刹住车，和夏敏一起呆呆地看着前面。

那辆车前前后后蹒跚了一会儿后，忽然就熄火了，世界安静下来，他们好像根本没有在意后面的来客。隔了没多久，前车的发动机再一次轰鸣起来，声音比以往还要尖锐，然后忽然就冲了出去，在看似脆弱的木板上滑着过去了。郑涛和夏敏在车里倒吸一口冷气，而后又放心地吐了出来。

前车平缓而又轻盈地冲了过去。真是冒险，郑涛替他们捏了把汗后，又看见从前车下来了两个男人，正是他们在休息站里看见的那两个交换着吸烟的男生。他们疯狂地拥抱、接吻，然后再流泪，号啕大哭。

还没有从惊讶中完全缓过来的郑涛，在那一刻忽然就慢慢放松了下来。他甚至有些感动，心又变得柔软。为了爱逃离城市的人一共有多少，他们离开别人的视线，离开别人世俗的评判与标准，偷偷地跑到外面默默相爱。但即使这样，活着也还是很难，那一座联系两个人的桥看似脆弱不堪，却又像稻草一般为人架设希望，让人为之冒险。

或许他们也很累了吧，也想把机会交给上天，交给这个看似脆弱却又是唯一希望的木桥。

郑涛转脸过去看旁边的恋人，夏敏微笑着把眼泪和鼻涕流在了一起，在脸上融成了两道明显的痕线。

很快，那两个小伙子就走了，去默默地相爱了。后车里的两个人也开始纠结，到底要不要过去了。郑涛仔细打量着自己的这辆二手车，好像比他们的大一点、沉一点。他虽然很感动，但是他还算足够理智，并且对木桥也没有足够的信心。

夏敏知道郑涛想的是什么，她挪了挪身子，调整了自己与安全带的关系，他们还要去追老奶奶，还要继续往前走。她尽量让自己放松下来，也做好了心理准备，但还是把决定权交给了郑涛，她想等另一半的决定。郊外很安静，一声蛙鸣都没有，寂静在周围落下来。他们听得见身体里发出的声音、关节的声音、呼吸和吞咽的声音。

郑涛忽然解开了夏敏的安全带，叫她下车。夏敏没有反应过来，坐在副驾驶座上瞪大了眼睛继续看郑涛。郑涛重复了一次要求。他说：“下去吧。在这头等我，等我先过去，你再过来。”

好像有什么东西在一瞬间化开了，之前的尴尬、两个人之间的芥蒂、长久以来积攒的厌倦和疲惫，在那一瞬间都变得熟悉而亲切。

在那个美好的瞬间过后，温柔的舒适感和似曾相识的勇气充斥了两个人的心。他们要过去，要找到希望，要把没完成的事完成下去。

夏敏又扣好安全带说：“一起过去吧，一起去追老奶奶。”

郑涛双手都放在方向盘上，他意外地朝夏敏笑了笑，是那种平日里犯错了才会露出的讨好的笑。他绕着目的地边缘小心翼翼地寒暄着，他不知道桥到底结不结实，他没自信。他想让夏敏下车，这样重量也能轻一点，概率大一点。

夏敏没有要下去的意思，她的动作与神态没有丝毫犹豫。她直直地望着郑涛，绷紧的视线表达了自己的决心。郑涛忽然很想珍惜她突如其来的勇气，这样他们就可以一路追下去，然后绕一个圈，最终回到他们共同的家去。

对峙的空气流转出一种体恤般的温柔，没有人想打扰这一刻的默契。他们似乎失散了太久，需要好好嗅一下这样的时刻，但他们明白时间不能拖得太久。

郑涛拼命回忆刚才那两个男孩过桥时的车速，他悄悄地摆好位置，下定决心，把手放到各自的位置上。他落在变速器上的手上又多了一只手，熟悉的温度在他的手背上来回摩擦。郑涛的心沉到了最底下，他很久没有这样踏实过了。目光向前延伸，两旁的景色不断地倒退，他平静地踩下油门，汽车加速，发动机的声音几乎完全被忽略掉了。没有嘈杂的噪音，没有汽车碾过木头紧张的颠簸感，他感觉自己几乎是在真空的状态里驶过了木桥。

动作从未像此刻一样慢过，几乎在一瞬间，他们感受到了各种各样的心情与纠结。穿过去停下来的那一刻，他们也像那对男生一样，拥抱在一起，脸贴着脸，泪融进泪，嘴唇搅拌着嘴唇。他们放下了该放下的，拿起了该拿起的。随后寻找的那一路，他们都还是牵着手，模仿着对方呼吸的节奏，一起耐心地寻找着。

他们走了很久，也绕了很多地方，汽车在凹凸不平的路上颠簸攀爬。他们上上下下地左右张望着，所见到的人影若隐若现，但是始终没有他们要找的那个挂着布包的背影。

天色渐渐落下来，焦急慢慢占领昙花一现的呼应，他们又变得烦躁起来。车在回归正常的方向以后，仍然绕行着可能抵达的地方不断地寻找。他们询问车辆、路人，寻找那片老奶奶口中的荒地，仿佛葬送过以往的希望。

他们在路上恍惚地看见了几次老奶奶，又都以失望收场，最终回到了归家的路线上。沿途，他们又打听了一些人，去了几个埋着人的墓地和荒原。有的已经祭拜过了，朱砂写过的红字上有颤抖的痕迹，碗碟之中放的也是些有色泽的蔬果。有的没有人问津的墓地，他们也摆放了一些食品，就当是过路缘分，了却心中所愿。

后来，他们又上路了，汽车继续缓慢地行驶。车灯探出两道慵懒的光芒，发动机的声音熟悉而舒缓，一辆辆车急匆匆地超过他们。夜色很柔，越是黑暗，星星就越是美丽。月光缓缓地落下来，洒在道路两旁。他们沉静地想念着过往，猜测着前方。

你知道生活什么样吗？就是这样的，多数时候都是失望的，我们在失望中找寻希望，又在希望中麻醉自己逃避失望。车往前走，人就顾不上看看道路两旁，还有身边的人。你知道的，总有什么在推着你走，不是你想停就能停下来的。

我们眼看着身边的人落到后面，我们告诉自己停不下来的。眼看着失去的东西离我们越来越远，仍告诉自己停不下来的。我们只有堵在路上眼睁睁地看着希望走远了，那时才能停下来，看看我们到底失去过什么。

到了夏敏的家乡后，他们先去吃了个早餐，然后绕着城市转了一圈。郑涛忽然想起夏敏和他说过她曾上的小学、中学，去过的公园等，他想和夏敏一起去看看，但是看夏敏满脸的疲惫，他又打消了这个念头，毫不迟疑地向夏敏的家驶去。

汽车缓缓地驶进夏敏家的小区，即使郑涛已经非常小心，但他还是打扰了一个三线小城旧宅区清晨的宁静。买早餐的老人紧紧盯着车窗户，想看清里面的外来人。坐在父亲后车座的孩子抓住了胸前的领巾，闭着眼吸吮着一盒牛奶。他们悄悄地驶过这些人，走到这个环境的深处，又静了下来。

阳光照进车窗，晃出反应过慢的疲惫。夏敏让郑涛和她一起上楼休息一下，郑涛把了把方向盘，揉搓着双手，还是拒绝了。夏敏还是原地坐着，不知道在等什么，郑涛也还是不说话。

楼里的人渐渐走空，天气开始变热。烘烤的温度将咽下去的话再一次提了上来。夏敏整理好衣服，抓住旅行包的背带转身问郑涛："你真的不和我上去了吗？"

"不上去了。"
"你都到这儿了，为什么不上去？"
"我什么都没准备。"
"那你需要准备什么？"
"总不能挂着两个黑眼袋当见面礼吧？"
"你到底还需要准备多少年？"

不置可否的眼神将郑涛的头又按了下去，他把脑袋深深地埋在方向盘里，就好像他埋在酒桌上、办公桌上、电脑前，或者晚高峰的地铁上一样。

车门开了，又关上，脚步声越来越远，直到寂静再一次降临车内。郑涛数着呼吸的频率恍惚中判断自己的周围，又渐渐地睡着了。

梦里，夏敏又返回到车上和他说："咱回去吧，我不回老家了，咱回去好好过日子。"

郑涛哭着说："我是不是耽误你了？我不想让你回家，我想上去，可是我什么都没有，我不好意思见你爸妈。我害怕，特别害怕，我一直都很害怕……"

后来梦醒了，不知道是几点钟的郑涛，急匆匆地发动汽车驶了出去，又在城市里的街道上慢下来，漫无目的地开着。

他揉了揉眼睛，细细地吸吮着这个城市，想着爱人在这生活过的影子。他忽然想去看看她的学校——她曾经待过的地方。车停在一个卖煎饼果子的大姐摊前，郑涛买了一个煎饼，插话问道："您知道岭西小学怎么走吗？"

"小伙子你是外地人吧，岭西小学早就没了，很多年前就拆了。"

"那铁路中学呢？铁路中学还在不在？"

"也没了，都拆了。小伙子你问这些地方干什么？"

"想找个人。"

“你来这儿就是找人？”

“我是来送人的，人送完了，现在想找人。”

“那些都不在了，找起来太难了。”

“怎么说没了就没了呢？”

“都得没的，迟早的事。”

“迟早都会没的。”

郑涛开着车绕着这个城市走，广播里说他们曾经的城市今年秋天来得晚，走得也比以往早。南方的秋天一直都是这样，被夏天吞噬掉了一大半，又在假期里被人们躲掉了一小半，所以它总是显得很匆忙。郑涛看着外面沉默、肃杀的景色，一个老人小心地避开落叶和汽车带起的灰尘，这个城市的秋天反而正值当下。这不是他的城市，广播里所说的也不是他的城市，郑涛绕着街道一直开，找不到可以回去的地方。

一直在等你

四月时，北方的春天才到，乍暖还寒，满天的白色开始融化，雪水灌溉远山。每当这时，爸爸便会沿着水流淌的方向迈进郊区的山里，给爷爷、奶奶扫墓。去年扫墓回来的爸爸对我说，他在山上遇见了当年教我练拳的师父。爸爸上前和师父聊天，师父却早已不认识他了，奈何爸爸想和师父多攀谈几句，询问一下近况也不行了。他远远地看着师父在山上待了一会儿，就回来了。师父却一直逗留在山脚，半卧在一张破木椅上，好像在等着什么。

跟师父学拳时，我还很小。那时，老家的山还没变成坟场，远远地落在市区边上，山脚下住着一些种地和养殖的农民。我儿时体弱，打架出事老是躲在三哥后面，爸爸看着犯急。后来，他给郊区农民送化肥时，偶然看见师父在那里教娃娃练拳，便萌生了让我去学的想法，就当是锻炼身体，也好过我总是窝在家里。

我记得跟爸爸去学拳的路上，会路过一条铺满白杨树叶的砖路。下了车，沿着凹凸不平的土道，深一脚浅一脚地往前走，有试探的感觉。师父喜欢饮酒，从山西寄回的汾酒，爸爸左手提着颠簸，一下一下的，右手牵着满心好奇的我，但我还是抑制着害羞，小心翼翼地跟着爸爸走。

师父教的是北方八极拳，刚猛强劲，贴身短打，爆发力强，属于国术里比较适合实战的拳种，在北方很流行。除了拳术，还有棍、棒、长枪，也和他家套路不同，独树一帜。

我拜师的时候，师父已经年过半百，但精力十足，走拳步步生风。小时候，我练基本功不肯吃苦，经常偷懒，被师父打手板。有时打得轻了，我还猴精似的鬼笑，气得师父又加罚打一下。这次若是打重了，我就会微微地喘些哭腔。师父马上就心疼得不行，一边哄，一边给我揉手。这时，小师叔就会站出来说："严点出真活儿。"可师父边揉边说："都是家里的宝，打坏了可不得了。"

平日里，师父若不在，我们就跟小师叔学拳。有嘴碎的年龄稍微大点的学生就问小师叔为啥师父既不结婚，又没孩子，还不收亲传。每当问到这儿，小师叔都要叹气摇头。后来，我们知道的关于师父的事，都是在练拳间歇听小师叔讲的。

早年，师父是跟随他父亲学拳的，也就是我们的师爷。那时候，师爷授拳严格，因为八极拳是挨捞挤靠，硬开硬打的功夫，所以并不适合女孩练，但师爷有一至交好友，把自己女儿交托给了师爷。这样，师爷就收了这个女孩为二徒弟，也就是我们的霞师叔。后来，师爷又收了小师叔，算上师父、霞师叔，自此师爷一共收了三个亲传，若干入门弟子。

那时候，师爷家境殷实，良田十亩，瓦房三间。山里淌着小溪，溪水顺着稻田往下，不远的地方还有一个备用的直升机场。有时候会呼啸着一阵风来，练拳的孩子们便知道有直升机过来了。他们也会呼啸着往风来的方向跑，任师爷怎么叫也不回头，只为在禁区外面遥遥地望上飞机那么一眼。等到飞机飞走了，他们又穿过稻田，沿着小溪一路退回来，嬉皮笑脸地接受师爷的惩罚。

那时候，每次跑出去看飞机，都是师父最慢。有时，他还没来得及跑出院子，就被师爷的目光钉在了原地。他太怕师爷了，连师爷的一举一动都会被师父过分地揣测。他越怕，师爷就越恨，越觉得师父没有点习武之人的样子。

但每当飞机来时，师父若是真的跑了出去，那一定是霞师叔帮了忙。她一路拉着他往外奔。在人群最后的两个少年，他们手牵着手惶恐又兴奋地往前跑，又频频回头。直到看见飞机变成一只鸟，他们再悻悻地回巢。

霞师叔聪明伶俐，身形、架子都极好，性格又酷似男孩，深得师爷宠爱。有时，霞师叔带着师父犯了事，师爷也不会过分追究，只让他们同众人一起受罚。后来，师父遇事，总要霞师叔帮忙拿主意，他们关系也较他人更亲近。

每到酷暑晌午刚过，太阳烤得蝉鸣不止，做完功课的师兄弟们就跑到小河边，争先恐后地尖叫着投进去，连衣服也不脱。霞师叔有时在河边看着他们玩，师父也在河岸边陪着她，看河里的人把水打到河沿上来。师兄弟们喊着让他们俩下来，师父每次都拽着霞师叔，不让她下水，还说水太脏、太凉，下去容易生病。他们也就真的没下去过。

有一次，他们又去河边野浴，师兄弟们已经下水，见师父和霞师叔又是在远处乘凉。他们便又从水里爬到岸上，硬是把霞师叔拉进了水里。那天，师父和师兄弟们打了一架，尴尬地收场。当天，师爷罚他们扎桩一晚上。

后来，每次再去河边的时候，师父便不去了。有一次，霞师叔又跟着师兄弟们去河边玩。回来后，师父就跟霞师叔大吵了一架。事后的几天，师父都不和霞师叔说话。大家也都瞧得出来，他们刻意避让着接触对方。有时，直升机来了又去，师兄弟们奔袭出去，师父只留在院子里远远地看着他们。

直到年下的冬天快要过去，春天还没来时的某一天，一架架直升机呼啸着落到山的附近，又频繁地离开。附近的村民奔走相告：出事了，辽宁出事了，营口出事了。

一九七五年二月，海城地震，因为提前发布了预警消息，当地不少人出去避难了，但还是有很多人遇险。东北各地组织救援，直升机一架架地去，物资一批批地运。当晚，霞师叔所在防疫站也被调进救援队，前往灾区参与防治传染病的工作。

霞师叔前脚刚登上救灾的火车，就从窗口看见师父也跟着闯进车站来。他挨个车窗翻找着霞师叔，直到他们的距离足够呼喊对方时，才看见彼此。师父听人说后续可能还有余震，他想把霞师叔劝下来，先不要去，但霞师叔坚持要参加任务。他们在火车内外又大吵了一架。最后没办法，在火车就要开动时，师父硬是挤开人群爬上了车，陪着霞师叔去了海城。

坐了一夜火车到了海城后，他们一下车就长了见识：当地的灾民像末日一般杀猪宰羊，到处哄抢，来的物资还没到站点，便散落一地；黄鼠狼满地跑，人们忙着抓小崽，鸡都上了树，耳边轰鸣，分不清是人声还是兽语。

后边靠着山东运来的木头、塑料布，前倚着鞍山的钢和哈尔滨的药，救援队顶着物资前进，注定被人群冲散。师父挡在霞师叔前面，拽着她的手，两个人拼命地往外逃。那一晚，队伍已经不再是队伍，分散的人们各自寻找着救助点。

师父和霞师叔没找到救助点，只找到了一个柴火垛子。晚上风硬，两个人便一起钻了进去，互相依偎着取暖，透着玉米秆稀松的缝隙，瞧着外面的情况。

月光缓缓地落下来，星星点点钻进柴火垛子。借着月光，师父瞧着霞师叔的侧脸，怀抱着霞师叔的后背。那一晚之前，师父从未将自己置身于这样的险境，但他却并不觉得害怕。

第二天，他们回到了救助站。救援工作陆续展开，人们得到安抚，渐渐有了秩序。霞师叔在发放药品时还结识了一对做木工活的父子，一时间不知道哪里来的兴致，也开始学习木匠手艺，跟着这对父子学做了大外桌、小内桌、小长椅。

等到救援队分批撤离时，霞师叔却迟迟不肯走，师父就陪着她留在那儿。又过了段日子，最后一批队伍要走的前几天，霞师叔偷偷和师父说，她已经是木匠儿子的人了，他们打算就在那儿结婚。

师父当时很惊讶，也很难过，但他什么都没有说，还是想劝霞师叔和他一起回去。霞师叔没有再理师父，而是和木匠的儿子一起去找老木匠摊牌。

结果，老木匠气得差点昏过去，他早在几年前就为儿子订好了婚事。这让霞师叔和心上人的境遇一下尴尬起来，媒妁之言，父母之命硬生生地夹在他们之间。师父以为事情有了转机，就想带着霞师叔连夜离开。结果，霞师叔告诉师父，她要和木匠的儿子一起逃走，而且明天一早就走。如果师父也和他们一起离开，那就明早在村口的“咽道”上等。

“咽道”上有两条岔路，一条是奔着营口的方向，一条则是生产队撤退的路。师父说他会在生产队撤退的路上等，不会和他们一起走。如果霞师叔想通了，就到他这边来，如果第二天没有等到霞师叔，师父就自己回老家去。

第二天一早，窗外刚有些蒙蒙亮，师父就站在路口边等着了。有救援队的人分批往外走，到城镇的火车站离开。过了没多久，师父看见霞师叔和木匠的儿子跟在一批进城人群的最后面。他们紧张兮兮地走到路口，忽然方向一转，丢下人群朝着营口方向一路狂奔。师父隔着几十米的距离眼看着他们跑掉，连一句再见都没来得及说。

就在师父不知所措时，老木匠带着乡亲从村子里冲了过来。他们为了追赶孩子沿着村道一路喊着跑下去，快跑到“咽道”时，忽然有人拦住了他们的去路。只见师父提着一根长棍，立在“咽道”上，不让人过去。村民们绕开师父往前走，却被师父一棍扫回来。人群一拥而上，双方打在一起，最后谁也没有占到便宜。师父单凭一根木棍，守着这条路不知多少个时辰。

后来，镇上来人把师父抓走了，拘了些时日，又教育了一番，便放回了老家。回来后，师爷气得生了一场大病，很久没能下地，也不再教拳。师兄弟们便作鸟兽散，只剩下为数不多的几人。

时间往前赶，又过了段日子，师父收到霞师叔来信：“落脚营口，一切都好，勿念。”

师父回信：“速择日归家，等你。”

这一等，便遥遥无期。几年过去了，师爷大限将至，临走时仍然挂念着霞师叔，末了还在问师父：“霞儿回来了吗？”

师爷走后，师父给霞师叔发了电报告知，希望她能回来吊唁。哪知数日后收到回信：“家中贫困，已无米下锅。”当晚，师父便带了钱和粮食，从四平老家出发，坐了一夜的火车，到了营口又搭车、走路，总算是把钱和粮食送到了霞师叔那里。

一别数年，两个人却没有时间多待一会儿。隔日，师父便要回来料理丧事，又是分别路口，师父问霞师叔何时归家。

霞师叔说："我丈夫、孩子都在这儿，离不开。"

师父不语。

霞师叔又问："你可成家了？"

师父说："没有。"

"赶快成个家，把本事传下去。"

"我会等你回来。"

"别等我，我不会回去了。"

听到这儿，师父忽然哭了，像个孩子一样仰面朝天地哭着。他边走边哭，边哭边喊："我等你，我就等你，我会一直等你！"

师父这一等，又是二十几年，直到我们这辈不争气的孩子们上山。好好的本事，让我们学成了花架子，也还是没有等到师父成家。好好的师父，熬成了年过半百的老头，也没有等到霞师叔回来。

我上山快半年的时候，忽然有一天，小师叔从外面疯跑进院子，跪在师父耳边说了些什么，师父便呆住了。他晃晃悠悠地站起来，怒喝了一声，随手抄起手边的圈枪，抬手便在院子里画出一个圈，然后提枪转身一挥，带起一阵尘土。横绝大漠般挥扫过去卷起一阵风后，他却支着枪立在原地不动了。

师父双手扣紧枪身，脑袋埋在手背上，枪头深深地扎进了土里。就这样安安静静地立了一会儿后，他竟颤抖着悲恸地哭出声来。那根同样年迈的长枪被师父哭得不停摇晃，像是告别时的拥抱一样。

后来，小师叔告诉我们，那天霞师叔病故了，他们没来得及看彼此最后一眼。

尽管如此，师父还是去参加了葬礼。他自己带着包裹，又坐了一夜的火车，风尘仆仆地去了。灵堂里，亲属们互相抚慰，故友奔走寒暄，只有这个老人，他坐在宾客的最后一排，远远地看着摆在正中央照片里的人。没有谁在葬礼上问一问这个老人，他到底是谁，是已故之人的朋友还是亲人。他只是来这里送她最后一段路，就像当年在村口“咽道”那次一样。

从那以后，师父便不再教拳，他说教不动了，就安安心心地种地养老了。我们下了山，偶尔有人回去看他，只见师父拿着一张破椅子，卧坐在村口，却也不知道他在等谁。

去年，我回家过春节，爸爸又告诉我，他后来又去山上寻过几次师父，最后一次去时，邻居告诉他师父已经住进了疗养院。那时的师父已经谁都不认识了，自己也忘了自己是谁，老是走错院门，还总是弄坏别人家园子。

我打听到了疗养院的位置，带了些油茶、水果，寻着地方去探望师父。一路上都想着小时候学拳总是跟师父撒娇，举着手累了就悄悄放下来，被师父看见了就一个戒尺打在手心上的情景。

疗养院人不多，但是杂乱得很，哭声、喊声交织在一起，让人避之不及。我绕了几个地方，才找到师父。他衰老得非常明显，头发稀疏。他弯曲着身子，蜷缩着坐在床边，像个做错事的孩子。我上前去叫了一声师父，他好似没听见，抬起头瞟了我一眼，又低了下去，像不认识我一样。

我就在他前面找了个板凳，陪着他静坐了一会儿。后来，他注意到我，我就往前蹭了蹭，喊了一声："师父。"老头表情一怔，眼睛开始缓缓地聚焦，有了星星点点的碎光。

我把手放在他的膝盖上，又叫了一声："师父。"

一丝温柔在师父的脸上缓缓地展开，他拾起我的手放在自己怀里，问我："疼吗？"

我泪眼朦胧地从凳子上起身，蹲跪在地上，喘着粗气说："不疼。师父，一点也不疼。"

不散不见

二月时，我在北京转机，到达那天雾霾尽散，晴空万里。若是要能再下点雪，就会有隐约回到六七年前的感觉。那时，我和朋友们都觉得下雪的北京最美，雪花落进调色桶，融化在颜料里。我们站在壁画前面，涂上去的每一笔都有冬的婉别和春的惺忪。我们挨着站在人来人往的办公楼门口画着，对比着出出进进的白领，有一种鲜明的错落感。

想到这儿，我给大师兄发了个微信，说北京最近什么时候能下雪呢？大师兄过了一会儿才回我，他没说下雪的事，反倒答非所问地说：“前些日子，我见到老钱了。”

看到消息后，我惊了一小会儿，既不敢问，也不敢回。只能一个人坐在首都机场的麦当劳里忍不住地伤心，好像要先回忆一遍从前的事，才能更好地接住大师兄的话。

二〇〇八年春节前夕，时下艺考将至，大画室的人四散参加各种考试。许多画室便作鸟兽散，我的画室也解散了。我急于奔命在各地以及各个学校之间，却也知晓自身的缺陷，四下寻着继续开放的画室。一个朋友带我去见了一位非常低调的老师。画室开在望京的边上，紧挨着当时刚建好的地铁站。老师长得很胖，脾气很怪，挑选弟子也非常苛刻，并不是简简单单地交了钱就可以拜入山门。

老师让我把画在地上摆开，先是素描，然后是速写，接着是色彩和油头。我每样都尽量摆了点比较满意的。老师却嫌少，每幅画停留几秒便过去了，偶尔摇头，偶尔点评，说我有些画得灰了，有的结构太重。从头到尾的否定，让我失落得有些懊恼，并不是因为受到批评，而是他说的几乎都对。艺术让十几岁的我有着虚伪且不落地的清高，总是骄傲地沉浸在不被理解的自我感动中。那年轻而骄傲的自尊心，并不允许我在一个未知的环境中，被陌生人围观着并接受批评。

“画得挺诚恳的。”人群中一句这样的评价，像洪流之中的独木让我得以喘息。老师的对面，围观的学生中，滑过来一个坐着轮椅的女人。她年纪和老师相仿，目光轻柔，黑直长发，肤色白得有些病态。因为这样一句称不上赞美的圆场话，我几乎有些感激她。

就这样，老师收下了我，而后却单独交代说若是艺考结果不尽如人意，对外不可说是他的学生。我当时心生不悦，却未敢表露。

老师姓钱，当着他的面，我们都叫他钱大师，私底下我们都叫他老钱。那天帮我说话的是我们的准师娘，老钱的女朋友——蓓蓓。确切地说，画室其实是她开的，只不过因为她身体不太好，老钱才从一个游手好闲的艺术家的身份里退出来，干起误人子弟的买卖。我后来才知道蓓蓓是尿毒症，那段时间画室只要一放假，老钱就推着蓓蓓去医院做透析。

和老钱接触了一段时间后，发现他是天生的艺术家。他只能画画，做任何其他的事都是一种浪费。老钱和蓓蓓也是在画室里认识的，后来一起考上美院，蓓蓓念了版画，老钱选的雕塑。毕业后，他们一起租了两套对门的房子，一个在这边开画室，一个在那边搞创作。彼此照顾，却互不耽误。

蓓蓓生病后，老钱从事过许多职业：给公园做石像，办艺术展览，为企业做庆典雕塑……总之，赚钱的事他都干，一直也没有闲下来。蓓蓓总说她耽误了老钱，而老钱却说这是学习人民大众艺术的良好机会，有助于他从侧面攻克创作瓶颈。蓓蓓瞪了老钱一眼说："就你贫。"

老钱确实特别贫，我听蓓蓓说他们学画的时候，她根本看不上老钱。那会儿，老钱脱发不说，胖得像是花家地卖烤串的，但老钱有事没事就黏着蓓蓓，看人家考哪个学校，他就跟着考哪个学校。

他们一起去考北京电影学院的时候，老钱画得很慢，时间刚到，他交了卷就撒丫子地往外跑，刚到门口就看见蓓蓓在马路边坐着哭。老钱问怎么了，蓓蓓说这次她没画好，但她一直挺喜欢北京电影学院动画系的。

老钱拍了一下大腿说："嘿，没事，不就是一个北京电影学院吗？中国传媒大学也有动画，很多学校都有，咱不去北京电影学院了。”

这样的安慰一点效果也没有，蓓蓓还是继续哭。老钱就把声音压低，用不忿的语气说：“真的，这学校没什么可去的，老师都不懂艺术。我跟你说，下午考设计速写不是让画一张电视镜头稿嘛，A3纸发下来大家想了没一会儿就开始画。我四外看了一圈，发现都是横着构图，我觉得没意思，就把考纸竖起来画了。老师一直盯着我看，我都没理他，最后交卷的时候你猜那孙子怎么说？”

蓓蓓瞪着湿漉漉的眼睛看着老钱问：“怎么说？”

老钱模仿着老师的口气说：“这位同学，你家电视竖着放吗？”

蓓蓓突然破涕为笑。就这样，老钱接过蓓蓓手中的画箱，他们避开熙攘的人群，手牵着手悄悄地离开了北京电影学院。后来，他们就名正言顺地在一起了，再没有分开过。

大四时，他们回了一次蓓蓓的老家广西乡下写生。在那里，写生画了半年毕业创作，回来毕业后，蓓蓓就开起了这个画室。起初的时候，画室没有名字，也只有五六个学生，但是蓓蓓教得很用心，偶尔老钱也过来客串。后来，几个学生的加试成绩非常理想，情侣住对门儿的佳话也就这样传开了。从此，画室有了自己的名字——对门画室。

我到对门画室的时候，整个画室加起来一共不到二十个学生。上课的时候人也不全，有的去考试了，有的翘课了。那时候，我和大师兄最好。大师兄并不是老钱和蓓蓓的第一个学生，因为他年纪最大，所以大家都叫他大师兄。

大师兄跟老钱和蓓蓓的时间最长，感情也最深。从他那儿，我们听说了不少趣事。比如蓓蓓不能出门写生后，老钱就把小区楼顶弄成了个室外工作室。蓓蓓总是坐在楼顶对着不同方向的北京，不间断地画着。那时候，望京地铁站周围一片荒凉，再走远一点，工地林立，人烟稀少。后来，高楼林立，蓓蓓就照着小区附近的变化，画了一组油画。

春节的时候，大家因为考试都没有回家，老钱决定自己掏腰包办一个艺术晚宴。我们说吃火锅热闹，老钱非要弄一个流水线自助，再买上两瓶廉价红酒，衬托节日气氛的同时，既高档，又有情调。那一天，蓓蓓特意打扮了一下，化了淡妆，穿了一件针织开衫，又披了一条土耳其围巾。因为病情，蓓蓓瘦得可怜，两件衣服像是挂在了一个架子上，让人看上去止不住地心疼。

我们都把目光对准老钱，谁知老钱贱兮兮地凑过去说："哎哟，媳妇真好看，这围巾弄的，跟披了个电褥子似的。"蓓蓓打了他一下，我们跟着笑，气氛一下就缓和开了。

那一晚，我们做游戏，老钱总是输。我们罚他跳钢管舞、用肚子上的赘肉夹瓶盖，做了不少蠢事，但是蓓蓓很开心。她越是笑，老钱玩得就越疯。

春节过后，蓓蓓病情加重了，必须住院，情况不乐观，也通知了家里人，生命几乎进入了倒计时。老钱就每天两头跑，每天风里来雪里去，奔波着不容易。老钱的同学偶尔来画室帮他一把，顺带着劝他把画室关了，钱不够大家可以凑，这么折腾下去，老钱也得把身体折腾坏了。

老钱说：“这画室不仅仅是来钱的路子，它更是蓓蓓的希望。她每天心里都惦记着这个小屋子里的十几个学生。只要画室还在，蓓蓓就有个奔头，她就能活得有劲一点。”

老钱上课和别的老师不一样，除了传授我们考试的技巧，他还给我们讲一些其他的东西，关于现代艺术，关于审美。他像真正培养一群艺术家一样培养着我们，而非教一群只会应试的孩子。

有一天，老钱领着我们在画室用投影仪看了一个电影，名字叫《罗丹的情人》。讲的是法国艺术家罗丹和自己的情人卡密尔痴缠纠葛的爱情。卡密尔是罗丹的助手，他们一起搞创作、聊艺术，被对方吸引，却又互不干扰地追求着自己的理想。这种状态让人一下子就想到了老钱和蓓蓓。

罗丹和卡密尔交往的一生，除了情侣身份，他们还像是竞争对手。年轻时，卡密尔在艺术方面初露锋芒，她要在这个满是男性的艺术圈里站稳自己的脚跟，哪怕身旁就是最著名的罗丹。

卡密尔为罗丹怀过几次孕，却都流掉了，而罗丹又有婚约在身。卡密尔要罗丹在她和未婚妻之间做出选择，最终，罗丹选择了自己的未婚妻。绝望的卡密尔选择用自己仅剩的这双手，穷尽一生与罗丹对抗。

1888 年的巴黎美术展览会上，卡密尔的石膏塑像《沙恭达罗》荣获鼓励奖。罗丹说："你终于成了我的强敌。"而卡密尔说："我希望从未遇见过你。"

即使这样，卡密尔的作品还是没有得到大众的认可，反而被指抄袭、模仿罗丹。最后，精神崩溃的卡密尔毁掉了自己的所有作品，被关进了精神病院，孤独终老。

电影放完后，老钱和我们讲了一个细节。他说卡密尔住院期间，没有接受罗丹的任何帮助，也没有再见过罗丹。罗丹去世后不久，卡密尔收到她和罗丹共同的朋友欧仁·布洛的来信，信中说："有一天，罗丹来到我的画廊。我看见他突然停在这件作品前，长久地注视着，用手温柔地抚摩着那青铜像，然后哭了。是的，他哭了，像个孩子一样。他已经死了十五年，他一生只爱过您，卡密尔，我现在可以说了。"

讲到这儿，老钱忽然也像个孩子一样地哭了。我从未见过一个男人有那样巨大的悲伤，他健壮的身体不断地抖动，卸下压在身上的情绪。恸呜敲打着所有人的心，我当时难受极了。

老钱平稳住声线，继续说，让罗丹动容的那件作品，是卡密尔的群雕《成年》中最精彩的部分，名为《哀告的女子》。

也许罗丹从那座雕塑里看见了卡密尔，也许老钱又从电影里看见了蓓蓓。一个终其一生只有艺术和爱情的女人，到最后，她却什么也没有得到，只能被关在一个院落深处，等着耗尽所有的日出。

老钱给我们放过很多好电影，除了《罗丹的情人》，还有《肖申克的救赎》。他讲电影里的人一半的生命是在坐牢，另一半的生命是在挖地道。我们总得找到自己另一半的生命，除了谋生，我们总要找一些自己能保持敬畏、去追求的东西。

我们那时不懂什么是敬畏，只知道学习各种各样的技巧。那会儿，色彩考试特别流行调“高级灰”，好几种颜色掺和在一起，融出一种调色盘上没有的高级颜色。有时候，我自己调不好，问老钱高级灰到底是什么。老钱逗着玩说：“你洗色盘的时候流出来那个就是高级灰。”其实，他并不建议我们把太多精力放在这儿，而是希望我们能真正地理解颜色。

有一次，我老是画不出自己想要的颜色和感觉，就用颜料一遍遍地盖住错误的地方，反复地修改，越画越糟。老钱夺过我手中的笔，重新拿了一张水粉纸递给我，让我重画。我不情愿，他把我案板上的画拿起来，用图钉帮我把新画纸装上，然后坐在我旁边意味深长地说：“画一张画，起稿、调色、关系都很重要。如果一开始就没有打好基础，那么接下来就是一遍遍地修改与遮盖，等到颜色花了或底色反出来会显得更难看。倒不如换一张纸重新画，就好像你不完整地放弃，也不可能完整地得到。”

老钱总是这样，他把技巧和道理埋在生活的每一个细节里，让人舒服地接受，也温柔地执行，就好像他真的做得到感同身受这回事。

那时的大师兄已然奔三，每次艺考对他来说都压力巨大。有一次，我听见老钱安慰他说："我们不能总为结果活着，你拥有的年轻和我拥有的爱情，都是很美好的东西，可是它们从来都没有结果。何况，你还有机会呢，我已经没有了。"

听到这儿，我心里酸酸的。事后，我安慰老钱说："我们都有机会，我们日子都长着呢。"

老钱说："人难受的时候，最有效的安慰就是疼痛对换，你告诉他都会过去的，再来一次一定可以，这些道理他都知道，你再讲就像是敷衍。我只能用我的难受，来换取他的难受。"

听到这儿，我却成了那个最难受的人。

艺考完，我们四散分离，各自回了老家准备文化课。老钱全心地投入到照顾蓓蓓的生活中去。高考前一个月，我们收到蓓蓓去世的消息。那时，大家互相鼓动着谁第一个去联系老钱，却也都只是说说，谁也不敢。最后，大师兄打了第一通电话，谁料老钱的电话早已经变成了空号。

那年高考，大师兄如愿以偿地考上了，我们也都考上了。大师兄去北京报到的前几天去看望老钱，但是对门画室已经不在，取而代之的是一个新的画室，老师恰好是老钱的同学。我们学文化课的几个月发生了很多事。比如蓓蓓在京火化后，由她的父母带回广西老家安葬，老钱也跟着去了，回来后一病不起。尽管身体不行，老钱还是拿出了自己的积蓄为蓓蓓办了一场纪念巡展。除了蓓蓓已经完成的作品，还有那组在顶楼未完成的油画，老钱为这组油画起了个名字，叫《不散》。

不久以后，老钱散尽金银、身患重病的消息传回陕北老家。老钱的父母从陕北赶来，要拉着他回家治病、相亲。老钱不肯，结果，钱爸就把画室砸了，钱妈坐在小区里哭闹，引来一大群围观的人，最后逼着老钱把画室转给了同学。

失去画室的老钱，站在门口面对同学哭着说：“这是蓓蓓留给我的最后一样东西，我也还是没守住。”

后来，有人听说老钱回家没多久就又跑了出来，而且在五台山出家了，还发了老钱剃度的照片。一群人围着照片感叹唏嘘了一阵又投入到各自的生活中去，只是偶尔感伤和回忆的时候，把记忆里那个贫嘴的老钱、那个细腻的老钱，再找出来看一看。

去年十一假期，大师兄特意去了一趟五台山。他事先打听了老钱所在的寺院，又不放心地多问了几个人，得到接近确信的消息后就出发了。到达的那天是一个清晨，天没亮他便早早地起来。为了避开游客和熙攘的人群，他找了一条小道，早早地上山。透过迷雾，远远地看见了那间寺院坐落在那儿。

青烟徐徐散开，大师兄蹑手蹑脚地走进寺门。四下安静无人，只有一个形同枯槁的师父在扫地，大师兄便上前去问：“师父，我想找个人。”

扫地师父抬起空洞而又乌黑的眼睛回望过来。两个人四目相对的那一刹那，大师兄几乎全身都瘫软了下来。他坐在地上，嘴唇哆嗦着。他怎么也想不到，那个身体每个部分都是圆形的胖子，那个肚子上的赘肉都能当瓶起子的老钱，竟能瘦到瘦骨嶙峋，状如行尸。

大师兄坐在地上哭了好一会儿才勉强站起来。后来，他们聊了什么，我也没再多问。只记得大师兄交代说如果我也想去看老钱，千万不要当面认出他，就当他是一个普通僧人，扫地烹茶，参经食斋，便是他一生的追求。

后来，我有几次路过五台山，也都没有上去，只敢痴痴地想象一下老钱现在到底是什么样。我有几次梦见过那样的场景，我和大师兄一起，穿过那蒙蒙的迷雾，悄悄地落在殿门外，又不敢进去，只能朝着寺门深深鞠上一躬，再慢慢地退出到雾外去。

很久以后，我再想起蓓蓓的那组油画，我想象着一对恋人，他们站在楼顶望向那片荒芜，彼此依偎着面对周遭的变化。一座更高的楼层起来，一座熟悉的房子倒下，一切随流而去，一切也终会留下。不散的，是你我的热爱与执着；不散的，是变迁时的勇敢和真诚。即使下一秒你就离我而去，我也想你在此刻活得有希望，活得更真实。即使你托人一世拥有的不多，我也要捍卫你留下的一切痕迹，捍卫你曾来过人世的这个事实。

就像捍卫着我爱你，就像捍卫我们的故事。如果不做自己喜欢做的事，如果不和自己喜欢的人在一起，这样的生活，我们又如何能熬过去？已经过了承诺挂在嘴上的年纪，只想把这份约定默默地背负在身上，在前行的路上奔波也珍惜，坚定也缓慢，隔空对着爱人说上无数遍：看不见我也别怕，终点在那儿就好，大家不散不见。

成全了我，也陶冶了你

大壮追了女神三年，又等了女神两年。直到女神在英国准备结婚，给他递了请帖，他还人模狗样地找我陪着他试西装，准备潇洒赴约。

我说："算了吧，人家美满幸福地通知你一声让你别再傻了，你还真当是邀请你去见证幸福啊。"

大壮说："没感觉是去参加婚礼的，倒感觉像是去离婚的。"

就这样，大壮成了我们所有没有结婚的朋友当中，第一个感受到离婚是什么滋味的人。

为了庆祝大壮找到了离婚的感觉，朋友们集体在后山露营、烧烤。大壮的爸爸是中国人，母亲是韩国人。晚上喝高了，我们逗大壮："不是说混血儿都挺聪明的吗？你怎么就那么傻呢？没点机灵劲儿看出来女神不会爱你吗？"

大壮挠挠脑袋比画着说："能称得上混血儿的，起码得会说两种语言，左手‘文曲星’，右手‘步步高’。我汉语老说秃噜嘴，撑死算一串儿。”

湿姐听大壮说自己是串儿，笑得捂着嘴仰到了后面去了。

每个人身边差不多都会有个笑点很低的朋友，你一个笑话其实只是为了调节气氛，大家撑死也就是咧咧嘴捧个场，但偏偏有一种人，碰上点有意思的事就能笑得山崩地裂，仿佛要撒手人寰。

湿姐就是这种人。高中的时候，我上课无聊就给身边的同学讲笑话。湿姐笑得最狠，嘴咧得最开，口水流了一前襟自己都不知道。等笑瓷实了，她才发现大家都看着她的前胸。她擦擦嘴低头一看，大喊一声：“我都笑湿了呀。”自此以后，同学们都叫她湿姐。

露营那天晚上，大家都喝高了，大壮醉得最厉害。他坐在帐篷边上唱：“谁娶了多愁善感的你，谁他妈就是傻瓜。”我觉得这种吃不到葡萄说葡萄酸的心态非常不好，就哄着大家去睡觉。

到了后半夜，大家钻回帐篷各自睡觉。湿姐出来方便，在帐篷外不远处看见一个黑影冒着一股白烟。她根据身形判断，好像是大壮。

方便完的湿姐就跟大壮也要了根烟，两人坐在树底下，哆哆嗦嗦地聊天。大壮交代了自己是如何追女神的，又是如何当备胎的，眼看着女神的男朋友换了三茬儿，无论多渣也没轮到他接盘。女神出国的时候，大壮立了军令状，无论怎样，都在国内接着她。没想到女神为了断他的念想，直接来了一个绝的——在国外完婚。

大壮心有不甘地问湿姐：“你说我哪儿不好？我人品也不差，身体也还行，难道我长得难看？我不就胖点吗？我难看吗我？”

湿姐掐着大壮的脸看了又看说：“这人的外表呢，无非分两种，一种是好看的，一种是难看的。但你这两种都不属于，你卡在中间。”

“哦，属于中等水平。”

“你属于好难看的。”

第二天下山，湿姐紧紧地跟在大壮后面听他忆往昔峥嵘岁月，那牛吹得简直一泻千里，但是湿姐听得津津有味，还鼓掌叫好。我们所有人都觉得蹊跷，只有大壮没有察觉到。

大壮是一个非常呆的男人。呆到什么程度呢？在清真饭馆吃饭，看见电视里新闻说一个伊斯兰女孩因为上了 Facebook 而被乱石砸死，他拍案而起大骂：“真他妈是邪教！”整个饭馆黑了十秒。

我把这事告诉湿姐后，湿姐忽然燃起要和大壮一起吃顿饭的念头。后来，他们俩约在一个牛肉面馆。到了后，大壮问湿姐：“你饿吗？”

湿姐有点不好意思，想矜持一下，害羞地说：“不太饿。”

大壮转身喊：“那就来一碗牛肉面！”

湿姐就眼巴巴地看着大壮把面吃完，自己光顾着笑了。

我当时就奇怪湿姐怎么笑得出来，大壮这都呆到家了。后来，湿姐对我说她就喜欢这口味的，有什么说什么，不藏着掖着，男女关系里不硬撑绅士，也不装深沉，是个纯洁傻傻的小伙子样。

后来，大壮就开着自己那辆破宝来，拉着湿姐在城市里来回吃。他们从外面吃回家里，又吃到外面。有时候还拉着大家一起吃。我们常去的一家韩式烧烤店，那儿有个和举架一般高，像烟筒一样的东西。我们玩游戏，谁输了谁去贴着“烟筒”跳钢管舞，后来湿姐输了，不太好意思，大壮就替湿姐跳了。舞姿那叫一个妖娆，把餐馆的其他顾客都吓坏了。

大壮跳舞的时候，湿姐偷偷地和我说：“只有在吃的时候，大壮才是最开心的。你只要让他吃好了，让他干什么都行。”我看着湿姐笑得有些微醺的脸，忽然特别羡慕大壮。你说生活有多累，大家自顾不暇地谋生，偶尔抽一点呼吸的时间休息、放纵，拼命享受还来不及，却有人能在不经意间，记住所有能让你开心的机会。

后来，他们俩依旧四处吃，没完没了地吃，不分昼夜地吃。有一次，他们俩吃自助喝醉了，大壮吐了人家一地，湿姐给老板道歉，还要帮忙打扫。老板人特别好，客客气气地拦着湿姐说：“您别沾手了。客人没怎么吃就让他给恶心走了，我这再给您二位打个折吧。”

好不容易走出饭店，大壮又死活要开车去机场，买张机票去英国，被湿姐拼了老命给拦了下来。紧接着，大壮坐在地上莫名其妙地哭了起来，越哭声音越大，边哭边喊：“怎么就不行了？她还有我等着，谁等着我了？”或许眼泪是最好的催化剂，湿姐泪眼婆娑地拍着大壮的肩膀说：“我等着你，我等着。”

第二天，两个人跟没事似的继续聊天扯淡，但是他们知道自己的内心都有了变化。

随着吃喝事业的蓬勃发展，两人的体重也直线上升了。为了打破尴尬的局面，大壮决定不再胡吃海塞了，要运动减肥，希望有朝一日女神归来能看见一个整容般的他。

湿姐对于大壮的改变举双手赞成，他们战斗的场所从饭馆改成了健身房、游泳池和绿茵场。大壮是球迷，但是因为太胖，跑得慢，所以在业余队里也能当个门将。

有一次比赛，大壮在关键时刻英勇地扑出一个点球，导致他们赢得了最终的胜利。晚上，大家又聚会庆祝，都对大壮刮目相看，“大壮牛 B”“大壮厉害”等马屁之言不绝于耳。

湿姐泼冷水说：“你们少替他吹，他有几斤几两我一直在旁边看着呢。人家对方球员想做个假动作把他晃倒，谁知道他反应慢根本没领会到，结果人家一脚球踢过来，直接打在他身上弹了出去，他从头到尾就没动过。”

这件事我们笑了半年，导致大壮直接放弃进军足坛，默默地忍气吞声，当一名幕后人员。

又没过多久，大壮忽然对我们说：“你们觉得我也出国怎么样？”

在当时，这事给大家的感觉就像是《康熙来了》改版做《今日说法》，蔡康永和小 S 主持《走近科学》，节奏根本对不上，我们都觉得他是三分钟热情。

但湿姐还是一如既往地支持他。我拽着湿姐问：“你是不是傻？还要举着双手把他送到别人手里啊。”湿姐说：“就算你把他一直拴在身边，他也不会开心。我就希望他能开开心心的，他吃他开心，我就陪着他吃；他减肥开心，我就陪着他减肥。爱是盲目的陪伴、充分的信任，而不是自以为是的捆绑和指引。”

就这样，他们又开始成双成对地进出英语培训学校，早出晚归，披星戴月。湿姐底子好，学得很快，没多久就进入高级班了，但大壮还停留在初级班。湿姐退回到初级班，给大壮补课。

大壮不好意思，也不想耽误湿姐，就死活要把她往高级班赶。两人晚上在班里就杠上了。吵到最后，大壮问湿姐：“你是不是傻？明知道我出国是为了谁，你还这么帮我？”

湿姐忽然就静下来了，她不紧不慢地说：“以前啊，我就在心里想，你要是备胎，那我是备备胎。人啊，都是有点自虐倾向的。你看白天在班里有人喊‘谁放屁了’，大家都知道这味道肯定不好闻，却还要用鼻子先嗅嗅，确认气味，再加入到皱眉捂鼻子的阵营中去。所以啊，自我感动也是会上瘾的。你这是逗自己开心，不是货真价实地对一个人好。”

大壮头一次听湿姐跟他说这么多，整个人有点回不过来神。湿姐看着大壮发呆的样子觉得好玩，就继续说：“但我和你不一样，我就希望你开心，能做你自己。我也想过，像你等别人一样地等着你，等到你五十岁之后，我的咪咪和你的鸡鸡双双下垂，那时候想出点事都难。老头、老太太到哪儿都惹人烦，两个人没太多选择，索性就将就着过，那我这一生就功德圆满了。但那样太傻了，万一你中途跟别人跑了，留下我自己老态龙钟孤独终老，那实在太惨了，我都怕我一激动干出点杀人越货的出格事。所以，最保险的方式，就是让你做最想做的事，爱你最想爱的人，做真正的你自己。”

那天晚上，大壮深深地被感动了，但他还是没有牵起湿姐的手。

那句话怎么说来着：不想改变你，那样你就不再是我喜欢的你。

也不想为你改变，这样我也不再是最本真的我。

英语课程念到最后，湿姐圆满毕业，大壮卡在中级班不能再往前了。阴差阳错地巧合，湿姐也不想让英语白学，也决定出国看看。

出国前，两个人决定见最后一面。都觉得是挺伤感的一件事，要约在一个文艺点的地方，于是，他们选了一个购物广场餐饮区的茶馆，无奈茶馆旁边开着家麻辣烫。两人喝着红茶，闻着麻辣烫的味儿，最后实在受不了了，就都跑到隔壁去了。两人对着咖啡馆的壁画、听着商场的噪音，互相给对方夹了香肠、黑木耳等食物，表面互相鼓励，实则寓意深远。

就这样，湿姐去苏格兰读书了。从此，大壮有了新外号，叫留学办。

后来，湿姐说，她在英国还特意去看了看大壮的女神。她想和女神说国内有个痴汉在傻傻地等着她，但是她没有，只是说国内的朋友都很挂念她，大壮也是，他现在健身减肥、学英语，变得越来越好了，没有以前那么不靠谱了。

你看，无论你能不能成就我，我都会想方设法地成就你，让你成为你自己，然后心满意足地退出，留给回忆完整的幸福。这是湿姐认为的爱，成就了你，也就放过了她自己。

大壮后来听了湿姐的这段话，趴在他们的中级班里哭了好几个来回。

湿姐让大壮彻底明白，他的爱对于女神来说，早就演变成一种负担，而湿姐的爱对于大壮来说，却是可望而不可即的大爱。

我对大壮说："你最爱的女人和最爱你的女人都离你而去，爱情啊，真让人讨厌。"

大壮情绪低落地说："没有人讨厌爱情。人们讨厌的，是随着爱情附带的猜忌、伤害，还有遥不可及的等待。"

果然失去和爱情的确都能让人一夜成长，当它们相伴而来时，效果还会加倍。赔了女神又"爆胎"的大壮成了一个哲学家，他还把自己的网名改成了苏格拉壮。

后来，苏格拉壮终于臭不要脸地从英语高级班毕业了。当时，他们班内最老的就是他，最小的小孩十二岁。不管如何，他好歹算是“刑满释放”了。我们问他是要步两位女神的后尘吗？大壮说自己的目标是环游世界，他是要做海贼王的男人，吓得我们当时都以为他“弯”了。

但是，大壮真的出发了。他先去了瑞典，在斯德哥尔摩给我们群发了一张在尼古拉教堂前面的合影。然后南下到德国，还发朋友圈说在这里召妓合法，他真的很想试试。

湿姐还在这条朋友圈下面点了个赞。我觉得挺逗，就点开湿姐的朋友圈看，发现湿姐也从爱丁堡出发了。她先去了比利时，然后又准备出发去德国。我忽然觉得这件事是不是太巧了，就同时问他俩是不是约好了，但是他们都没有回答我。

几天以后，两个人秀出了在阿尔卑斯雪山下手牵着手的合影，向大家宣布了最后的事情。我们心照不宣地在下面点赞，却谁都不留言，谁也都不多嘴。他们默默地收着、看着。这种感觉真好，就好像湿姐看着大壮，我们看着他们俩，正因为起初没有得到，最后才收获了我们最想要的。

你说爱一个人是给予、是盲目、是清晨的牛奶和凌晨的一盏家灯，但是在我看来，爱是默默地站在你旁边，默默地看着你做选择，然后陪着你，成就你自己，我也就成了现在的我。就像歌中唱的那样，经历的不必都记起，过去的不会都忘记。有些往事，有些回忆，成全了我，也陶冶了你。

Can't cry on occasion

05

不能哭泣的场合

极度孤独的时候，
人们会拥有一些摧枯拉朽的坚强，
但信任也会变得廉价，
以至于轻而易举地便与他人推心置腹了。

不能哭泣的场合（一）

多年以后，我再一次看见小毛，很快就认出了他，但越是相处，却越觉得他陌生。那个曾经沉默寡言的小毛好像在一夜之间消失了，取而代之的是一个即使置身于人群之中，也能谈笑自如的大人。

我有许多话想对他说，却一个字也说不出来。儿时的过往，与他相处的种种像一张张老胶卷相片般在我眼前铺展开来、散着光。熟悉的气味，以及不可抗拒的情绪，拽着我一路看。

“发小”是个多么可爱的词，尤其是在这个朝不保夕的年代里，我们携带着彼时年幼的自己，互相保守着秘密，一步步往前摸索着走。无论我们处于什么样的位置或取得什么样的成绩，因为太过熟悉彼此，所以相处的多数时候都不会觉得有丝毫的界限和拘谨。

人一上年纪，就喜欢回想小时候，从北方快递来的记忆，带着干冷和欢笑。那时，我们小学在一个班，小毛总有花不完的零花钱，也总能用上最新款的金属文具盒，衣服总是干干净净，一天一换，旅游鞋上踩着灯。在那个丰富就代表时尚的年代，他像是幸福的标志。

但是，每次放学他都是最后走，家长会也没见过他的爸爸、妈妈，一直看见的都是小毛的奶奶。她弯着腰，带着赤诚的谦卑和忐忑的讨好，来拜托老师照顾他。

那时，“社交障碍”这个词还不是很流行，所以我们不是很理解小毛为什么总是说不好话，读课文老是有障碍，老师的问题也答不上来，小伙伴做游戏时，他也老是跟不上节奏。

小孩子没有耐心，一次不愉快的游戏拍档，都可以说出绝交这种无聊的话。小伙伴们无意识的言语却也带着最锋利的剑，不经过大脑吐出的那些稚言，缓慢且深刻地扎进小毛的内心。他们取笑小毛，笑他傻、笑他笨，编了各种各样的外号变换着方式嘲笑他。

小毛拧着眉毛看着他们，咬着嘴唇既不松口，也不还口。

那时，我们两家住得很近，于是我们放学总是一起走。后来，小毛说那时只有我不嫌弃他。但事实却是我这人向来心宽，交朋友没有芥蒂，那时也只是觉得有个人陪着上学、放学也蛮好的，自己哪有工夫多想。我们每天凑在一起扯淡的时候，我也偶尔打趣小毛，只是他从不介意，所以我算不上什么心地善良，撑死也就是没心没肺吧。

直到三年级的暑假前，我们学校要搞一次文艺会演，班上的一个男生突然转学，集体舞人数不够。本不想把小毛算在内的老师，无奈地望向角落里满眼期待的小毛，最后很不情愿地挥了挥手说："毛剑你站在最后的那个位置，和张晓燕做搭档。"

小毛从角落里跳出来时，我才注意到他脚上的那双白色塑胶鞋，原来他并不是顺便穿了翻领的白衬衫，主动躲在角落里也不是因为不想参加表演。或者说，即使参加不了表演，在满是白色的年级学生里，他也不想因为衣服不同，而被孤立。

小毛的搭档张晓燕，并不是一只真正的小燕。相反，张晓燕的身体足够容纳两个以上的小毛。他们在练习拍掌时，我总怕张晓燕用力过猛把小毛拍倒。但是，小毛表现得特别坚强，没有输在如此悬殊的实力差上。排练的日子里，我从未见他那么开心过。他在集体里，和其他孩子一起快乐地活跃着。

一转眼会演的日子就到了，年轻的老师们带了一大包劣质的化妆品，用粉饼使劲在我们脸上拍，好像拿我们的脸当了练习场，化得不好还单拎出来给其他年轻老师嘲笑。最后，我们顶着猴屁股般粉色的脸，眉中间还画了个红点，既惨不忍睹，也不忍回忆。

上台时，所有孩子都在不安地四处张望。我紧张之余也略有兴奋，余光扫过，看见小毛脸上豆大的汗珠开在粉色的"大地"上，硬滑出一条条"公路"来。他太紧张了，口红没有盖住底色，泛紫的嘴唇微微颤着。张晓燕面无表情地用力喘息着，似乎她也紧张到没有时间来关心别人。

主持人开场，大幕拉开，领导们正襟危坐在前几排，后面密密麻麻的人齐刷刷地鼓掌。灯光晃得我们根本看不清观众的表情，但也还是要带着破釜沉舟的笑容，表演过度欢快的僵硬。

孩子们旋转、跳跃，红色绸缎在女孩腰间流转，一切都像彩排时那样熟练。舞蹈高潮时，班花徐萌萌在舞台中间转圈，男生、女生在她背后拿着彩带奔跑，制造出交相辉映的效果。

可能是紧张的原因，张晓燕显得比平时还要体力不支。她并没有高举起双手挥舞着彩带，而是任凭带子在自己的腰下胡乱飘散着。就在这时，小毛好像不小心踩到了张晓燕的彩带，张晓燕庞大的身躯被小毛一拽，整个人后仰了过来，撞上瘦弱的小毛，导致小毛整个人都扑倒在徐萌萌身上。

一时间，整个舞台乱作一团，快要瞌睡的领导们忽然都精神了。台下的观众比以往更聚精会神，连起身上厕所的人都停住了脚步。孩子们一时间不知道该怎么办，集体大脑空白了几秒，老师在场地边一直挥着手喊："继续，别停，继续。"

但是，音乐没有听从老师的劝阻，尽管在大脑片刻的空白以后，我们仍努力地想把剩下的桥段补救回来，但还是跟不上节奏，画音不同步。音乐放完时，我们还继续挥舞着动作，谢幕时每个人脸上的粉好像全都变成了暗红色。

那天回去的路上，大多数人都在哭，徐萌萌哭得尤其凶。听说她爸爸、妈妈那天特意来看她的演出，还和领导打了招呼，希望多关注一下那个领舞的女孩，说不定能对升重点初中有帮助。但是，小毛的这一扑，将水中的幻影打散，变成四溅撩人的水花和远去不可收拾一般遗憾的涟漪。

那时才刚刚流行“集体荣誉感”这么高大上的词汇，大家像是有了一个讨伐的理由，第一个人开了埋怨的头，后面的人就开始附议。有几个暗恋徐萌萌的男生竟然要对小毛动手，被老师制止住，但是看得出，老师也非常失望，后来的一段时间都对小毛格外冷漠。我想那次会演会不会影响了老师的晋升，或者评奖。

一声声讨伐似乎都砸在了小毛的心上，以至于校车在等红灯时，他就和老师说自己已经到家了，要下车。老师没有多问，看都没看小毛，就让师傅开了门。

可是，小毛忘了，我也在车上，我们的家并不在那儿啊。

小毛下车后在路边蹒跚地走着，衣衫单薄，行色恹恹。校车超过他的那一刻，我在座位上看见小毛咧着嘴，面朝着车水马龙的街道，近乎抽搐一般咆哮地哭着。

发动机声音太大，路上鸣笛声太吵，我只能像看无声电影一样，看着小毛的表情变化，看着他调整着呼吸，变换着表情。

那天，我不知道小毛怎么回的家，只是记得从那以后，大家更不待见他了，变换着方式欺负他。即使是集体的游戏，也要用沉默或抗议的方式将他踢出局。有时，我实在看不过去，就挑他们不注意的时候陪陪小毛，放学以后也是要走出很远，才敢再靠近他，我也怕被大家孤立。

然而，还是有很过分的时候，最过激的一次是在手工课上。暗恋徐萌萌的那几个小子，把小毛爸妈邮来的新帽子剪碎，又从窗户丢了出去。小毛尖叫着冲到人堆里和他们扭打到一起。

后来听奶奶说，晚上她一边帮小毛擦伤口，一边告诉他："不要哭，你越哭，他们越过分。你看那山头的老鹰，它何时需要过朋友？"

从那以后的童年，我再未见小毛哭过。

极度孤独的时候，人们会拥有一些摧枯拉朽的坚强，但信任也会变得廉价，以至于轻而易举地便与他人推心置腹了。

或许我并不是一个合格的朋友，但是每当小毛做了一个重大的决定，或者想要分享一些事情的时候，他总会想起我。电话那头的小毛或纠结，或激动地讲述，起伏的呼吸让他的声音总是有些滑稽。我有时敷衍，有时也讽刺他，但小毛知道我并没有恶意。

毕业以后的我们上了同一所初中的两个班，虽然都很近，学校里却是两个不同的方向。小毛并没有像许多故事情节中讲的那样，在成长到了一个年龄突然展现出惊人的天赋或者聪慧。相反，他貌似变得更加笨拙。我经常在自家的饭桌上听见关于小毛的事情，好像他的父母想把他接到南方去借读，而他仍旧坚持留在北方，抗拒用外迁或者抛弃奶奶的方式让这个家庭得到统一。

后来听说小毛的父母又添一子。小儿子的活泼与可爱冲淡了对远方孩子的思念，小毛的父母再一次全身心地投入到新的哺育中去。

小毛不止一次地和父母争吵，他心疼奶奶独自支撑起只有他们两个人的家庭。现在，我已经忘记小毛是什么时候离开学校的，但是当我发现时，他已经在家附近的工厂干起了力工，后来他又离开了那里。某个清晨，我打开门看见小毛悄悄地在我家门口放上妈妈为我定的牛奶。四目相对时，我正想说些什么来缓解尴尬，小毛却抢先开口说知道这里是我家，所以每次送奶都会为我多装一些分量。

少年时贫穷，并不会影响到快乐，因为欲望小，所以不会有太多对比。别人在物质方面获得的享受，自己确实会羡慕，但一觉醒来又投入到全新的快乐中去，并不需要为此多付出任何精力。可是，一旦过早地认识了“生存”这两个字以后，贫穷的可怕就会出现在每个精疲力竭，甚至要自我放弃的紧要关头，并尽显其力地毁灭着我们对生活的憧憬，叫人难以承受。

后来，小毛和我说，他记不清那时自己到底做了多少工作，而且那些工作又都是极其孤独的。在工厂卸货、挨家挨户地送奶，偶尔发一些小传单。在黎明之前、夜晚以后，小毛戴上帽子，在城市里孤独地穿梭。是啊，这样的工作不需要与人交流，它让小毛维持生计，也保留自尊，疲惫却又挺拔地活着。

但是，我知道小毛一定很累，因为他和我一样，也只是个孩子。他每天到家倒头就睡，早上再麻木地出门。不到半年光景，小毛好像老了几岁一样，有时放学路上撞见了他，我都要仔细地辨认好久。

直到我初中最后一年的某天，小毛一如往常地下班，精疲力竭地跨进门就看见躺在床上熟睡的奶奶。小毛当时没有在意，他以为奶奶只是在休息，过了一会儿才发现奶奶已经没有了呼吸，而被工作耗尽所有力气的小毛，却发现自己怎么也背不起奶奶。

最后，小毛还是把奶奶扛在了背上。他奔出老宅的小区，奔上街道，近乎发疯般一边拦车一边小跑。夜晚的街道上没有人，车辆也少，小毛喊着喊着声音就变了，但他还是继续忍着不哭，在心里无数次地告诉自己，绝对不能让奶奶看见，也不能让别人看见。

他越跑身体就越热，越热就越觉得奶奶的身体凉。想到这儿，他忽然没了力气，摔倒在路边，背上的奶奶滚了几下，仰面朝天地卧在那儿。

小毛扑过去抱住奶奶，他不停地提醒着自己的笨拙，心疼着怀里的奶奶，然后一边用手捶打着磕破的脑袋，一边肆无忌惮地大哭起来。

哭着哭着，路灯忽然就亮了，一盏接着一盏。马路上有了光，几辆车停了下来，司机从车上下来试探地看着他。

小毛跪在地上惶恐而又期待地看着那些希望，他忽然想起奶奶曾经对他说：“毛啊，永远也别忘了自己的残缺，因为只有你一直记着它、习惯它，那些想以此来伤害你的人，就再也不能伤害你了。”

不能哭泣的场合（二）

我们总在失去一个人以后，才意识到他对我们有多重要。小毛奶奶出殡的那天，我远远地看着坐在灵堂前的小毛。他严肃的脸上刻着对所有人的淡漠，我甚至不敢去安慰他。那时，小毛的父母也在，这迫使他故意展现出夸张的冷峻，好像他就是要展示自己的强大，展示自己的倔强，虽然那是他最脆弱的时刻。

后来，小毛便离开家南下，我再未收到过他的消息。

我念大三时，小毛忽然在QQ上和我说话。我们寒暄了很久，后来又在电话里彻夜长谈，聊的都是童年的琐事，却怎么也说不够。那时的小毛已经变得健谈，多数时候也还有笑声，这让我意外，却颇为高兴。但听得出小毛仍然很累，他缓慢地把多年的经历讲给我听时，就像是在把这些疲惫也卸载下来。

小毛离开家后在福建的一个小镇待了些日子，在那里，他跟着朋友卖鸡血石。他们从辽宁关外一路运到福建边陲小城，再卖给海对面过来的台湾客商。有时，客商会递给小毛一根雪茄，然后和小毛促膝长谈海对面的家乡。后来，鸡血石的生意做完了，客商劝小毛说：“你这么年轻，还是得去学一学手艺。”

小毛觉得客商说得有道理，于是他找了个工地开始干活，后来却被工友骗去几个月的血汗钱。他失望地离开工地，又在极度窘迫的情况下被骗入传销组织。

在那里，他们被迫给自己的家人打电话骗钱，倔强的小毛拒绝联系自己仅有的亲人，于是传销组织的人每隔几天便打他一顿。他在那儿认识了一个同样被困的女孩，他和女孩一起商量如何逃走，最后却被女孩出卖。他被关进一间只能蜷缩着身体大小的黑屋，而女孩则得到了陪同外出一天的奖赏。

后来，小毛好不容易才从魔窟逃出来，遍体鳞伤地在街头被传销团伙追赶，直到他跑进了一个菜市场，埋身藏在一个菜摊旁。他实在是跑不动了，长时间被打、食物不足都让他没有力气反抗。他只求那些人能粗心一点从他身边跑过去，尽量不发现他，但他知道这个可能性太小了，所以他绝望地蹲在地上颤抖，等待宣判要比宣判时更让人难以忍受。

直到旁边一个卖菜的大妈注意到了他和身后追赶的人，然后熟练而又自然地抓起一块毯子把小毛盖住，接着继续若无其事地干活。那群人最终没有发现小毛。大妈等那群人走远后，把毯子掀起来裹在了小毛身上，还给他倒了杯热水。小毛就在这杯热水的温度里，默默地哭了。

后来，他告诉我，他也不知道那到底算不算哭，眼泪麻木地流下来，一点声音也没有，像是和自己无关的事。有些时刻需要用一种方式去记录，哭就变成了一种形式，无关感受。

小毛曾经给我讲过一个悲伤的故事。一个出身不好的小伙子，二十几年一直被命运捉弄着，父母相继去世，贫困、疾病围绕着他。他努力改善也没有什么效果，被命运牵着走。最终，他决定搏一次，他要掌握自己的命运。

后来，他成功了，从十七楼一跃而下的他，在漫长的失败人生中，终于掌握了一次自己的命运。

听完这个故事后，我也给小毛讲了一个故事。想要测试一台人工智能电脑是否真的是人工智能，最权威的方法就是做一次图灵测试。于是有一天，一个学生告诉自己的教授，自己造出了一台可以通过图灵测试的电脑。教授说："是吗？嗯，那可真是一项伟大的发明啊。"然后，学生又回答说："可是，它并没有让自己通过。"

我对小毛说："你可能觉得这本身就是一个矛盾的逻辑，可这细思极恐的故事却变换着方式告诉我们，如果一台电脑已经智能到可以自行隐藏真实的自我时，那么人类本身自带的思维，才是人类本身的威胁。"

讲完这个故事，小毛沉默了很久，呼吸声一次比一次凝重。人生中的无奈和绝望，大多数时候，我们只能静待着看它和生活渐渐融洽。小毛肯定明白这个道理，他只是承受得太久了，需要时不时地被人提醒，生活就是一个起伏挨着一个起伏，苦是它永久的真相。

所以，有时我也妄自猜想，那些深入骨髓的悲观是不是总会在已经足够狗血的剧情里，再添油加醋一番。而我讲这个故事也只是想告诉小毛，每个人都有各自的苦，只不过承受的方式不同。如果一直在悬崖边伤心，深渊自会将你吸入其中。你凝视深渊，也必被深渊凝视。

我没法安慰他说生活会越来越好，但我还是怕，怕过去的种种遭遇总是在不合时宜的时候出现，将他打垮，进而他再也无法面对全新的苦难。

好在事态并没有继续向恶劣发展，逃出生天的小毛每天就帮着卖菜大妈送菜、推车，他们互相照应着。直到有一次，小毛陪着大妈去给饭店送菜，大妈对他说老是卖菜毕竟不是出路，年轻人终究还是得学点手艺。她和饭店的老板打招呼了，让小毛在饭店干活，有机会再学学烹饪。

在外面漂荡了多年的小毛，终于有了一个稳定的落脚地点，不用东奔西跑、提心吊胆。虽然说不上是一个多稳定的工作，但起码能让他睡个好觉，虽然一无所有，但也一无可愁。

日子还是波澜不惊地流淌着，起伏跌落，一层稳定的浮萍下面，暗潮汹涌着。听小毛说，他在餐厅的第一份工作是传菜员，每天听服务员报号，然后再奔走在席间。

有一次，小毛不小心撞倒了一个酒醉的客人。对方戳着他的脸骂街，还吐了他一身。小毛却仰起脸挺着道歉，在一旁看着的主厨觉得小毛虽然人笨点，但是老实忠恳，就收了他做徒弟。学识、手艺都可以后天学习，唯有品性是上苍造物时最初的礼物。

刚学做菜时，小毛手脚笨，同房的师兄故意撞他，使得他把一勺子油都浇在了自己的脚面上。小毛就这样在床上躺了一个月没下地儿，他还是没有哭。

世人皆说，真实往往等于残忍。过去，我并不信奉它，自以为万般可能构成当下世界，凡事客观看待，没有绝对。后来，我才明白最直接的生存手段，通常都是最黑暗的。就像儿时看过的武侠小说一样，叶孤城对西门吹雪说："你既学剑，就该知道学剑的人只要诚于剑，必不诚于人。"

凡人只能通过自我献祭才能一窥伟大，虽然残忍，但是公平。于是，我们割下自己的习惯和性格，向陌生的世界献上我们的执着和我们的原则，进而有机会尴尬地吊在别人的家乡寻找着归宿。

看似目标明确，现实却是麻木地匍匐。在一轮轮的逃避中，既不肯放弃自己的理想，又不肯面对自己的悲壮。

学艺几年之后的小毛走上了主厨的位置，还一个人包了三个厨房，后来还开了自己的餐馆。小毛推翻了身边许多世故的预测，许多人妄自猜想小毛的顽固、单纯会导致怎样的失败，他们以一个拥有着丰富落魄经验的过来人的资格，来断定他的失败，可笑而又幽默。大多数人终究还是走进了城市的模具，锻造出丑陋的、世故的成人模样。他们放弃坚持、放弃抵抗，所以也希望更多的人加入到他们的队伍中去，进而麻木地安慰着自己：无论怎样选择，结果都是一样。

刚开始经营餐馆时，新来的服务员和客人有了争执，小毛耐心地给客人道歉，又一遍遍心平气和地给员工讲解。厨房里的学徒打翻了盘子，小毛先问人有没有伤到。客人寄存在店里的东西，有陌生人来取，他又和别人争吵起来。旁人要小毛别管闲事，他抱紧了东西说：“要管，这是别人交付给我的，我怎么能不帮他看管好，怎么能不帮他看好？”

原来，苦难并没有削减他的真诚。相反，苦难让他越来越完整。

自始至终，小毛从未改变过。他让我明白了：成为什么样的人，是我们自己做出的选择；并不能因为自身的懦弱就对那些执着的善良视而不见，也不能嘲笑那些坚持的人有多么顽固；以批评的方式来安慰自己的变化，就是所谓的“适应”，进而冠冕堂皇地原谅自己的妥协。

后来，小毛的餐馆因为味美价廉而逐渐有了口碑，他们开始为各个公司送午餐外卖。小毛先在大街上找了一些流浪汉，请他们吃了顿饭，然后在饭店的后院烧了一大锅热水，给他们洗澡擦身，又为他们准备好统一的新衣。小毛告诉他们，送一次餐，可以管一顿饭。

有的人当时就离开了，有的人留了下来不久也走了。最后剩下的四五个人，他们长久地留在了这里，有了稳定的工作，有了稳定的身份，时常被人照顾，找到了自己的存在。他们重新获得了名字，不再惧怕夜晚。

这些人的故事都被小毛用相框的形式摆在餐馆里，那些过往的客人驻足阅读，时而感叹，时而落泪。餐馆用这样的方式告诉大家，任何时刻都不要放弃自己，任何时刻都不要。

每当看见那些照片的时候，我总会想起小毛在家乡骑着摩托到处送奶的样子。凌晨的人们还在梦中，他睡眼惺忪地穿梭在城市里，蹑手蹑脚地完成自己的工作。那时的小毛是否一样坚信自己可以改变生活，却不被生活所改变？又或者现实留给他的选择本来就不多，他只能打开车灯，一边呼出单薄的哈气暖着手，再一边试探着往前走。

这赤裸的勇敢还是以别样的方式回报了他，故事最后，我们不再是我们，而小毛，却还是小毛。原来，物质并不能还原我们最初的勇气，那些在路上失去的东西真的就那么失去了。多少年以后，成功与否，它们都不会再回来。钞票可以赢得伴侣，但换不回爱情；好的医疗条件能延长生命，我们却再不敢深夜饮酒到天明。原来，我们用那么多珍贵的东西换取的，并非我们真正需要的。

所以，该失去的都失去了，不该拥有的也都拥有了，那么接下来的人生是不是可以真正地去追求一些自己想要的东西了呢？可能小毛很早就明白了这个道理，而我注定要失去最初的本心、最好的青春，才能换来最后的人生。

去年的端午节，小毛的餐馆开了分店，许多朋友都来为他助阵，我也在场。晚上酒过三巡，小毛在人们的鼓掌、起哄中深深地鞠躬以示感谢，表情却没有很激动。我的目光一直跟着他，直到他走下讲台转身的一刹那，我发现小毛的脸颊微微地抽动，几乎在一瞬间被喝彩声揉成一个心酸的表情。他一边哭着，一边躲到了后面去。

小毛，我相信奶奶一定会原谅你，这个场合是可以哭的。我们都给自己放个假，可以倒下，可以放纵，或者可以懦弱，也无须再和自己作对。当然，卸下面具何尝不是需要勇气的呢？

这世上活着的人们都有各种各样的难，扫大街的老大爷和轮椅上的教授，赶早班的女强人和喂孩子的月嫂，月光的打工仔和借贷的老板，他们都有各自的苦衷、各自的取舍，并不能完全地按照真理去存活。所以，并不能将他们的执着一概而论，我们都得戴着面具去追寻自己的生活，直到我们找回卸下面具的勇气，面对真实的自己。

那一晚，从餐馆离开时夜已经很深，路上一盏灯也没有，但我一点也不怕，这是小毛给我的勇气。我小声地哼唱，歌声好像照醒了宽阔的大道，车里的躯体都没有灵魂，午夜女人喝掉最后一口酒。后来，我竟然边唱边跑了起来，也像小毛一样边笑边流泪，肆无忌惮，但是我知道，这并没什么不好。

房东伊万

去喀山交换学习的时候，同行的几个同学作死，非要从哈尔滨坐火车到莫斯科转车。我开始没太在意，无非是在车上多睡几天觉，多看看书而已。但让人遗憾的是，与我同行的老马，确实是一个有点马大哈的人，他没有买到软卧，只买到了硬座。几个学生硬着头皮出发了，坐了五天火车的我们到了俄罗斯，又转车到喀山。坐到最后，我们的屁股都肿了，尿尿都滋不准了。

到了喀山火车站，接待我们的校方同学里有一个男孩明智地推着轮椅，我抢在大家前面坐了上去。推轮椅的男孩笑着开口说："我就知道，你们坐火车来准需要这个。"这是我第一次见到伊万。

伊万是土生土长的俄罗斯男孩，说英文一股羊肉膻味，总让我觉得他和俄罗斯边境的一些斯坦国有什么关系。我们刚去时人生地不熟，伊万就做我们的向导。他带我们租公寓，带我们吃饭、买东西，我们很快就熟络起来。

刚去的第二天，友方学校想办一个聚会，让双方同学交流一下感情。觉得是好事，我们也没有拒绝。但是，等到聚会当晚就傻眼了，当地的学生喝酒跟喝水一样，我们不仅喝不过对方的男生，连对面的女生都喝不过。这让我们几个来自东北的男生很有挫败感，晕头转向地趴在沙发上看他们灌别人。

与我们同来的还有系里的小女生，对面几个本地学生起哄，开始和我们这边的女生拼酒。老马特烦灌女生酒这种事，就晃晃悠悠地起来推开那些本地学生。两边的人不知怎么就撕扯在一起，最后差点演变成一场群架。

是的，刚到喀山的第二天，我们就差点和战斗民族的同学们战斗起来，这是我们始料未及的。我们被警告了一次，如果此类事件再次发生，我们将全部被送回国去。从此，我们和一部分本地同学结了梁子。

但是，伊万还是一如从前地和我们相处，做我们的向导，这让我们对伊万总是有异于他人的依赖感。靠着伊万，我们在喀山倒是有一段安稳的日子。

在喀山的娱乐项目很少，我和同学们偶尔一起打篮球。有一天，伊万陪着我去珠宝设计系的教室参观，回来的时候得知，我的同学们因为抢篮球场地，又和上次喝酒的那拨人起了争执。双方大打出手，最后数人受伤，惨淡收场。

事情过去的第三天，本地学生只是受了一点小处分，据说他们当中的某人有一些背景，而我的同学们则被勒令回国。这样，同来交换学习的同学里，就只剩下我一个男生了。临走的时候，老马苦口婆心地对我说：“照顾好咱的妹子，别让老毛子钻了空子。”我在心里骂了无数次娘，目送着他们离开。

他们走了以后，我一个人承担不起公寓的房租，只得先把行李寄存在伊万家，然后自己去找房子。直到房子到期那天的深夜，我还是没有找到合适的公寓。马上就要流浪街头的我，闲逛到了伊万家的酒吧门口，心里有点失落，想着算了，就进去喝一杯吧。

酒吧里星星点点几个客人，伊万一眼就看见了我，他给我倒了一大杯波罗的海，有点苦，正好映衬我当时的心情。伊万看出端倪，随口问我怎么了，我就把找房不利的事告诉了他。伊万听完了皱皱眉，什么也没说转身走回吧台里，和他爸爸聊了几句，然后又走出来和我说：“如果你不介意，可以住在我家，也就是酒吧楼上，拐角的地方有几个空房子。”

我惊喜的同时还有些羞涩地问伊万要收多少房租。伊万听完我的问题就笑了，他说不要房租，每天打烊的时候下来帮忙就可以了。

说这话的时候，伊万就好像顶着一个光圈。我拥抱伊万，他爸爸在吧台里看着我们笑。我们把行李抬到二楼，伊万边走边说，房间有些简单，不要介意，我说我只需要一张床就可以了。但是当伊万推开门时，一个近乎三十平方米的大房间展现在我眼前。屋子里有衣柜、床、书桌，对于刚从群租的公寓里出来的我，这简直太奢侈了。

我问伊万："这是我的房间吗？"伊万说："是的，如果你嫌小的话，隔壁还有一间大的，但是取暖不好，冬天会冷，我觉得这个很好。"当天，我把房间打扫了一下，晚上听得见窗外的风声，直到伊万从楼下顺上一根网线，对我说："赶紧插上，我们来一局《刀塔》。"

酒吧的日子现在想想还挺怀念，每天形形色色的人，都很有趣。俄罗斯人爱喝酒，而且几乎天天都喝，有的客人每天都会来，印象深刻的有那么几位。一个上了年纪的老爷爷，每天晚上都会来喝一瓶白的，伏特加什么的，配上一盘酸黄瓜，还有一盘我叫不上名字的菜。他拿起瓶子咚咚地喝几口，然后拿起酸黄瓜在嘴里使劲吸，接着像吸毒一样眯着眼睛迷离着享受。有的同学偶尔也会来捧场，买几瓶啤酒，要么在吧台前喝，要么到门口去喝。冬天冷时，他们在门口一边跺脚，一边喝酒，喝完后散去。

有课时，伊万会和我一同上学、放学。逃课时，他就在家打游戏，偶尔也叫我一起。为了让我陪他玩游戏，他特地给我配置了一台旧电脑。

有一天，伊万逃课，我自己去学校补修。课间上厕所时，我又遇见了和我们打架的那伙人。他们在走廊里拉帮结伙地走，还拦住我的去路，说了一些俚语。我推开其中一个人想过去，他们迅速地围了上来，把我圈在中间。我们互相骂了几句，走廊里就有人开始围观，还有人拿手机拍照。他们也怕事情闹大，最后恶狠狠地对我说了几句话，我只听懂了"放学"，但是大概也明白了什么意思。

放学的时候，我在楼里向外看了看，他们纠集了很多人在门口等我。我有点担心，挨揍倒没什么，只是不想就这样被送回国去。我呆坐在教室里，想着多等一会儿，也许他们就会散去。

楼下的人很有耐心，放学已经过去快半个小时了，学生都走完了，他们还在等。我在窗前，正想着要不就硬着头皮出去吧，忽然身后有人大声叫我："搭档，你干什么呢？快回去和我开一局。"

我指着楼下，对伊万说："我有麻烦了，这有一局也等着我呢。"

伊万凑过来向楼下看了看说："好吧，这里交给我吧。你记住，我们是一伙的。"

说完这句话，伊万就走了，我不知道他要去哪儿。过了十分钟，一大群骑着哈雷摩托的大胡子中年人把学校门口围了个水泄不通，堵我的那群人吓得也跑到学校里面避风头。

这群大叔把摩托车的发动机轰得彻天彻地，我一时间不懂怎么回事。伊万跑进教室告诉我，楼下骑摩托的全是他家人，三叔、四舅、二大爷啥的都来了，今天饶不了门口这帮小子。

我当时虽说胆子壮了，但还是怕惹出事被送回国。我就和伊万说："算了吧，对方好像家里也有点势力，千万不能惹出事啊。"

可能是我语言太烂的缘故，伊万把我的话理解成"他们也很有实力，我们行不行啊"。

伊万对我的质疑表现出些许轻蔑，然后嘴角挂上一丝诡异的笑，接着说："别担心，我家里人都带枪来的。"

我当时撞死的心都有了。

这件事以后，那些人再也没有找过我的麻烦。我和伊万更加亲密了，我们讨论的话题也越来越多，从游戏，到爱情，又到姑娘。

伊万说，他挺喜欢中国妹子的。我说俄罗斯妹子也不错啊，身材好，人也爽快。伊万说，年轻的时候是好，但是一上了年纪就不行了，大多数身材走样、五官变形。然后，他又指了指路边一位看不见腰的大妈说："你看见她那个屁股了吗？天啊，她要是在我上面，我都不用使劲了。"

当时，天真的我完全没明白这句话是什么意思，直到过了很多年，我才恍然大悟地从这句话里醒过来。

后来有一天，酒吧来了个黑头发、黄皮肤的女孩，短裙长腿。伊万当时就中招了，他拽着我的胳膊非要学几句中文上去套话。我就教了他一句："妹子，留个手机号呗。"伊万学了几遍就壮着胆儿去了。

我在吧台里看着他。他和那妹子聊了几句就回来了，我凑上去问他："怎么样，成功了吗？"

伊万失落地说："她听不懂我说话，旁边的哥们儿告诉我她是韩国人。”

摘花失败的伊万开始借酒消愁，大量地吸烟。由于学校禁止室内吸烟，许多学生会跑到厕所里偷偷吸。有一次，伊万在厕所吸烟时，发现窗帘旧得散开了许多线头，他就开始用烟头一根根地烧。稍微没留神就把窗帘的散线给点着了，吓得他赶紧打了一桶水把火灭掉，最后在窗帘上留了一个巴掌大的黑洞。

隔了几天，学校开始彻查此事。老师找了在厕所附近上课的几个班级，询问吸烟的同学，寻找着事情的源头。问到我们身边的人以后，大家都心照不宣地替伊万撒谎。老师先后问了很多人，大家的统一口径就是“不知道，谁晓得哪个傻瓜弄的”。

老师问我时，我也回答说：“不知道，谁晓得哪个傻瓜弄的。”

后来，老师又问到伊万。他尴尬地支支吾吾了半天，也随着我们说：“不知道，谁晓得哪个傻瓜弄的。”

随后，教室爆出轰鸣般的笑声。老师好像得到了答案一般默契地笑着退出了教室，这件事就这样不了了之。

春天刚开始，我的课程就结束了。回国的前一晚，伊万把我们全部灌倒了。他自己也有些微醉，开始唱歌、跳舞、讲故事，最后还给我们念了莱蒙托夫的诗。

一只船孤独地航行在海上

它既不寻求幸福
也不逃避幸福
它只是向前航行
底下是沉静碧蓝的大海
头顶是金色的太阳

读诗的伊万褪去了昔日的懒散与颓废，像个真正的水手一样铿锵有力地送别他的朋友。就好像他们只是暂别，以后还要相聚，以后还将共同远航。

回国后，我和伊万每隔一段时间就会联系一次，偶尔打游戏，偶尔闲聊。前几天，我和伊万视频，他告诉我他终于如愿以偿地找了个中国女朋友，并且他们相处得很好，为中俄友谊万古长青做出了不可磨灭的贡献。我说既然做了中国女婿，那么咱今后也算一家人了，有什么需要帮助的尽管问我，千万不要客气。

伊万说他真的有一个问题想要问我："为什么女朋友隔三岔五地就要买包，就好像上瘾一样地买。大包、小包积成了一个小山，也还是不够。"

我说："这是我们姑娘的习惯，就好像你们爱喝酒，喜欢烟草、大麻是一个道理，生活习性问题。你应该尊重、支持，不能抱怨，也不能说不好，否则你们一定吵架。"

伊万听完后摆出一个便秘的表情，低下头陷入了深深的沉思。过了一会儿，视频里忽然出现一个中国女孩，亲密地和伊万说着什么，然后又拿出了一个只有巴掌大小的布包，说是刚刚在商场里花五千卢布买的。

伊万拧着眉毛看了看视频里的我，然后心领神会地对女友说：“哎，这个包挺好，什么也装不了。”

我说：“这种事情你学得最快，是种族天赋吗？”

伊万说：“天赋是上帝的礼物，而能力有时却是境遇的恩赐。”

我问他：“现在这种境遇很惨吗？这是你自找的。”

伊万说：“人类就是在自己给自己找事中进步的，不是吗？你得明白，世上有一个受禁于理想的囚徒，就能解救无数个麻木的行尸。”

我说：“你现在转修哲学了吗？”

这次，伊万没有回答我，而是笑着回问：“你还什么时候来喀山？房间我一直为你留着呢，里面的摆设都没有变过。”

盲　童

深圳大多数的建筑工人都来自外地，在工地上，你任意拦下一个问问他来自哪儿，得到的半数回答都是“我家在哪儿”“我出来打工，亲人在老家”等大同小异的回答。这个城市要么是离开孩子出来打工的父母，要么就是离开父母出来打工的孩子。总之，他们带着各种各样的希望和目的来到这里，选择前义无反顾，选择后却退不了一步。

四年前，我在深圳的一个建筑工地实习，地点在郊区的一片玉米地旁，设施环境不是很好。烈日暴晒之下，刚到的几个实习生都开始脱皮。那时，同来的一个哥们儿每天都要跑到我面前，问我他的文身是不是变浅了。我说没有，哪会那么容易变浅。说完，他又在文身处撕下一块皮，接着紧张地问：“现在呢？现在浅了吗？”

早上时，我们几个实习生争先恐后地奔出彩钢的工棚。如果公厕满员了，就得多跑几百米在一片灰茫茫的芦苇丛里解决。文身哥虽然一身连环画，但却是个不折不扣的理科男。他按照芦苇荡的面积给每个人规划了领地，大家都必须在自己的领地内，有规划地施肥，不得觊觎他人领土。那时，我们几个总是议论等实习差不多结束以后，芦苇地就再无下脚之地了。

晚上睡觉的时候，床很潮，有时候腰会受不了，这会导致睡眠质量很差。有时候，还会有工人在深夜回来，有的是刚收工，有的是出去找“快活”了。偶尔碰到几个工友和我们搭讪聊天，也会在一起闲扯几句。一个年纪大点的工友问文身哥大学里学的啥，文身哥随口答说学的土木。老工友一愣，咂咂嘴问道：“土木？管风水的吗？”我们几个哭笑不得。

值得庆幸的是工地的伙食还算不错，这里的“不错”并不是说它有多丰盛，而是味道可口。做饭的是兰姨，远远从背影看过去，身材和女童无异，身高只有将近一米五，瘦弱的病态让人总是担心她的健康。她黝黑的皮肤裂开一道道纹，很少笑，走路一歪一扭。传说兰姨是包工头薛老大在外面捡回来的，也有人说兰姨是薛老大的远房亲戚，因为精神方面有问题，找不到工作，只能在这里务工。

按道理讲，薛老大应该算善良，但是他也有落埋怨的时候。他经常打发工人只用一句话：“开发商不给我钱，我也没有办法。”有一次，我看见一个头上包着绷带的大爷追在薛老大屁股后面要钱，薛老大左拐右拐进了彩钢房堵住门不出去。大爷没招，索性跪在了地上一下下地磕头，直到被旁边的人扶起来拉远后，薛老大才从里面走出来。他也跪在地上用力地磕了几下说：“还给你，还给你了。”

工地上每天都有热闹看，年纪小点的孩子跟着年纪大点的工人学，喝酒、打牌、找乐子，偶尔拿年纪大的人开涮。胡晓军是我们同棚住的一个小伙子，也是工地里的刺儿头，那年刚满二十岁，仗着年轻身体好，到处惹事。逢人便讲他爸妈给大哥盖房娶媳妇，一分钱也没给他留，他和父母闹了一场后就出来自己赚钱。他白天灰头土脸地开叉车干活，晚上打扮得溜光水滑出去骗女孩子。

同棚下的苗叔是个老实人，工资发下来就放在胸前的背心口袋里，再交到医院去。苗叔的大儿子有病住在医院，缴费窗口像一个血盆大口的怪兽。每次苗叔战战兢兢地把钱送到它的嘴边，它一小阵风就把食物吸了进去，不给人一点留恋。每个月定点的那一天，苗叔就去那里给儿子领取一些时间。

有一次，工地的薪水发得迟了很久，医院收不到钱差点把苗叔的大儿子请出医院。补交完费用后，医生催促苗叔快些给儿子做手术，否则机会不多了。出了医院，苗叔莫名地开始头晕眼花，他坐在医院的台阶上喘气。他一遍遍问自己机会不多了是什么意思，直到他呼吸越来越急促，急得哭出了声，哭尽了力气，才觉得身子缓过来一点。他站起来慢悠悠地往外走，事情就发生在苗叔刚出医院门口。

那天晚上，大家都收工后便各自回归到角色里。我们在棚子里吃花生、打牌，其他人继续干活，或者出去干活。苗叔战战兢兢地在工棚门口徘徊。大家发现了他，也并未觉得奇怪。他平常也是踌躇不定的，对所有人都客气，保留最原始的谦恭，被生活打磨得又惶恐，又敬畏。

有人招呼着苗叔进来，他扭捏着一闪身，后面站着一个戴着眼罩的孩子。整个工棚就这样静了下来，屋里的人都望向了他，这让本来就不善于成为焦点的苗叔更加尴尬，他手足无措地摸索着。

孩子是苗叔路上捡的，眼睛有问题，什么也看不见。摘下眼罩只有空空的眼神，一点光也感觉不到，与失明无异。苗叔看他在报刊亭边上又冷又饿，便带了回来。一圈人围上来问东问西，孩子有一句便答一句。孩子大名叫曾帅，是跟着妈妈到城里医院看眼病的。问起孩子是如何与妈妈走散的，孩子说过几天是自己生日，妈妈要买个大蛋糕给他，让他在医院门口的报刊亭等，结果等了快一天了，妈妈也没有回来。

所有人咋舌着互相看，有人急着说八成是妈妈出了事，有人慢着说也或许是他妈故意丢了他。

孩子抢着还嘴："我妈妈没不要我，她是去给我买蛋糕了，还要给我过生日。"

胡晓军听见扑过来问："你妈还说什么了？"

孩子说："她说白天看完病，就带我去游乐园玩，然后就去饭店点菜吃，还能吃蛋糕。然后我就来了，本来我不想来的。"

胡晓军越听越起劲，他一边笑，一边问："你为什么不想来啊？"

孩子说："我知道她骗我，但是我还是跟着来了。我知道我吃不上蛋糕，但是我不知道我会丢。"

听完这句话，胡晓军愣住了，工棚里的人也都愣住了。我们盯着被围在中间的盲孩，此起彼伏地交接着彼此的目光。这样望了一会儿后，大家都略带歉意地散开了。苗叔抢着大家散开的工夫说：“就住一晚，明天带他去派出所，找他妈妈。”

没有人说话，胡晓军抽出一块席子来，铺在苗叔旁边的床位上。小孩小心翼翼地坐在床沿边上，竖起的耳朵四处收声。胡晓军径直走过去，掰开孩子的手塞了一块巧克力。

盲孩接过晓军的巧克力，用鼻子闻了闻。晓军又把巧克力夺回去，扒开外皮纸送到孩子嘴边。孩子拿过来舔舔，竟然静悄悄地、微微地笑了那么一下。

这一笑好像化开了大家的一些歉意，原本小心翼翼看向这里的人又放松下来，开始互相攀谈。深夜后，大家各自回房，灯光暗下，只留一个孩子径直坐着。我躺下以后又起身出门放水，透过窗户看见孩子缓慢地挪动着身子，小心地躺下蜷缩着身子，只盖了被子的一角。

第二天上午的活干到一半，就看见苗叔带着孩子战战兢兢地又回来了，围上去一圈人问他情况。苗叔说派出所根本没孩子的资料，是黑户，应该是超生的，根本没办法联系到孩子的父母。派出所建议苗叔把孩子送到收容所去，便打发他出来了。他绕着派出所转了几圈，就又带着孩子回了工地。

苗叔又开始发愁，在工地待着始终不是办法，如果让薛老大知道了，肯定会把孩子赶走。他一整天都心不在焉地干活，惹得大家一直在提醒着他做工的细节。

漫长的一天又结束了，人们捡起路上疲惫的自己回到了工棚里。晚上，苗叔同村的老乡语重心长地劝他："工地确实不是孩子应该待的地方，尽快把孩子送走吧。我们自身难保，何必搭救别人呢？"

苗叔口口声声地答应了下来，却还是独自打算着，四处游走的目光出卖了他。我在一旁看着，胡晓军一反常态，他低声问孩子饿不饿，想不想吃东西。孩子把头埋得很深，整个身体像是落了一层霜，一动不动。随后，大家四散去了。

夜里，我没怎么睡，眼前总是出现那孩子低着头的样子，那沉着的安静像是漂荡无力的浮萍，被命运捉弄后展现出让人难过的、麻木的服从。孩子是这样，苗叔也经常这样，或许这里的人，或许我见过的许多人，他，他们，我们，都有过这样的表情。

第二天一早，孩子就起不来床了，摸一下额头，烫得手一颤。我和文身哥抱着孩子往医院走。苗叔想跟着又不敢跟着，等到我们走出工地找车的时候，苗叔又满头大汗地跑出来跟上我们。到了医院，大夫说是普通的感冒，只是孩子体弱，需要多注意防寒，应该是晚上睡觉不注意的缘故。当然也可能是工棚环境差的原因，我暗自想。

打完针也吃了药，我们三个人前后一列回到工地。大家都想着等孩子痊愈以后再做打算吧，可是老天爷似乎总喜欢和我们开这样的玩笑，接下来的两天阵雨连连，工地的活儿干一会儿停一会儿。孩子感冒总是反复，我和文身哥分别带着他去了两次医院。

第二次，我背着孩子从医院往回走时在心里盘算，公安局那边还是没有孩子妈妈的消息，孩子眼睛的情况医院也在等具体的结果，没有一样东西是我们可以真实握在手里的。想到这儿，我有些懊恼，叹了一声气。孩子听见了从我背上抬起头来，在我耳边吹了一口气。软软的，也暖和。我笑了，他也跟着笑了。

笑声停止后安静了一会儿，他忽然问我："感冒这次好了还会回来吗？"

我像是被什么揪住了一样，佯装镇定地答说："应该不会回来了。"

"那妈妈呢？"孩子又问。

我顿了一下，不知道怎么答，心里有东西被提起来，许多话吐不出，也咽不下。只能装作没听清，快步地往前走。

我们回去的第二天，太阳就出来了，天气格外好，阳光把工地烤得水汽四溢。薛老大在各个房间里叫人，事情一下子就败露了。

在脚手架上干活的苗叔慌慌张张地顺下来，又慌慌张张地摸到工棚边上。还没等他冲进工棚解释，就看见薛老大护着孩子出来了。在众人的注视中，他把孩子带进厨房交给了兰姨。然后，就把苗叔叫到了工棚里攀谈了起来。可是没过多久，棚子里就爆发出激烈的争吵，两个人像是要把房顶掀起来一样。最终，小小的棚子没有困住两头野兽，他们从屋里奔了出来。

一个是薛老大，他的愤怒里带着许多惊讶，惶恐地面对着从未有过的抗拒。一个是苗叔，他的愤怒含着更多的是委屈和悲壮，反击回去的每一句话都带着充沛的破音。他朝着对手的方向喊：“我大儿子还在家病着，我没用，治不好他了，但我想帮这孩子找到他妈。我现在别的什么也办不到，我只是想帮帮他，他实现了，我就感觉好像我也实现了。我这么说你不懂，因为你不是我，你不是我！”

我很难相信这话是从苗叔口中说出来的，人们都惊了一小会儿，自己困在原地，不知道如何收场。最后，平稳了气息的薛老大回到厨房抱着孩子走出了工地，苗叔紧紧地跟在了后面。到了傍晚，两个人带着孩子气喘吁吁地回来了。薛老大坐在工棚前一边拿着毛巾擦脸，一边说：“该做的我们也尽力了，就到这儿吧。”

苗叔也放下了争论的气势，安静地蹲坐在人群中央，很长时间不说话。在人群快要散开的时候，苗叔又开口把大家拽了回来。

“今天好像是娃娃生日，我想给娃过个生日，就在工地，算还他个愿。”

薛老大喘了一口大气，巴掌拍腿上说：“行，生日得过。”他把孩子从屋里哄出来，抱在自己大腿上问，“告诉伯伯，生日你想咋过？”

孩子拘谨又试探地轻轻说：“我想去游乐园，然后去饭店点菜吃，还想吃蛋糕。”

夕阳把整个工地照得发红，薛老大挠着头转圈看，饭店和蛋糕都好说，但这游乐园在市区里，再说也关门了。胡晓军从人群中挤过来说他有办法，他小心翼翼地把孩子抱起来说：“哥哥带你去游乐场。”

他把孩子抱上货车，开车在工地里绕了几圈后又下来说：“游乐园到了，哥哥先带你玩碰碰车。”说完，他把孩子放在自己的大腿上，自己坐上了工地的叉车，迎着风在工地里打转。每一次插到货物，他就喊一声“撞车喽”。孩子在大腿上震一下，也跟着笑。远处一群人笑呵呵地看着，但是好像大家并没有意识到自己笑了。

叉车停下来后，工地的其他人也开始忙活起来。几个人奔着升降机去了，一边跑，一边朝胡晓军示意。胡晓军心领神会，抱着孩子说：“我们去玩摩天轮。”

升降机带着孩子，胡晓军和三两个工人上去，在上面停了一会儿。下面的人仰着脑袋望着，舍不得低一下头，生怕错过哪个时刻。就好像帮盲孩实现了愿望，他们自己的，也就实现了。

把工地能玩的器械都玩了一遍后，孩子就饿了。人们围着孩子坐在工棚边上。薛老大朝着身后的兰姨喊：“点菜。”兰姨站在旁边拿着小本记着。人们又都回到自己的位置里忙起来，有人搬桌子，有人挪地方。胡晓军骑着摩托出去买蛋糕。

黑夜坠下来以后，工地里有人继续作业，工棚里一小撮人簇拥着孩子，一桌子菜簇拥着雪白的蛋糕。所有人默默地坐着不吭声，兰姨抱着孩子，沉默寡言的两个人互相用沉默彼此照应着。薛老大拿出打火机，将蛋糕上的两三支蜡烛点燃。门口的人把灯泡熄灭，屋子里黑得只剩下烛火。

我用余光扫过身边的工友，藏在黑暗之下他们的身体，让我无法辨别此刻大家聚拢的姿势。烛火却格外清晰地照得每个人的脸棱角分明地凸显出生活刻下的痕迹，眼神木讷而又绵软，放松了警惕的他们瘫软地注视着孩子。我目光游走，记下烛光中这些面孔，心里想着相处这些时日来，从未像今天这样仔细地看过他们。

和父母断绝关系的胡晓军，为了儿子还在打工的年迈的苗叔，不知道从哪儿来也不知道去哪里的兰姨，还有更多的人，在这工棚之下看不见前路的，又何止这孩子一人呢。

苗叔说吹蜡烛吧，我突兀地打断说："吹之前许个愿望吧。"一圈人转过来望着我。我抛开众人的目光期待地看着孩子。他点了一下头，然后开口说："我的愿望是妈妈明天就能来接我。"

工棚静了一会儿，这个愿望大家都不知道怎么接着。苗叔打圆场说："这回吹吧。"孩子把脸探过去狠狠地吹了一口气，力道是够，但是方向歪了，他看不见蜡烛的具体位置。苗叔轻轻把着孩子的小脸送到烛光前面去。火苗照着他的脸，眼睛里也映照了一些烛光，闪烁着勃勃生机。我坐直了身子认真地看着这一幕，似乎感受到了火苗的温度，几乎在那一瞬间，他笑了，比从胡晓军手里接过巧克力那一刻笑得还要开心，还要好看。

紧接着，他静悄悄地吸气，小小的脸微微扬起，正要行使扑灭火苗的权利时，窗外忽然刮进来一阵风，将蜡烛全都灭掉了。

一瞬间，所有的气氛都被黑暗吸纳进去了。这突如其来的一幕把我们的惊讶吞噬掉了，孩子眼里的光也熄灭，我只能透过微弱的月光看见他微微扭转着脑袋，来探查身边的变化。没有人说话，这样的尴尬持续了一小会儿，我听见在胡晓军方向的黑暗里，传来一个男人的啜泣声。

我从工棚里走出来，远处的高楼影影绰绰，一盏盏家灯没有规律地排布着，风吹起一片尘土。尘埃中，我好像又看见大家的脸，身体再一次融于黑暗之中，面朝着万家灯火，遥遥眺望着，望着他们亲手建造的这些并不属于他们的“生活”。

不知道走了多久，我回过头再看那个棚子。却怎么也不敢再走回去，我责怪自己早就应该猜到，那应该是孩子第一次过生日。我早该告诉他，愿望是不能说出来的，否则就不一定灵验了。

06

你一直有路

那些对当下还不满意，
对世界还充满兴趣的人，
他们还不想在同一时刻老去，
所以被迫也好，自愿也罢，
在何时出发对他们来说都不算晚。

You always have a way

You
always have
a way

我们并肩站着

我从小和哥哥一起长大，哥哥是我的堂兄，他是三哥，我行四，三哥比我大八个月，我们共同被更年长的哥哥们和更遥远的弟弟们夹在中间。生活在大家族里，即使平辈分的一代人，年龄跨度也会很大，而我和三哥年龄却最接近，所以我们的童年被捆绑在一起，黏合着同样的记忆。彼此消磨的时间就是来到这个世界的时间，彼此争斗的时间也几乎等于彼此疼爱的时间。

我开始记事的第一个生日，就是和三哥一起过的。那时，大概只有五六岁，我们还住在大姑家的院子里。三哥聪慧异常，早早地洞悉了周围的一切，准确无误地拿捏着自己和身边事物的关系。我生日那天，他穿着大人的拖鞋，踢踏着走到厨房，理直气壮地伸手对着大姑说："今天我四弟过生日，拿钱给我。"

大姑被逗得直不起腰，拍着三哥的脑袋说："你弟弟过生日就管我要钱，这是什么道理？"

后来，大姑还是给我们钱了。年幼的他带着同样年幼的我，在小伙伴们羡慕的注视中，到前院的杂货店买雪糕。五毛钱一根的雪糕，是童年的奢侈品，大姑经常从工资里节省出一些零钱塞给我们。我学着三哥的样子，穿着大人的拖鞋，踢踏着声势去扫货。

那时的奶油很浓，打开袋子就能闻到里面的味道。我吃得很快，生怕雪糕在夏鸣中瘫软倒下，趁着冰凉，不顾一切地撕咬。有时，雪糕很硬，一口下去只留下一个稚嫩的牙印，不甘心，待了几秒钟又复口上去，直到啃下一大块来，搁置在舌苔中，慢慢含着，奶油缓慢地融化开，蔓延占领味蕾。

三哥总是先不吃，而在一旁看着。那时，他比我高一点，目光落到我身上全是笑意。等我把冰棍的棍儿舔了几个来回时，就问我：“还想吃吗？”

有时，我会点点头，三哥就会用手里剩下的五毛钱再去买一根，塞到我手里，说：“想吃，再给你变一根。”

我来不及看清他说这句话时的表情，就迫不及待地去咬雪糕了，然后一边舔舐着，一边讨好地看着他。店里的老板笑嘻嘻地注视着我们俩，也很满足地看着我们。有时，我也会胃口不好，三哥就会为自己买上一根，然后反复问我几次是否真的不要，再自己一个人吃起来。

或许从那时候起，我就成了他的尾巴。儿时的我们俩一次次想要出逃，要走出家里的院子。我们跃跃欲试地想要探索外面的世界，刚走出院子没多远，就被抓回来。我们只能混点天真的兴奋，来喂饱自己的好奇。

等到再大一点，欲望像秋后的竹笋节节攀升，夏蝉的焦躁催促着我们褪去最后一层胆怯，露出稚嫩的莽撞。父母都太忙了，他们奔走于生计，无暇顾及孩子，我们需要更多的乐趣，供给自己的童年。

我们又开始重蹈覆辙，不断地外逃，离开院子、胡同，甚至在更远的地方流窜。我们翻墙在果园里偷吃，骑自行车的老爷爷在背后追赶我们；我们去工厂里找废铁当“兵器”，晚归后被大姑打了一顿。我们还去过电动室，大一点的孩子想抢我们的硬币，三哥和他们扭打起来，却让我快跑。

我们也有过被分裂的时候。希腊神话中，不和女神厄里斯在宴席上丢出一个金苹果，附言道“献给最美丽的女神”，赫拉、雅典娜和阿芙罗狄忒互相窥视，自身的骄傲让她们都失去了神该有的宽容，摆好了姿势争夺桂冠，忐忑地佯装着自信，找人裁定结果，结果后来引发了特洛伊战争。

没有人在过去中得到经验，多数人都是重蹈覆辙。大人们喜欢在节日里进行这样的游戏，他们举着玩具、钞票说：“奖励给成绩最好的孩子、最听话的孩子。”

如此这般，诱导孩子们以身犯险。

而不被关注的孩子，或者一直输的孩子，从一个未曾得到的人变成了一直在失去的人、一个怨念体。天赋异禀的孩子理应得到奖赏，他并不懂得这其中有何不同。他曾想分享于旁人，可作为共同竞争却一再失败的孩子，这种分享，更像是胜利者的施舍。

我三哥就是那个聪颖的孩子，我平庸得甚至有些愚钝。我们在同一所小学、同一个班级念书，所以总是被拿来做比较。三哥比“别人家的孩子”更真实、更落地，他变成了我的窘境，我厌倦被比较。嫉妒在恰当的时候尽显其力，升初中时，我便执意去了和三哥不同的中学。

等到真正懂事以后，再和三哥一起出去玩时，已经是上初三了。“十一”假期，我们终于凑到一起，被家人送到天津的大伯家玩。那时候，我已经开始练习跑步，即使到了大伯家也没有闲下来。早上，三哥骑着自行车陪着我出去。我们沿着马路跑到八里台，再进到南开大学里。他在后边骑车跟着，我绕着南开大学跑到了天津大学，再跑回来，每天都是如此。

有空暇的白天，大伯给我们一人一张公交卡，些许散钱。我们俩一起坐公交绕着这个城市走，我们去了图书城、五大道、旧租界。直到真正地感觉有些累了，才停下来吃点东西，休息一下。

有一次，我们在一个百货大楼的顶层吃午饭。离开时，三哥停在大厦门口的一个玻璃橱柜前，盯着里面的东西和海报。我落下他走了一会儿后，又折返回来，橱柜里的海报写着“跑鞋之王——爱世克斯”，字的下面，一双白色运动鞋精致而闪亮。

三哥眼里放着光，看得出他很喜欢，印象里还未见过他那么喜欢一样东西。我们俩盯着看了好久，三哥在嘴里重复说了几次鞋的名字，我们就一起回家了。

次年，三哥在学校里和别人打架，受伤耽误了课程，降了一级，我顺利地进入重点高中读书。隔了一年，三哥也来了，他在一楼读高一，我在二楼读高二。但是，三哥高一也没有念完就退学了。据说是因为降级后没有定期上课，所以高中课程总是跟不上。

我也因为伤病，一再退出训练。有时，一盆冷水浇到底还不算完，就要马上投入到新的失望中去。尽管我清晰地知道自己的极限在哪儿，却总是不肯面对，想再尽力一点，也是把徒劳当作安慰。

那时，也清晰地意识到一些人即使不怎么努力，却也能拿到很好的成绩，一些苦读的学生再怎么勤奋，到了一定程度便停滞不前。这与生俱来的差距，让怨恨不再有力量。更多的人选择低头，选择任凭洪流冲卷，随便挥舞几下双手，做出近乎死心的麻木抵抗。

我知晓这不入心的努力，也等同于慵懒。

我知道没有计划的努力也只是演戏，仅仅为了骗骗别人，感动感动自己。

或许三哥过早地洞察了这个道理，他早早离开学校，到处游历、工作。那时，我们还一起玩博客，我看见他不停地上传在各个地方的照片、写的日记。就好像是一个窗口，我在那里捕获了许多外面的风景和故事。

又是三哥，他为我打开了一个世界。我钻进去细细地瞧着，瞧着他在南方的城市彻夜工作，瞧着他在海边盖起自己的房子，瞧着他从和我差不多的校服里走出来，满身伤疤地离开。

我康复后第一次准备去外地比赛时，碰巧是我生日，三哥从外地回来到学校看我。因为是封闭教学，所以我们只能在操场北角的栅栏处见面。三哥在外面，我在里面，遥远地看着。

那天上午，我穿戴齐全，准备下午随队出发。三哥看起来心情很好，我们聊了很久。临走时，他从背包里拿出一个盒子递给我，说了句生日快乐，就挥挥手走了。我站在栅栏旁边打开盒子，里面装着的正是在天津时让三哥流连忘返的那双鞋。

我翻爬到栅栏上使劲看着走远了、越来越小的三哥，忽然想起小时候他带着我去买零食，他在前面，走一会儿就越来越远，然后停下来慢慢地等我，不催也不急。但是，这次他只是义无反顾地往前走，并没有回头。

高三以后，我不再运动，但还坚持画画。小弟弟也升入了重点高中，成绩优异，也很聪慧。家里再有聚会时，大人们又开始犯同样的错误，把当下的几个孩子拎出来，像货物一样比较起来。

但不同的是，不上学的三哥忽然成了众矢之的。亲人们是如何谈论他辍学的我记不清楚，只记得他们把这份怨气带进了平日的相处中，教训的话题围绕着三哥。好在他心态平和，淡然处之，每逢面对说教也只是笑笑便过去了。

我却更加不能释怀这样的比较，许多次都要脱口而出告诉他们，三哥只是不念书而已，这并不妨碍他成为一个好人。

我念大学以后，三哥就更少回家了。每年到生日的时候，他都会远远地给我打一个电话。这个连我自己都不记得的日子，他却总能想起来。

后来的三哥每一次从远方回来，身上都带着不同的惊喜。他越来越踏实，也越来越沉默寡言。有一年春节家里聚会，我们这一代的人下厨。三哥在厨房里熟练地剔下羊排上的精肉，手法纯熟，惹得掌勺的家人连连赞叹。他们不再针对他，又开始止不住地赞美，又把在其他孩子身上的目光转回到他身上。

他一脸和气地在厨房里制备晚饭，时不时和后面的我说上一句。听我讲在外面遇见的事情，可是对自己的痛苦却只字不提。

我又开始明目张胆地嫉妒他，嫉妒他如何消化得了自己的所有，嫉妒他默默无声地去感受着生活的一切。三哥好像过早地明白了，这样的生活有时并不能被我们选择，而感受才是经历的唯一目的。

去年的“十一”，三哥放假来我这儿玩。我非常高兴，能带着他在自己生活的城市走一走，感觉就像小时候他带着我绕着胡同跑一样。我们一前一后，因为逃跑而略显浮夸的欢笑声，破开未知的凶险，两个孩子在未知的世界里寻找着稀少的快乐。

白天，我带着他逛街，在海边玩水。晚上，我们在港湾旁边的排档喝啤酒。三哥忽然从背包里拿出一件衬衫，他不好意思地递给我说：“不知道你喜不喜欢，可能有点土，但是我觉得挺好看的。”

我拿着在身上比了比，迫不及待地找了个洗手间换上给他看。他却嘲笑我穿上以后太严肃，像是中年危机的老男人。我问他为什么买这么老的东西给我，他说：“因为你又老了一岁啊。”

后来，我们一起散步，我提议想帮他照一张相。三哥明显有些拘谨，但是拗不过我，略带腼腆地站在一个雕塑下，风吹起他的格子外套和刘海，卷走了一些东西。他胖了，眼睛小了，磨过的瞳仁不再有光，一只手紧紧地拽着裤线，一只手尴尬地垂着。快门按下，我双眼通红。

那一晚，我们又像儿时一样，并卧在一张床上。三哥的鼾声很轻，我很久才入睡。梦里，满是灰尘的胡同墙边，我们还是小时候的模样，三哥在前面走，我在后面跟着，一前一后。我满心期待，按捺着喜悦，并不感觉到有任何害怕。

可是在胡同的转角处，三哥忽然消失在风沙里。我有些着急，唤了几声，也无回应。我便开始小跑，速度不快，梦中我无法控制自己的身体。

焦急之下，风沙中缓缓地出现一个身影，成年的三哥款款而来，格子外套，拘谨的休闲裤，朝我憨厚地笑着，右手举着一个已经融化的冰棍，奶油包着他的右手。他尴尬地看着我，又开始不好意思地说：“你想吃吗？想吃我再去给你变一根。”说完又转身离去，消失在风沙里。任凭我再追、再喊，也不再显现。

或许这个梦并不预示什么，可我还是想对三哥说：“我想要的已经可以依靠自己，把你的痛苦也告诉我吧。就好像是即使在梦中，你也清楚地明白合适地给予，恰当地告别。我需要你真实的快乐，就像真实的痛苦一样。

“你很小就独立，你知道该怎样更好地活着。这些从来没有人教过你，为此你付出了许多代价，痛苦沉重而婉转直至不可诉说。但是，此刻我们并肩站着，或许，你就不会再那么难过。

“哥哥。”

中秋小团圆

平子和芬儿要在中秋结婚，在外的游子们还在纠结到底要不要回家过中秋时，“回”的那个选项里好像又多了一点筹码。

每到节日，挂在他乡的孩子们都会有这样的纠结，他们不是不想回，而是回了以后，又不知道怎么再回到城市去。在家乡根本没有他们所从事的行业，如果他们选择回家，就几乎等同于失业。

亲戚、朋友们苦口婆心地说，退一步那就干点别的，总不至于饿死。

是啊，的确不至于饿死，但心有不甘的是他们还不想一辈子就被柴米油盐困住，已经见识过琳琅满目的生活，好像很难再退回到粗茶淡饭里去。

或许他们一直有梦，也知道追梦所必须付出的代价，也在一边失去，一边追寻。也或许他们只是没有办法在一个没人可以帮得了自己的情况下，只能先将自身置于熔炉之中，锻造出禁得起生活打磨的身躯，从而担起责任、苦难和一次次的分离。

但还没有意识到将来的生活是如此之难时，我们都曾希冀前途璀璨，也大有作为。我忽然想起，我和平子、二侠、苏壮、大方一起租房的那段日子。有时，我们画了一夜的色彩，早上起来蹲在路边，边吃早餐边看那些上早班的人，然后唏嘘着感叹说：“这辈子绝对不这样活，就当个艺术家。”

一转眼，八年已过。平子的老婆也是我们当初一起学画的同学。那时候，大伙一起帮平子追，也不见有什么起色。有一段时间，姑娘还狠狠拒绝过他。平子伤心得绕着故宫跑了两个来回，他说他后来还很没出息地哭了，但是我们没看见。

最后，他终于得逞了，一路披荆斩棘终成正果。我们都很感激他，感激他用这样的努力教训了那些曾经轻易否定我们感情的“大人”，感谢他让我们还清晰地记得那时的感情不是懵懂和冲动，而是值得珍惜和坚持的。

我怀揣着一种很奇怪的感觉坐上了返程的飞机。走出龙嘉机场时，我仰着脸看天，虽然有些阴，但是那大朵大朵的灰白色团团代表着这是我家乡才有的云，我回家了。四年了，大学毕业后，我第一次回长春过中秋。听说来参加婚礼的他们也是，好像平时在生活里抽不开身的我们这一次无论如何都要回来。

就像苏壮说的，好像看见平子和初恋结了婚，就觉得我们对现实之间的博弈终于扳回一成。

我从来没想过是苏壮来接我，那时我还以为他在北京加班来不及回来。我先是坐机场快轨到了长春站，然后绕过站前复杂的广场构造，绕过拉客的司机和宾馆招待，挤进苏壮的车，我们沿着人民大街一路开下去。快到紫金花酒店时，回忆就开始清晰起来。往前一点是湖滨路，我们高中的画室就在那儿，一个小区的顶层，我们上课、吃饭都在那儿。小区里的每一个餐馆我们都无比熟悉，每一个保安都对我们关怀备至。

凌晨两点，我们从画室走出来，他们才熄掉所有的灯。有一次我们放学，正好撞见一个年龄尚小的保安在那里被业主骂，好像是因为指挥停车没有停好，又好像是因为别的。总之，他哭得很伤心，我们没什么可以安慰他，就把当天的色彩作业装框送给他，还答应给他画一幅头像，他好像终于不那么难受了。可是第二天，他就被辞退了，我记得他好像十六岁，比当时的我们还要小。

让人失望的世界，那时我只有年轻的愤怒，也不屑于大人口中的一切。

车再往前开一点，就到了繁荣路，我看见了学画时我们一起租过的那个破房子。冬天的时候天亮得晚，太阳没露头时，我们就出来了。大方，平子，二侠，我跟在最后面，前后自成队伍，然后有秩序地抄近路，一起跳墙，迈过去一道道坎，直至画室。

到后来，坎越来越难，有的人停下来说歇一会儿，让我们先走。

于是，我们就朝不保夕地迈呀迈呀，忘记观察身边的人，走不动时也不好意思拖累队友，便悄悄退出去。终于迈到一道我们怎么也跨不过去的坎时才发现，大家都走散了，都在不同的方向里、不同的坎里，默默地匍匐着。

又过了几年，平子在一个我看不见的坎里对我说："我结婚了，你来吗？"我说一定来，于是我在这个国度的最南端登上飞机，一路俯视我们这些年越过去的坎，飞到我们最初起步的地方。我看见少年们迅速地爬到墙上去，又都退下来。他们棱角分明、健壮、消瘦地上去，却满脸褶皱、腆着肚腩地下来，然后憨憨地对我笑着说："老了、胖了、爬不上去了。就在这儿安家了，结婚了。"

我含着眼泪退了几步，灯光都暗了，我在几千米高空的机舱内俯视夜色里的长春、俯视我的家、俯视既熟悉又陌生的万家灯火。不停地在心里默念：接受我吧，我回来了，请接受我。

再往前开一会儿，快到了卫星广场时，苏壮说一会儿接两个人，我说接谁啊。苏壮没有回答我，直到他把车开到长春大学附近时，我看见夏斌和大方在路边朝我挥手。

夏斌和大方从中央美术学院毕业后合开了一个画室，仕平出国了，当初的复读三人组终于走向社会，开始祸害平民百姓了。大方胖了一大圈，配合他硕大的咬肌，更像炸腮男了。夏斌身体不太好，搞毕业创作时在工作室里住了三个月，赶上冬天室内又没暖气，他盖了许多被子，还是把身体冻坏了，最近刚出院不久。

我问夏斌以后就一直画画吗？他点点头，说也不知道能干什么，就喜欢这个，也就会这个。但现实也不允许你活得容易，领导、学校都得打点好，世故又污浊，说不出的客气话还得装着大方去说，他只能安心教课。画画这东西，四五十岁之前都看不到什么东西，得慢慢来，等真的有些阅历了才能画出好东西。

可生活不会在乎你的理想，没有人能逃避物质独善其身地自由着，还得挣着现实的钱，意淫着未来过日子。就像戴着枷锁表演，心里想着华尔兹，却跳成了广场舞。他们默认了规则，放下了刻刀，世界不再是我们的，只能和自己作对。

我们往前走，发现并不是在追求自由，而是在习惯不自由。

夏斌忽然问我：“你今后什么打算，想过怎样的生活呢？一直写下去吗？”

我愣了一下，看着后视镜里的他不知道说什么。想了想说：“其实写字和画画一样，都是手艺。年轻时，你说写天赋、写热情，其实都是幼稚的。只有你真正把生活的苦吃透了，你再去拿笔，那才是真正的写。”

你尝遍了人生所有的悲剧，你经历过世上最难的别离，你才敢去说、去写，悲伤的心上全是汗，我的皱纹里全是你的眼睛。

写字和画画都是苦差事，非要等到时间的刀子割在身上才能疼出好东西。二十九岁的自己在三十岁的自己眼里都是很幼稚的，人成熟得快，老得也快。生活会催熟你，工作、路程、朋友、父母都会催熟你。我们从自己的家乡爬上去，在别人的家乡爬下来。家在身后，所有人都在身后，你们都别叫我，只要往前走我就成熟了，路好不好走我不知道。别问走过去还是摔过去，只要过去了，我们就都可以老了。

一路交往的朋友们走碎了，他们掉落在地图上埋下种子，长出一个个让人心疼却又饱满的果子。

上了卫星路后，我们就一路开到了前进大街，驶进平子家的小区。我们看见他一身黑衣严肃又疲惫地站在那儿，好像在等候什么。下车后，他挨个人的脸摸了一遍说："瘦了吗？瘦了吗？还好都没有。"

晚上，平子请客，安抚全国各地奔袭回来的哥们儿。我们围坐在具有明显东北特点的小饭馆里抢着挤对变胖的人。后来，苏壮数了一圈大家都从哪儿来，以长春为起点发射出去，我们连起来可以绕地球几圈。长春的红点亮了起来，所有射线收回原点，我们又聚到了一起。

平子拿起酒杯说："眨眨眼说过得真快。"我们表情严肃，仪式感庄重，高声附和"过得真快"。后来，大家都喝醉了，我坐在旁边看着他们抢着埋单，抢得声嘶力竭、头破血流，我说："见血了，赶紧去医院吧。"苏壮说："去什么医院啊，自己包扎得了，要不然去了医院还得抢医药费的单，简直是无限死循环。"

第二天，我们早早地起来打扮，到新房里忙活，给婚车队扎彩带，在新房的小区里铺红纸。摄影师把每个伴郎都单独叫到新房的次卧里录像。到我的时候，他问我和新郎什么关系，我说正当关系。他说："不是，你们怎么认识的。"我说："我们是高中一个画室进修时候的哥们儿，新娘也是，他们俩就是在那个时候在一起的。后来，我们又考到同一个大学，我和新郎宿舍楼上楼上。他们在一起八年，我们就认识八年。"

摄影师说："好，继续说。"我卡了一下，说："我刚认识他们的时候，也是秋天，那一年我们十八九岁。"

赶上中秋这两天结婚的特别多，车队走到一半全都堵在了路上。车上西装革履的伴郎们全都下来了，站在道路两旁给司机们递烟、说好话，疏导交通。司机们黑着脸骂着娘，倒是一个个把车都让开了。婚车队缓缓地驶出堵住的街道，头车走过我身边的时候，平子扒着车玻璃看着我们几个，歪着脑袋巴巴地流眼泪。他看着我们几个有些微胖，也不再那么敏捷的哥们儿蹒跚地跑步上了最后一辆车，跟上了岁月的队伍。他小心地又把脑袋收回去，在对讲机里啜泣着迟迟说不出话来。

一路颠簸到了酒店，撞门、给红包、做俯卧撑，总算把新娘子接到了。宴席敬酒的时候，几个伴郎换着班跟着新郎敬酒，轮到我时，他刚好全都敬完。平子累得气喘吁吁地坐在椅子上，一把拽住我说："你知道我怕啥吗？我怕轮到你时，我们都结婚了，没人给你当伴郎了。"

我鼻子一酸，把头低了下去。

那天晚上，我们又喝醉了一次，最后都睡在了酒店的同一张床上。苏壮睡觉不老实，一脚把我踹了下去。我半醉半醒地摸着地板说：“我床怎么丢了？我床怎么丢了？”

后来，大家都笑醒了，再也没有人继续睡，开始苦乐参半地聊着。到了凌晨时，忽然有人在微信上频繁地发视频。蒙眬中睁开眼睛发现是二侠。他建了个微信群，画室的几个人都在群里。昨天的婚礼他没有参加，说在医院陪老婆待产，巧合的是他老婆就在刚刚生了个儿子。

一时间，群里忽然炸了锅，脚指头全吗？有没有头发？眼睛大不大？二侠上气不接下气地带着哭腔说：“和我一个画风的，和我一个画风的。”

我们几个男人横竖不一地落在房间里，手里都拿着手机，脸上都挂着泪。第二天早上，二侠在朋友圈里写道：“那时，我们有梦，它美好也走得急。后来，我跟不上步伐眼看着它走远，直到有一只小手牵起我的小拇指，梦一下子就变得不再重要了，我手中仍抱着一个家庭。”

我感动了很久。早上起来，苏壮说：“以前觉得当父母太可怕了，一旦有了孩子，所有的事情都必须排到后面去。什么风花雪月、浪迹天涯，全都必须马上搁置。可直到自己当了爹才发现，最幸福的事通常都是和最痛苦的事掺在一起来的。”

苏壮在北京做建筑，每天的生活除了画图，就是画图。工作占用了他大部分的时间，结婚以后好像世界的窗口被现实的绳子勒紧，外面的新鲜越来越少，也无暇旁顾，窒息地谋生让他很久都喘不过来气，但是无可抱怨，因为每个人都活得并不轻松。

后来，老婆怀孕回到长春生娃，苏壮一个人继续坚守在工作岗位上，想为孩子多赚点奶粉钱。有了宝宝以后开支变大，他更有了无法停下来的理由。为了照顾孩子，老婆就暂时留在长春，苏壮继续在北京画图。他白天上班，晚上还做点兼职。

时间往后走，孩子一点点长大，可还是没有办法带到北京来。即使带来以后也没法在这儿上学，还是只能留在家里。三口人聚少离多的戏码一次又一次地上演。

本来这次中秋苏壮打算晚几天再回家去，赶上回家高峰前做几天专车司机，捞一点不多不少的外快。开着车的苏壮和我们说以前自己是看不上这一点钱的，可是真正地承担起一个家庭后，每一块钱都让他觉得意义非凡。这是责任让人产生的蜕变，让我们谨慎，也让我们细致。

中秋前夕的一个晚上，苏壮照常出车兼职。老婆打来电话说儿子怎么都不肯睡觉，偏要听爸爸讲故事。苏壮就把车速慢下来，一边在街上等着接活，一边慢悠悠地给儿子讲故事。

他说："从前有一只乌鸦爸爸，他每次出去觅食回来都会给小乌鸦惊喜。后来有一次，乌鸦爸爸忘记了，但是小乌鸦没有生气，你知道为什么吗？”

小儿子在电话的另一端嫩生生地说：“我知道，因为爸爸回来本身就是惊喜。”

苏壮下意识地把车停在路边，捂着嘴哆哆嗦嗦地开始抽泣。

那天半夜，他直接买了高铁票回到长春的家。宝宝一觉睡下去，睁开眼睛就看见了爸爸。

中秋过后，我们的话题从几号回来改成了几号出发。苏壮继续回北京画图，二侠开始练习包尿布，平子带着老婆去度蜜月，大方架着虚弱的夏斌继续到处写生。我们再一次从同一个地点散发出去，走回各自的道路，但是分别时彼此都没有说再见。

离家时，我坚持不让爸爸送我到车站，他提着行李箱跟着我到楼下打了辆车。临上车前，我想说点什么，又不知道说什么好，该说的好像在这几年分别的时候都说光了，于是只能支支吾吾地道别。最后却是爸爸先开了口，他拍着我的肩膀说：“不要怕漂，无论多少次，你只有在出发后才能找到正确的航向。”

我坐在出租车里扒着窗户向外看，叶子一片片往下落，从人民大街一路走下去，两旁的风景不断地倒退。长春的的哥还是特别爱聊天，快到火车站的时候，他和我说车站现在翻修得不成样子了，哪堵哪通哪人多，一直唠叨不停，我一句也没记住。新修的火车站远看像一座希腊神庙，供奉着人们远行的信仰。

离开是为了去追寻什么呢？我也不知道，世界和理想是两座巨大的围城，它们给了所有人希望，又随之赠予不同的困境。我眼看着兄弟们出发又停下，他们在路上跌倒、衰老，但仍旧没有人停下来。

下车后，师傅在我身后用标准的东北话喊了两声：“长春，长春。”我回头看了看车站顶端的那两个红字，眼泪忽然夺眶而出。

换　人

2005 年，我随校队奔赴外地参加比赛，走出了我小小的县城。从白云机场出来，一直到酒店的近一个半小时，我们都处于极度兴奋的状态，大声说话，表情夸张，里面含着的是惊喜和兴奋。但教练老王一直沉默地看着窗外，一声不吭。回头喊人的间隙，我看见了他的表情。

以前，我们在车里闹，他肯定是要于事无补地喊上一声叫我们安静下来，但这次他没有，那时我猜他该是在想他的儿子。

老王曾经是个职业球员，巅峰时期与国家队擦肩而过，后来频繁更换东家证明自己的剩余价值。退下来后，到我们高中当体育老师，兼职球队教练。

老王的儿子小王从生下来就看爸爸比赛，跟着爸爸东奔西走，连带着享受了不少赛场的刺激和欢呼。小王从小就渴望能像他爸爸一样驰骋在赛场上。

但是，这条路太难走，老王并不想让自己的儿子在三十多岁时就像自己一样，如此艰难地谋生。他希望自己的儿子能考上大学，念法律或者经济，有一份穿着西装的工作，年纪与资历成正比，不怕衰老，不用控制饮食和体能，没有伤病和不稳定状态，过保险一点的人生。

但小王过早地展示出了自己的执念。在初中的赛场上就声名鹊起的小王，如愿进入了重点高中，就是老王所在的学校。开学没多久，他就报了校队的选拔，但是一选就被老王送了回来。他们父子在那段时间里频繁地吵架，互不相让。小王从学校的家里搬出来，住进学校的宿舍。他们即使在学校碰面，也一句话都不说。

后来，小王妈妈从中调解，最终老王在小王不耽误学习的情况下，同意他加入校队。就这样，每天下午三点，小王和其他队员一样，开始在操场上折返跑热身，参加校队的训练。但是，他始终也得不到正赛的一个上场机会。

我们每年都有许多的比赛，上高三后会有一批前辈退出，高二的学生成了中坚力量，高一的学弟们代表惊喜和冲劲。即使大多数新人都得到了上场的机会，小王能在场上露脸的次数还是太少。

球员的场上状态，是需要大量的比赛时间去积累的。如果上场的时间越来越少，他的职业状态和运动嗅觉都会大大下降，所以对于一个球员来说，长期不让他比赛，无疑等于断送他的运动生涯。

我们要去广州比赛的消息传到队里时，每个人都很兴奋，大家跃跃欲试，终于有了新对手，而且还走那么远。小王也很高兴，他训练越来越积极，也开始调整作息。

但是，最后公布的大名单里并没有他的名字，老王又一次把他留在了学校。那天，小王脱下了队服，回到了教室，从此下午三点的训练，他再也没有来过。

老王是后悔做出这个决定的，即使他没有对任何人说，写在脸上的无奈和纠结，在许多时候都挂在他听见小王名字的瞬间。

退队的小王换了个人一样，不说话，也孤僻。他戴上了大黑框的眼镜，在学校里，我们走对面也彼此不相认。有时候，我们在学校里比赛偶尔会看见他，他远远地落在操场边的花坛附近观战，看一会儿就会走。

日子徐徐而过，我们备战市里比赛的日子越来越近，队里的人员进进出出都有调整。我们的中锋和后腰人才济济，但是前锋只有一个可以用的。这让老王很忧心，一个队伍的板凳深度通常决定了它是否足够稳定。

我鼓起勇气建议老王召小王入队集训。老王狐疑地看了我一会儿，然后各种复杂的表情挂在他脸上，像一场辩论，他迟迟不给我答复。最后，他握紧了拳头反问我：“你觉得他能行？”

小王就这样回来了，前提是老王答应了给他出场的机会。像得到爵位的骑士一样的小王，忘乎所以地驰骋在赛场上。他像挣脱牢笼的年轻雄狮，对胜利的渴望达到了顶点，每一场练习都拼尽全力。

正式比赛的日子很快就来了，我们排队，随着裁判走进场地，同学和家长们在空旷的观众席上摇旗、呐喊。据说，那天小王的妈妈也来了，和小王的同学、老师们坐在一起。尽管如此，小王也没有首发出场。

上半场，我们踢得很拘谨，让对方抓住了机会先入一球。中场休息，我们灰头土脸地下来接过队友手中的水，下半场要加强进攻，争取扳平。这时，队长提出下半时让小王也上，我们也都同意队长说的。老王却还是犹豫不决，眼看着中场休息的时间就要过去，但是老王还是没有做出人员调整。小王愤恨地将球衣脱下来摔到地上，眼看着他们父子又要面红耳赤地吵一架，大家就起哄着隔开了他们。

站远了的老王纠结掉最后的时间，终于在下半时开场前，云淡风轻地吐出一句："王宏斌你上吧，我们打双前锋。"

小王等这个机会太久了，他先是顿了一会儿，然后又迫不及待地把队服穿回去，开始热身，动作大得有些变形，微微有些颤抖。我们看得都很触动，就像看到残疾很久后重新站立起来的人，分裂的个体得到规整，重新振奋了精神。

下半场易地再战，双方拼得很猛，都有破门的机会，却都错过了。直到我们抓住了一次防守反击的机会，对方在中场附近丢了球，队长的视野足够开阔，一眼看见了在左路奔跑的小王，他大脚开出长传出去。小王跑得太快了，把对方的后卫远远地甩在了后面。反越位成功后，他接住传球带入禁区，然后故意将身体倾斜至一边，晃开守门员的扑救，将球狠狠地射向远角，教科书般地进球。

进球后的小王扑向场边，他对着教练也是父亲眼神凶狠地大声咆哮道："这才是我啊，你看见了吗？这才是真正的我，你看见了吧！你看好了吧！"

坐在教练席后面的小王妈妈紧张地看着发生的一切。他们父子又针锋相对地彼此望了一会儿，直到小王被前来庆祝的队友扑倒在地，这场对峙才有了一个不那么尴尬的收尾。

后来比赛结束了，虽然我们依靠小王的进球扳平了比分，但是下半场我们的体力出现了问题，对方抓住机会又入一球，最终我们还是输掉了比赛。

走下球场的小王发现父亲教练席的位置空了，他在父亲的位置左右寻了一会儿，然后对着看台上的妈妈问："我刚才是不是太大声了？是不是又惹我爸生气了？"

一丝欣喜居然挂在他妈妈的脸上，她激动地说："没有，你爸没生气。你庆祝完跑开后，他开心地大笑起来，然后什么都没说就笑着走了。没有生气啊，没有。"

身边嘈杂的声音淹没了亲友的安慰，小王仰着脸，五官挤在了一起。

你一直有路

向往自由的孩子问：最爱的人为什么不好好了解我，再好好理解我？父亲挂在嘴边的话说了无数遍我们也听不懂，原来是这条路他早就苦过，他只是舍不得我们也这样活。

但是，这毕竟是我们的人生，我们都得学会自己做选择，再对自己的选择负责。今后的人生没人能代替我们苦，就好像谁都不能说自己是为谁而活着。

对现实投降，老王以这样的方式告诉儿子，追求理想总会有风险，要对现实有所防备。可是，我们太年轻了，只能还给他一个彻头彻尾的误会。

小王如愿以偿地参加完后面所有的比赛。那年，我们的最终排名是第八，不是很理想，但我们尽力了。高中毕业后，小王离开家，去了南京上大学，他继续如愿以偿地在学校里踢球，也进了校队。

大二的时候，老王去南京看小王。他在市里兜兜转转坐丢了几次车，才找到小王的学校。小王一路跑到门口接老王，问他路上顺利吗？老王抹掉头上的汗说顺利，一切都顺利。

小王带着老王在学校里来回逛，带他去图书馆、教学楼、文体中心，当然还有绿茵场。小王还让老王观摩自己训练，大学的教练走过来亲切地向老王问好，老王害羞地回应着。

小王一只手搭在父亲的肩膀上说：“您那套过时了，让您看看现代体育是怎么训练的。”

从前锋到后卫，每个位置的训练方法都不一样，从有氧功能到训练负荷等都有新的训练方式。助教在小王身上来来回回地绕上许多皮筋，然后小王有规律地运动起来，从而练习身体的协调性。老王一边看着，一边记着，好像是能了解多少就了解多少。

走的时候，老王对小王说自己是真的落后了，再干几年自己也想卸任了。小王没想嘲讽爸爸落后，他只是想让父亲为他高兴，这始料不及的阴差阳错让小王久久不能释怀。

大学毕业后，小王没有继续踢球，而是回到长春在一家私企做培训。平日里在各个城市之间来回奔波，到了周末，他叫上中学的同窗又组了个球队继续踢球。

大概是去年五月的时候，老王正在学校的食堂里打饭，不知怎么就晕倒在食堂里。被人送到医院后，大夫确诊为脑血栓。

刚刚年满五十六岁的老王，完全没有想到自己会得这个病，还没到退休的时候就不得不颤颤巍巍地端着手，口齿不清需要人照顾。

老王得这个病也不是偶然，不得意的职业生涯常常让他郁郁寡欢。从刚退役开始，老王每天的饮酒量就严重超标。小王妈妈觉得他这是排解压力，能让他解解闷，就没拦着。老王每天晚上都得喝半茶缸白酒，再加一瓶啤酒。喝完回屋就睡，什么也不想，一头跌进醉生梦死的放松里。

因为老王的身体从没有出过毛病，这让大家对他的健康都放松了警惕。后来，小王搬回家和父母一起住，白天上班，晚上伺候爸爸。他在的时候，妈妈就能得空歇一会儿，两个人轮换着照顾爸爸，帮助他恢复。

小王又从球队里退出来，他没有时间再踢球了。生活像一只大手，在胜利时与你击掌，也会在不经意间抡圆了胳膊抽你一个耳光。扑面而来的艰辛是小王没有想到的，工作的奔波、应酬，家庭的压力，让他老得很快。他开始迅速地发胖、脱发，短短一年光景，居然有了早衰的前兆。

有一天，球队里的老同学告诉小王，母校快到校庆了，届时他们要回学校去踢友谊赛，许多老朋友都会去，让他也去，算为校庆献礼。小王非常想去，但是想了想父亲的情况，他还是拒绝了。

回到家后，老王不知道从哪儿知道了这个消息，他颤抖着指挥小王，让他回母校去比赛。而且，不仅要小王去，他自己也要老伴儿搀着回去看看，回到自己干了十几年的学校看看。

比赛那天，老王穿回自己任教时常穿的灰蓝色运动服，在妻子和儿子的搀扶下，走过操场，走到看台边坐下。不时有人过去打招呼，有人喊："教练。""王头儿。"也有人喊："王老师。"

老王僵硬地笑着点头，大家适当地寒暄，又退出去，保全老王完整的自尊。小王在一旁安静地看着，他已经很久没有像这天这样放松过了。

那天刚好我也在，比赛时，我们一同换上那时的队服，有些是新做的，因为以前的队服已经穿不上了。小王拼命地把腰间的赘肉往回塞了塞，我们毫不留情地彼此嘲笑，然后笨拙地奔到球场上。

比赛开始前，裁判跑到观众席，将哨子递给老王，说请王老师吹开场哨。老王深吸了一口长气，吹了一个电视连续哨，断断续续的声音缓缓入场，友谊赛就这样开始了。

我们先开球，队友倒了几脚后就把球塞给了我。我沿着边线过了一个人后，远远地看见小王笨重却又努力地往前奔着。我忽然鼻子一酸，但还是毫不犹豫地把球大面积转移给他。

小王迎着球来的方向跑，他一边跑，一边用余光盯着场边的老王。他看见脑血栓的父亲拄着拐杖却坚实地站在那里，哆哆嗦嗦地挥手喊着：“加油，儿子加油！”

这几个字从老王嘴里吐出来时，根本听不清是什么，但是父亲奋力想说的样子，让小王哭得像个丢了玩具的孩子。

口水不断地从老王的嘴里流出来，身边的妻子一边帮丈夫擦，也一边替儿子加油。小王就这样义无反顾地跑着，好像身上的赘肉都认真起来，身上的年轮也紧绷着做最后的冲锋，眼泪也被他狠狠地甩在后面。

他跑，好像十六岁时第一次被换上场一样。
他跑，好像他在人生赛场上替换下的，是自己的父亲。

醉 娘

娟姨是悄悄走进礼堂的，好像有意让热闹的气氛将她吞没。她小心翼翼地绕开红毯，从侧面绕进来，避开喧闹的人群，坐在宾客席最后的边上。等到她发现我和妈妈以后，才悄悄地移动过来，低着头，避免与别人有目光的接触而被迫寒暄。

到了我们身边，她又忐忑地问："这么穿，是不是不大合适？"那天，她穿了红色的连衣长裙，还特意做了头发，但是妆不是很浓。恰当的打扮，隆重而又不过分，有嫁女儿的样子。

我妈妈说没见过这么好看的丈母娘。两个女人就开始过分地寒暄起来，她们并不是彼此客气，因为认识得太久，也被生活打磨得太久，她们只是需要彼此的鼓励和肯定，才能坚定地继续走下去。

娟姨一直保持着紧张，却也掩不住地开心，总是不好意思地笑，偶尔紧张地看着四周，像个要表演、接受掌声而又怯场的孩子。但我知道，这一天，她等了很久。

娟姨以前是漂亮过的，甚至漂亮出了许多麻烦。关于她的传闻太多，集中起来像一个年代的记录，从穿着打扮，到行为日常，举手投足都太受关注。她从一个陌生的房间走出来，这屋子就突然增添了许多神秘，人们就会枉然猜测起来。房子的主人是谁呢？他们在里面做了些什么？

每一个猜测里除了疑问，还有一些不怀好意的揣摩。他们把谣言千篇一律地传播，耸人听闻的消息因为被重复，而被当成了事实。保守的年代里，过于漂亮的女人，如果打扮得稍微前卫一点，就容易变成这样的新闻。

娟姨在她们的嘴里就变成了多种多样的人，尤其是在丈夫变心，和她离婚以后，那些编造的故事仿佛有迹可循，开始理直气壮地站在了人们面前。

曾经，吉佳是不相信这些故事的，她知道问题是出在爸爸身上，但她还是过不了自己这关，去同情那个即使被丈夫抛弃，也能打扮得花枝招展出街的妈妈。

我和吉佳曾念同一所高中。那时，她们班上的坏男生给吉佳起了个很难听的外号，叫“平头”，因为相比其他发育良好的女同学，吉佳好像还没有长开。她非常厌恶这个名字，总是拿书砸向起哄的男生。有一次体检，测量胸围，有男生不怀好意地买了一大卷卫生纸放在吉佳桌子上。吉佳气得把卫生纸泡在水里成了一坨后，直接摔在了男生的脸上。后来，他们就扭打到了一起。

老师要找家长，吉佳说她没有妈。老师也没敢深问，就叫她回去了。每次，吉佳鼻青脸肿地回家，瞧见她的邻居都要在背后议论，将孩子的问题按照自己的意愿，转移给她的母亲，交头接耳地说是她妈妈没有教育好。吉佳几乎是在这样的议论声中长大的，她虽习惯，但是也厌恶。

初中升学的时候，娟姨去给吉佳开过一次家长会。走在灰黑沉郁的人群里，娟姨显得特别耀眼，她打扮得像是要参加一场时尚庆典或高端酒会。人们把目光集中在这儿，话都留在心里。那时，吉佳的班主任是个更年期来晚了的老太太，她看娟姨的脸始终扭曲成一个不安的问号。后来，吉佳再也没让娟姨来开家长会。

直到父母分道扬镳，爸爸再娶，吉佳被判给会赚钱的父亲，只是偶尔到娟姨这里来。她在两家之间来回摆渡着生活，从来不做选择，这样能拥有充分的自由，来弥补家庭的缺失。

娟姨用离婚得到的钱开了个酒吧，每天早出晚归，坐在吧台里一杯杯地维持着生意。有时，吉佳到母亲这里来，总是看见她喝得酩酊大醉，疲惫不堪地走出去，又踉踉跄跄地爬回来。她不明白妈妈为什么选择这样的生活，连带着旁人的目光和对妈妈迷失的不理解，两者混合在一起，她便不能与妈妈正常相处了。

小时候，吉佳是喜欢妈妈的，她甚至想过，长大以后能变成像妈妈一样的女人。那时，在吉佳的眼里，妈妈漂亮、有气质，而且舞跳得特别棒。每当广场有舞会，或者单位有表演，只有半人高的吉佳就会挤在人群的缝隙中，捕捉母亲妖娆又丰美的舞姿。她看着妈妈大波浪的卷发飘起来，又落下去。吉佳就开始期待，长大以后变成眼前这个女人的样子，哪怕只有一丝，也足够她憧憬、足够她向往。

有时候，吉佳总是在心里怀念着儿时的那个妈妈，漂亮、耀眼、像明星一样的妈妈。当然，现在的妈妈也很美，只是在她丢掉婚姻和丈夫之后，这丝美显得有一些强撑的凄凉。吉佳总觉得妈妈不该活成这样，起码凭借她拥有的这些，她的人生不该简单得就像一场宿醉。最后接住她的，只是那些醒酒后的狼狈。

吉佳对妈妈的感情从而变得复杂，她羡慕又厌恶，亲密又躲避，总是怀着期待来了，又习以为常地失望着离开，她从来不想从这里带走什么。

从我认识吉佳开始，她的新闻就没有断过。和男生打架已经算不上新鲜了，她虚弱的强势像一枚薄薄的刺，脆弱得尖锐，却也让人不敢靠近。即使大家都看得见她的弱点，也没有人愿意触碰那里。

虽然她凶，但这不妨碍她依然清秀好看，好像承得母亲的一些容貌。高中时，有过男生壮胆接近她、追求她，却被刺了回来，唯一例外的是一个叫小白的男生。

小白不是本名，却是外号。本名是什么我不知道，只是知道这个男生长得白净好看，有些书生气的瘦弱，因为很受女生欢迎，所以经常被嫉妒的男生们拿来戏弄。小白有些懦弱，多数时候是远远避开，若是避不开便忍气吞声，默默承受。

就这样，班里两个极具戏剧色彩的人坐在了一起——小白和吉佳成了同桌，尽管他们彼此还是不说话。

吉佳和男生打架那一次，她满身是伤地坐在座位上，倔强地不肯去医务室，怄气地沉默着应对周围的一切，直到小白唯唯诺诺地从书桌里掏出一个创可贴，犹犹豫豫地递给她，然后又掏出一小瓶云南白药，像喷杀虫剂一样对着她的脚，眼睛对着老师，手在下面偷偷地帮着她喷药。喷一下，吉佳笑一下。

他们就这样开始了交流，从娱乐聊到绯闻，从老师聊到同学。彼此倾诉，互相照顾。早自习，他们轮班看着老师，在桌子底下吃早餐。晚上，他们又一起翘课，赶在训导主任来查课前，从后门溜到水房，再从水房的小门逃走，一路上打扰了许多藏在操场暗处亲热的情侣。他们在一片骂声中欢快地翘课，跳墙到学校外面去。那些冒险一般的快乐，加速拉近了他们的距离。

有次翘课时，吉佳的小腿蹭开了一个小口子，小白迅速地从口袋里掏出一个创可贴，封在了伤口上。吉佳就问他一个男孩子怎么总是随身带着这些药啊，贴啊之类的。小白就说，以前自己落单时，总是遇上那些找事的男生，有时候扭打在一起也难免受伤，索性就先备着药了。

吉佳忽然有点心疼，就用手拍了拍小白的脑袋，像对待孩子一样对他说："以后别怕，我保护你。"

像是母亲对孩子的承诺，那一刻，吉佳好像找回了一些缺失的东西。无论如何，起码她这样赠予过。

后来，他们越来越要好，经常一起出双入对，还买了一样的T恤穿。班里有时候闹出关于他们的绯闻，吉佳也都刻意忽略，却又有些窃喜。

花开得有多美，看花人的心情也是决定的因素。那时的吉佳每天的心情都很好，她甚至开始关心外表，精心打扮。我们中学时都流行离子烫，吉佳也找了个人少的发廊尝试着烫了。躺在发廊里，她忽然想起了娟姨，想起来不打扮也很美的妈妈，想起来那一头乌黑的卷发，不知道在此刻她有没有一点像她。

直到吉佳烫完头满心期待地回到学校，她才从同学口中得知，之前追她的那个男生纠集了一批人，把小白堵在了水房的后门，想要揍他一顿出出气。

吉佳回班抄起个拖布杆，风风火火地杀到水房。到了那里发现那群男生把小白扒了个精光，来回推搡。有人不时问小白："你和吉佳是不是在处对象？"

"没有，我们没有。"小白急忙辩解，带着一丝惊恐和真诚。

吉佳有点伤心，但嘲笑声几乎在一刹那激怒了吉佳。她拿起拖布杆冲向了他们，也冲散了哄闹的人群。

慌乱中，吉佳打伤了一个男生，也被一个男生推倒，头刮到水房的门槛上，撞开了一个口子。在尖叫声中，闹剧得以结束。

受伤的男生和吉佳一起被送到医院，诊治及时，双方都无大碍。只是为了缝合吉佳脑袋上的口子，医生剪掉了她刚烫完的长发。就像在草坪上豁开一个口子，难看得让吉佳自己都不想多看一眼。晚上出了医院，她又去了白天刚刚光顾的那家发廊，在大家目瞪口呆的表情中，结束了自己的长发生涯。她剪了一个和男生一样短的头发，上面还盖了一块白补丁。

这个不得控制的场面，让学校和老师都难以接受。早恋、打架、受伤——几个学校的敏感词汇在此刻凑到了一起，将吉佳推向她不得不面对的窘境。无论如何，她的家里人要到学校来一趟了。

晚上，吉佳不敢回家，只能去了妈妈的酒吧。到了店里一进门，不明所以的人都望向了吉佳。娟姨坐在吧台里也愣愣地辨识自己的女儿，旁边有认识吉佳的人开玩笑地说："娟姐，您家千金可真朋克。"

"闭嘴。"这是有史以来吉佳第一次听见妈妈发火，简单的两个字像是命令一般暴喝出来，让整个酒吧为之一颤。所有人都停下手中的动作，仿佛刚才是对所有人下达的旨意。

娟姨转而又平静地从吧台里走出来，护着女儿回家去，把所有被施了咒语而动弹不得的人们都留在了后面。很平静的一个晚上，娟姨想问，但是吉佳什么也不想说，只是告诉妈妈："明天你去学校，就都知道了。"

隔日清晨起来，吉佳早早地便走了，上午的课过了一半，娟姨也没有来。倒是受伤的男孩母亲来了，她气汹汹地坐在班主任办公室里，等待着批评和宣泄的对象。

直到第三节课的间休时，同学们都趴在窗口像看新闻一样，看着娟姨走进学校。这一次，她穿得简单、朴素，唯一不同的是她也剃了个和吉佳同样短的头发。她走在学校里，让这个闭塞的小城高中一时难以消化。

那天，吉佳亲耳听见了那些对妈妈恶毒的讽刺，那些背后的嘲讽终于有机会出现在了台面上，无休止的问责让在场而又置身事外的人都很尴尬。

但是，妈妈在接受这些的时候，像个高傲的女王。她不慌不忙地平静着说："有多少双眼睛见证了现场，就会有多少个真相。在没弄清楚问题之前，谁也别光听自己人的。"

于是，老师还找到了小白。在班主任办公室里，小白依然很顺从，老师一次又一次地问他们到底有没有早恋，小白矢口否认，吉佳却有点伤心。在整个谈话的表演中，小白唯唯诺诺地退到了外围去，而短发的娟姨跨了进来，和女儿站在了一起。

那天放学，吉佳和妈妈一起回去。娟姨并没有责怪她，而是带她去了一家常去的发廊，帮吉佳把头发重新做了一下。

她们在等位的时候，娟姨对吉佳说："我第一次做头发，就是和你爸爸一起。那时候，我刚上大学，没什么钱，头发留得很长，只能自己剪短，是你爸爸工作攒钱，带我做了第一次头发。"

吉佳惊讶了一下，她从未听妈妈提起过，妈妈原来还是大学生。在她的印象里，妈妈的身份一直是家庭妇女到个体小商户的转变。

妈妈接着回忆说："那时候，工资少，但是你爸几乎把钱都花在了我身上。他给我买衣服、化妆品，带我看电影，坐十几个小时的火车去外地玩，所以你爸自始至终也没攒下什么老婆本。"

这是吉佳印象里第一次和妈妈这么平静地聊天，她止不住好奇的目光真诚地看着妈妈。

"后来，我看既然占了人家的便宜，咱也不能撒手不管呀。虽然你姥姥、姥爷嫌弃你爸没文凭，但我还是顶着压力嫁了。说实话，倒也过了十几年舒服日子，但是感情这东西太难说。你以为风平浪静的时候，其实人家那儿早就另辟蹊径了。当时觉得天都塌了，特措手不及一个事儿，但后来想想，也都是一步步走到那儿的。只不过你没往心里去，人家都记下了。"

吉佳心里一动，她想说点什么安慰妈妈，却欲言又止。

娟姨看了看自己的女儿，好像体会到了那份安慰，目光缓和地说："跌了这么大一个跟头才明白，千万不要让别人决定你的生活，只有你自己能决定你活成什么样。"

吉佳接受了母亲的道理，与此同时，她还明白了另外一件事，那就是女人想要更真实地了解这个世界，总要比男人付出更多。

轮到她们理发时，店里的老板客气地过来寒暄。娟姨夸张地炫耀说：“今天，我不做头发，给我女儿理发。她骑车剐破了脑瓜，不省心哟。”

店员寒暄着客气，说母女一样漂亮，长得就像是姐妹。

娟姨偷偷和吉佳感叹着说以前谁夸她漂亮，就当是平常聊天一样，现在有谁说她好像瘦了，她能激动地哭出来，真是切身地感受到自己老了。

理发时，吉佳从镜子里反观坐在后面的妈妈，看着她也不安地用手指修正着自己凌乱的刘海，再不时地对着镜子照照，保证形象的完美。

或许变老并不可怕，可怕的是在你经历失去以后，开始放弃自己，不知恐惧，却还自我安慰，将一切遭遇推给际遇，最后失去了自己原来的样子。这是吉佳在妈妈身上学会的道理。

理了短发的吉佳和母亲一起走回家。走进酒吧，她们像对姐妹一样浮夸地聊天、欢笑。酒吧里的人惊奇地看着这对母女，有的人停住了动作，有的人忘了倒酒。她们就坐在吧台里面帮对方弄一下头发、喝一口酒，或者说上几句话。

高考结束后，我和吉佳陆续都接到了通知书，学校组织家长们来学校开一次总结和庆功会。那天一大早，娟姨就打电话给我妈说：“吉佳让我去帮她开庆功会了，她主动让我去的。”

那天，娟姨在家打扮了许久。她照着镜子换了几套衣服，迟迟不肯从镜子里走出来。和母亲去学校的那一路，她见人就打招呼，别人客气地回问她去哪儿，她都会喜气地说去学校给女儿开会，这次是好事。

后来的吉佳确实像娟姨一样，她活得独立自由，也朴实、勇敢。大学开始独立，毕业获得全额奖学金赴美留学，硕士归国没多久就收获了美满的爱情。看似顺利，但不为人知的是她大学因病休学，有过长达半年的卧床不起。留学期间遭过两次抢劫，还有一次差点丧命。但是，这些都没有放倒她，她的确像娟姨期待的那样，自己决定着自己的生活，也自己决定自己的样子。

婚礼的时候，吉佳的爸爸和继母坐在女方父母的位置上，娟姨却不好意思地和我们坐在了一起。等到主持人开始说到父母这个环节时，吉佳忽然离开新娘的位置，径直走进宾客席走到娟姨面前，拽着她一路上台。娟姨却一直捂着脸，眼泪流了一路，妆也花了，我看见她咧着嘴，皱纹都冒了出来，堆在了扭曲的脸上，但她们上台后并肩站在一起，彼此相望时，却真的像是一对姐妹。

娟姨那天没有喝醉，也没有一直哭，她端庄地像一个久远的母亲。

你知道吗？你生下来就带着他们的影子，或温顺，或倔强，但这并不被你所察觉。直到后来的某一天，你意识到自己和他们是如此相像时，他们就在此刻，开始真正地衰老。

你一直有路

吴婧说我和她就好像在两条平行线上赶路的人，累的时候彼此遥远地望一眼，已是最大的安慰，稍作休息后再独自一人继续赶路。

我说：“悟净啊，你讲得太悲观了，没有人会一直走，总会停下来的。”

吴婧说：“师父啊，停下来总是短暂的，休息也是短暂的，取经路还长着呢。”

我和吴婧是大学时候认识的，我念设计系，她念动画系。有时学校里搞活动会把我们凑在一起，她是学生会的头儿，我是自由团体的头儿，如果遇上点什么事，老师总要我俩一起商量。

那时的吴婧有些冷漠，谈了个校外的神秘男友，平时在学校里也神出鬼没。学弟、学妹们走个照面都不敢和她打招呼，问事情也小心翼翼。我们一起办过活动、给新生做过指导，除了工作上的交集，再无半点私交。

有时候，我们会一起筹办晚会，音响的租赁、舞台的搭建、节目的统筹……我们一起跑前跑后，一杯咖啡两个人喝，一块面包互相咬。默契渐渐地生出来，不知不觉围绕在我们之间，微弱而又平静。

那时，我们都有太多的事要做，我办杂志时，吴婧在搞培训；我跳舞到处演出时，吴婧在进修学英语。总之，我们都没闲下来过。就这样恍惚过了四年，毕业时，我们喝了一顿不咸不淡的酒，聊了聊前途未卜的未来。尔后，她去了北京做婚礼策划，放弃了自己的专业。我拖着行李去了深圳做设计，坚持四年所学。

好像分道扬镳的两条路，似远非远地在网络和手机两端看着彼此往前走，都有很累的时候，都在凌晨回家的车上迷茫过。偶尔停下来互相说句话，拍拍对方的肩膀，然后继续灰头土脸地往前走。

做婚礼策划是份苦差事，早出晚归没规律，方方面面也得想得周全。为了一场好的婚礼效果，从道具到工作人员每一关都得协调充分。我问吴婧为什么选择做婚礼策划，吴婧说她特别喜欢那种幸福的感觉，就好像她工作的每一天，都是别人一生中最重要的一天。

后来，吴婧在行业内做得小有起色，就跳槽到一家高级婚礼策划机构，开始接触上流人士的各种生活。她做过许多隆重的婚礼，全部来自各种达官贵人，有央视主播、一线演员、著名歌手。那些婚礼办得无与伦比，新颖又奢靡。

我说：“悟净啊，这样下去不行啊，场面越做越大，等到自己婚礼的时候期望会更高，标准很难拿捏，容易导致失望啊。”

吴婧说，正因为见惯了太多盛典般华丽的仪式，反倒觉得过于烦琐和疲惫，自己的婚礼只要简单、开心就好，不想好好的幸福感被车马劳顿磨灭。所谓的生活极艳，但欲望极淡。

好的心态并没有为她争取到更多的机会，爱情在吴婧这儿总像是个顽皮的孩子，大学时的男朋友按照“国际惯例”在毕业时分了手。他们在北京还藕断丝连过几次，这让吴婧时常有青春被撕扯拉长直至断开的错觉。失败了几次，她就崩溃了几次。

我想安慰，她却开口说都过去了，等经历了更痛的，过去的就显得不那么痛了，就能放下了。她说在疼痛里得到的真相，比在爱里得到的还要多。

我说：“你慢点走，也别老是只看路不看人，你看隔壁桌的男孩子看你半天了。”

吴婧说：“我遇见的尽是男孩子了，我现在想要老爷们儿。”

简简单单的一句话，婉转出许多经历过后才能懂的人生道理。

吴婧很小的时候，爸妈就离婚了，他们分居在两个不同的城市。吴婧的童年就这样被一分为二。她小时候的人生好像一场旅行，七八岁时独自在哈尔滨挂着一块信息牌坐火车，交换场地到齐齐哈尔见自己的母亲。只有半人高的孩子不停地穿梭在车站的人群里，那时的她或许不知道，在长大以后，车站同样会成为她人生中各种抉择的站点。她会在这里不停地驻足、不停地回望，也马不停蹄地奔往下一段人生。

那时，父母的生活也很辛苦，无暇顾及太多，孩子都被照顾得很粗糙。所以，吴婧从小就得学会自己和这个世界打交道，比如年幼的她自己坐火车，后来也自己上补习班、去外地艺考、选择学校、选择生活的城市。

因为没有过建立亲密感的经验，所以吴婧总是很难融入一个默契的角色里去，但她确信自己和父母之间都有深厚的感情，只是不知如何去亲昵、如何去表达。

在体会过生活隆重的惊喜与失望以后，起伏的疲惫累积到让人难以开口形容。索性吴婧就不再说，她只会默默地做，无论生活还是工作，她一无所有地努力，对自己和外界坦诚，对事情谦卑又敬畏。在做到之前什么也不说，即使是在做到之后，她也丧失了说的兴趣，只是静静地待在那里，想想接下来该干点什么。

吴婧说我和她都是这种人，因为从小就独立，所以听不进去建议；因为没有被好好爱过，所以不知道怎么去表达爱意，但是心里都真切地明白，也真切地需要。

她说这话的时候，我在北京出差，和她一起吃了顿饭。我们聊工作，没了学生时的感觉，但那种默契还在。她说记得大学时有一次我们一起去火车站接新生，举着牌子从早站到晚。那天回去的路上，她累得靠在我肩膀上睡着了，她醒来后觉得特别惊讶，从来没想过会在我的肩膀上睡着，而且还睡得那么踏实，这种感觉她一直记着。

我的工作一年要去几次北京，每次去北京，我都会和吴婧吃几顿饭。她忙的时候，我们在婚礼现场吃盒饭，不忙的时候，我们就挑比较地道的馆子。像在一张地图上重新绘制坐标，她家搬到哪里、工作在哪里，我们就吃到哪里。

有一次，她在外地忙完婚礼刚刚返京，而我正好结束了北京的工作准备回长春休个短假。我到达火车站时，她也刚好出站，我们就在北京站的麦当劳里进行了一次短暂的见面。

我清晰地记得那天她戴了个黑色的皮帽，少有的俏皮。她走在后面推着我去二楼先找座位坐下，然后她自己去买两个人的套餐。

我们那天吃得很狼狈，也很仓促，但却很珍惜说的每一句话。隔着麦当劳二楼的玻璃，看着北京站里排队等待出站的人群，有种别离的仪式感。

吴婧说北京像一片色彩斑斓的琉璃海，她看着太多的年轻人走时说“春节过后，我们就不回来了”。也见过太多的年轻人说，“这里是北京、是首都、是梦的开始，我一定要留下来”。

我问：“那你呢？会留下来吗？”

吴婧说她和那些年轻人一样，远离家乡，也远离父母，但是他们都没的选，因为如果自己不走，没人会推着他们往前走。衰老的父母没有能力，未来的丈夫还不知道在哪儿，生活变成了没的选的命题，她必须迎面走过去，看看哪条路好走些，看看什么样的未来更适合自己。

她说："我可以不美丽，可以不富有，但总该有所坚持，那样我才能活得心安理得。"

我忽然想起吴婧说我们都是那种独立得只会赶路的人，从来不知道如何停下来，只有持续地走，才能有节奏地活着。

话题聊得很沉重，我话锋一转说："大学时去车站接新生回去的路上，你靠着我肩膀睡着了，还想还原一下那时候的感觉不？哥还能借你靠一会儿。"

吴婧笑得很开，她说："不了，就让那时候的美好留在那儿好了。现在不是那样的心境，也未必是那时候的感觉了。"

我忽然有点难过，好像我们很难再去耐着心去默契地适应一个人了。吴婧好像发现了我的变化，她把脸靠过来，贴着玻璃看着下面的人。我也靠过去和她一起看，一批批的人抵达北京，或热情洋溢或过分焦虑地往外涌，好像蚂蚁挖到一个新的世界。

他们用自己的青春给这个城市充值，有人精力旺盛地来了，几年后又疲惫不堪地走了。但城市依然不停地更新，保持着让人望而却步的年轻。

这时，吴婧指着一个戴着狗皮帽子的年轻人说："你看他，好像一条狗啊。"

后来，我再去北京，就是一年多以后了。那段时间，我很少出差，安安稳稳地坐在项目经理的位置上统筹工作，带带实习生，晚上坐在电脑前码字。平稳的人生，没有破绽，也没有波澜。

我听说那一年多的时间里，吴婧谈了两段感情。第一段偏长，将近一年。在一个彼此都相处得很好的状态里，男方出了轨，还自己编造了一个冠冕堂皇的理由说："我总是感觉自己走不进你的内心。"

第二段感情相对平稳，但男方总是很急，做什么事情都急，恋爱也是，恨不得马上结婚生子，走上一个世俗却又显得保险的稳定人生。

那时的吴婧已经毕业四年，她在这个城市里摸爬滚打地熟悉了很多事情和很多规则。她前面的道路开始渐渐清晰，也走得顺利，她还想看看自己可以走多远。一拍两散的爱情每天都在上演，它更像是一场精明的合作，我们资源匹配、意愿相同，就可以签订合同携手此生。

而那些对当下还不满意、对世界还充满兴趣的人，他们还不想在同一时刻老去，所以被迫也好，自愿也罢，在何时出发对他们来说都不算晚。

我以为这只是借口，或许吴婧早就对这样的爱情失望，所以她才不得不继续走。

我对她说别丧气，生活就是这样，会把我们的天真掏出来风干，换一种味道后又亲手喂给我们，然后再消化，变成自己身体真正的一部分。

吴婧说："你不要担心，爱情在我心里一直有位置，只不过分量变了而已。年轻时，我以为我输掉的，都是我输不起的东西，但失去却让我比拥有更踏实，我这才知道我想要什么。"

说这话时的吴婧正在地铁上看书。再一次搬新家后，她估算了每天自己在地铁上消耗的时间，加起来有将近两个小时，所以她决定利用一下，学一学外语、看看书。总之，她得在路上干点什么，不能就那样迷茫地被载着来来去去。

我说："老是搬家也不是个事啊，我看北京的朋友都在一窝蜂地看房子呢，从四环到六环，从顺义到燕郊。你去看看吧，有合适的就赶紧下手。"

吴婧也听劝，带着自己的积蓄像跟旅游团一样，跟着一群大爷、大妈去开发商那里看房子。她走进一个样板间，舒适的沙发，好看的阳台，阳光洒下来落在地板上，恍惚间让她觉得有了家的错觉。

当她走出去独辟蹊径地又误入到一个毛坯房以后，四壁颓败的房间赤裸而又严肃地和她对峙着。吴婧想如果真的买了，那么今后的几十年，自己就会被这个房子扣在这儿，被房贷扣在这儿。此时的房子倒更像是一个盒子，它到底埋没了多少人的精彩、收藏了多少不同的人生。

那天，吴婧自己提前离了场。回家的路上，她长舒了一口气，意外地放松下来，好像噩梦来了又走，刚才只是虚惊一场。

她后来也没有买房，而是开始学习日语，接触外籍培训机构，开始做中国人去外国旅行结婚的项目，专门负责日本方向。而没有买房剩下来的积蓄，就成了她去日本工作的资金储备。她把亲手赚来的钱，再一次投资到自己身上。

二十九岁生日到来的那天，吴婧还在准备出国面试。我说："尽管这样的祝福好像很难开口，因为二十五岁后我们才发现，原来生日也可以过得惊心动魄，它让庆祝不合时宜地提醒我们人生如白驹过隙，应该好好珍惜当下，搭档祝你生日快乐。"

我特意没有提"老"这个字。

吴婧倒是看得开，她说以前觉得三十岁是一件不得不面对却又很可怕的事，总觉得到了那个年纪好日子就到头了。等真的走到这个时候，忽然发现三十岁也只是个数字而已，这个年纪想完成却又没有完成的事，交给下一个十年就好。没有什么伤春悲秋和遗憾感慨，它只是个记录，如此而已。

后来，吴婧面试顺利，即日起程奔赴日本工作。我说："你这前路是越走越远，退路在哪儿我丝毫没看见。我们的宿命里是不是只能拥有前路，而不得有丝毫后退的余地？”

吴婧换了一种口吻回答说：“我既然做了这样的决定，它便不再是我的宿命，而是我的选择，也是我的执着。”

那一刻，我居然有点感谢时间，好像与生俱来的哀愁我们终于可以通过自己的跋涉将它化解，转变成为我们身体真正的一部分，而不总是伤春悲秋或自怨自艾的借口。

今年，我又去了北京，不同的是这个城市已经不再拥有吴婧了。在北京站出站时，我习惯性地抬头眺望，无意间看见麦当劳二楼的窗户里面，我和吴婧曾经坐过的位置上也坐着一对年轻男女。

他们也对着下面的人指指点点，有说有笑。女孩拿起手指朝着我点了点，抬头和男孩亲昵地私语，然后他们一起低下头去。我忽然想起那时的吴婧对我说：“你看那个人，他好像一条狗啊。”

我站在出站口望着上面的玻璃，人群将我挤来挤去，我的眼泪止不住地往外流。

后来，我想此刻的吴婧应该在哪儿呢，是正在表参道附近闲逛，还是正坐在东京的单轨电车上看书？直到她看累了转头观望窗外倒退的风景，不知道那时的她又在想些什么。

后记　你一直有路

还是得孤独着感受几次，在黑暗中腐烂，然后得以新生，才能稍微看开一点。经验不在挫折里，经验在挫折之后的孤独里。

这两年过得最安稳的日子，是脚伤的那段时间。我本以为今年肯定会辞职，然后做点别的，或是流浪一年到处看看，或是当个自由职业者随便赚赚，但这些计划都被搁置了。

仔细想想为什么呢？手头总是有事情，有活要干，总想着写完这个小说，或者做完这个项目就放长假，可事情总是一个接着一个，不给你考虑或喘息的机会。

过去的一年好像做了很多事，又好像什么都没做。

觉得虚度光阴，于是把写的东西拿出来看看，想着自己还是做了不少事的，创作是我抵抗时间流逝的主要手段。可仔细在字里行间斟酌，却又觉得自己还差那么一点。

今年年初时，感觉写字开始有了变化，风格不敢讲，但一直在摸索。这本书可以看出很多改变，有退回去的痕迹，有前进的意思，但总体讲还有点迷茫，觉得自己还得努力，还不敢妄谈写作。

这种谦卑着前进的感觉有好也有坏：好的地方是觉得自己在这方面还算年轻，还有很多有趣的东西要学习，时间变得重要，生活很充实；坏的地方是有时眼界已经达到，但还没有写到自己满意，所以会低落，变得不自信。

在内心深处告诉自己，这一生的努力不是为了登顶，而是尽量缩短和优秀之间的距离，能做到，便很好了。

这两年，我经历了很多离别，我尝试着写下它们，以为写下了，就放下了，但事与愿违。有人和我说过，你一旦迷恋一样东西，就相当于进了一个监狱，单靠自己的毅力是出不来的。爱一个人是这样，做一件事也是这样。

我写字的时候总想着要把一件事情写透，要把一个人写透，想要明明白白地创作，就像人生也能明明白白地活一样。

但其实大多时候，人生都是稀里糊涂的，总是得等整个事情过去了，在很多年之后的某个街头拐角忽然回忆起来，才能稍微明白一点。

人生大多数的理解，都是迟到的。

总会好的，努力就好，这些安慰性的自我答复，不能在每个阶段都管用。我们总是想着要正确的答案，其实连问题都没有问对。

人生都是摸索着过的，写字也是摸索着写，我说笔下的人都有生命，旁人都不信。只有一起写小说的人才明白，在创作的过程中，自己的人生会发生变化，一开始设定好的东西，也会根据自身想法的改变而被推翻。于是，人物和剧情便向着自己也未曾想过的地方前进，最终是另外一番景象。

你的人物会引领你，去他应该去的结局，这便是写作的魅力。

任何事情一旦知道了结果，便索然无趣，球赛、电影、人生也是如此。支撑我们努力向前的，也不过是对未来的一点点憧憬、对理想的一点点悬念。

小说也是，在写之前，我比任何人都期待结局。在写之后，我更看重来时的轨迹。

了解这些后，我便不再去定义人物具体的信息，他不再是一个单一的形象，我的人物和我一样，有聪慧也有愚蠢，有勇敢也有鲁莽。他是一点点成长起来的，鲜活又平凡，一个真正的、完整的人。

就好像创作本身就没有绝对的虚构，也没有完整的真实。写长篇的时候，我的朋友说我写的某段情节有点假，我便找了那年的新闻告诉他，你看，这是一件真事。

朋友却说，创作想要被人理解和接受，需要有一条完整的足迹可循，所以小说必须要有逻辑，但真实的生活往往没有逻辑可言。

人生是无法预测的，所以它难，但也因此诞生了无数的可能性。我还在探索，走了多远，看到了多少，就用所有的文字来汇报。

感谢你的阅读，我们再会。

刘墨闻

2016 年书于香港